E-Z DICKENS SUPERJUNAK
PRVA IN DRUGA KNJIGA
ANGEL TATTOO: TROJICA

Cathy McGough

Stratford Living Publishing

Posvetilo

Za Dorothy, ki je verjela.

Vsebina

PRVA KNJIGA:

ANGEL TATTOO

PROLOG

PRVOBITJE JE PRILETELO NA E-Z-ov prsni koš in pristalo z brado naprej in rokami na bokih. Enkrat se je obrnil v smeri urinega kazalca. Obračal se je hitreje in iz trepetanja njegovih kril se je razlegala pesem. Pesem je bila tihi stok. Žalostna pesem iz preteklosti v čast življenju, ki ga ni bilo več. Bitje se je naslonilo nazaj, z glavo se je naslonilo na E-Z-ov prsni koš. Vrtenje se je ustavilo, pesem pa se je igrala še naprej.

Drugo bitje se je pridružilo in opravilo enak obred, vendar se je vrtelo proti smeri urinega kazalca. Ustvarili so novo pesem, brez piskanja in zumiranja. Ko so peli, onomatopoija ni bila potrebna. V vsakdanjem pogovoru z ljudmi pa je bila. Ta pesem je prekrila drugo in postala veselo, visoko doneče praznovanje. Oda za prihodnje stvari, za življenje, ki ga še nismo živeli. Pesem za prihodnost.

Ko sta se v popolni sinhroniji obrnila, je iz njunih zlatih očesnih jamic izbruhnil diamantni prah. Diamantni prah se je iz njunih oči razpršil na speče telo E-Z. Izmenjava se je nadaljevala, dokler ga ni prekrila z diamantnim prahom od glave do pet.

Najstnik je še naprej trdno spal. Dokler mu diamantni prah ni prebodel mesa - takrat je odprl usta, da bi zakričal, vendar ni izdal nobenega zvoka.

„Prebuja se, pisk-pisk."

„Dvignite ga, zoom-zoom."

Skupaj so ga dvignili, ko je odprl svoje zaslepljene oči.

„Spi več, pisk-pisk."

„Ne občuti bolečine, zoom-zoom."

Stvarili sta njegovo telo in sprejeli njegovo bolečino vase.

„Vstani, pisk-pisk," je ukazal.

In invalidski voziček se je dvignil. Postavil se je pod E-Z-ovo telo in čakal. Ko se je spustila kapljica krvi, jo je stol ujel. Absorbiral jo je. Požrl jo je, kot da bi bila živo bitje.

Ko je moč stola naraščala, je pridobival tudi na moči. Kmalu je stol lahko držal svojega gospodarja v zraku. To je bitjema omogočilo, da sta opravila svojo nalogo. Njuna naloga je bila združiti stol in človeka. Za vse večne čase sta ju povezala z močjo diamantnega prahu, krvi in bolečine.

Medtem ko se je najstnikovo telo treslo, so se vbodi na njegovi koži zacelili. Naloga je bila končana. Diamantni prah je bil del njegovega bistva. Tako se je glasba ustavila.

„Končano. Zdaj je neprebojen. In ima super moč, pisk-pisk."

„Da, in to je dobro, zoom-zoom."

Invalidski voziček se je vrnil na tla, najstnik pa na posteljo.

„Tega se ne bo spominjal, toda njegova prava krila bodo začela delovati zelo kmalu, beep-beep."

„Kaj pa drugi stranski učinki? Kdaj se bodo začeli in ali bodo opazni, zoom-zoom?"

„Tega ne vem. Morda bo imel fizične spremembe ... to je tveganje, ki ga je vredno sprejeti za zmanjšanje bolečine, pič-pič.“

„Strinjam se, zoom-zoom.“

VZROK

V VSEHDRUŽINAH PRIHAJA DO NESOGLASIJ. Nekatere se prepirajo o vsaki malenkosti. Družina Dickens se je strinjala o večini stvari. Glasba ni bila ena od njih.

„Daj, oče," je rekel dvanajstletni E-Z. „Nudim se in na satelitu ravno zdaj predvajajo vikend z glasbo skupine Muse."

„Ali nisi vzel s seboj slušalk?" je vprašala njegova mama Laurel.

„So v mojem nahrbtniku v prtljažniku." Zavzdihnil je.

„Vedno se lahko ustavimo in jih vzamemo..."

Martin, fantov oče, ki je vozil, je preveril čas. „Rad bi prišel do koče v gorah, preden se stemni. Muza se strinja z mano. Poleg tega bomo kmalu tam."

Laurel je obrnila številčnico na satelitskem sistemu v njihovem povsem novem rdečem kabrioletu. Za trenutek je oklevala pri izbiri Classic Rock. Napovedovalec je rekel: „Na vrsti je himna skupine Kiss I Wanna Rock N Roll All Night. Ne dotikajte se te številčnice."

„Počakaj, to je dobra pesem!" je zakričal fant.

„Kaj, ni več Muse?" Laurel je vprašala in držala roko na številčnici.

„Po Kiss, dobro?"

„Torej*Kiss*," je rekel Martin in vključil brisalce vetrobranskega stekla. Dežja še ni bilo, vendar je grmelo. Ko sta se vzpenjala po gori, so vejice in drugi odpadki švigali v njuno vozilo in iz njega.

Laurel je kihnila in na stran položila zaznamek. Prekrižala je roke in se tresla. „Ta veter res piha. Ali bi lahko dvignili streho?"

„Glasujem za," je rekel E-Z in si s svetlih las odstranil vejice.

TIHAK.

Ni bilo časa za kričanje - ko je glasba utihnila.

Dečku je še vedno zvonilo v ušesih zaradi zvoka, ki se je združil z eksplozijo štirih zračnih blazin. Po čelu mu je kapljala kri, ko se je dotaknil stvari na nogah: drevesa. Kri se je nabrala v lesenem vsiljivcu in okoli njega. S prstom je potegnil po deblu drevesa. Občutek je bil kot koža; on je bil drevo in drevo je bil on.

„Mama? Oče?" je jokal, prsi so se mu dvigale. „Mama? Oče? Prosim, odgovori!"

Moral je poklicati na pomoč. Kje je bil njegov telefon? Udarec ob trčenju ga je odvrgel. Videl ga je, vendar je bil predaleč, da bi ga dosegel. Ali pa je bil? Bil je lovec in nekateri so rekli, da je njegova roka za metanje kot guma. Osredotočil se je, napenjal in napenjal, dokler ga ni dobil.

Signal je bil močan, ko je s krvavimi prsti pritisnil na številko 9-1-1, nato pa se je prekinil. Da bi ga našli, je moral uporabiti novo izboljšano storitev. Vtipkal je E9-1-1. S tem je organom dovolil dostop do njegove lokacije, telefonske številke in naslova.

„Služba za nujne primere. Kakšno je vaše nujno stanje?"

„Pomoč! Potrebujemo pomoč! Prosimo. Moji starši!"

„Najprej mi povejte, koliko ste stari? Kako ti je ime?"

„Dvanajst let. Kličejo me E-Z."

„Prosim, preverite svoj naslov in telefonsko številko."

Preveril je.

„Pozdravljen, E-Z. Povej mi o svojih starših. Ali jih lahko vidiš? Sta pri zavesti?"

„Ne vidim ju. Drevo je padlo na avto, na njiju in na moje noge. Pomagajte. Prosim."

„Zdaj dobivamo vašo lokacijo."

E-Z je zaprl oči.

„E-Z?" Glasneje: „E-Z!"

Deček je prišel k sebi. „Jaz, žal mi je, jaz."

„Pošiljamo helikopter. Poskusi ostati buden. Pomoč je na poti."

„Hvala." Oči so se mu zaprle, a jih je prisilil, da so se odprle. „Moram ostati buden. Rekla je, da moram ostati buden." Vse, kar je želel, je bilo spati, spati, da bi končal vse bolečine.

Nad njim sta mu pred očmi utripali dve luči, zelena in rumena. Za trenutek se mu je zdelo, da je videl, kako sta predmeta lebdela z majhnimi krili.

„Je v slabem stanju," je rekla zelena in se približala, da bi si ga pobliže ogledala.

„Pomagajmo mu," je rekel rumeni in se dvignil višje.

E-Z je dvignil roko, da bi odrinil utripajoče luči. V ušesih ga je zabolel visok zvok.

„Ali se strinjaš, da nam pomagaš?" so zapele lučke.

„Strinjam se. Pomagajte mi."

Nato je vse postalo črno.

UČINEK

S AM, E-Z-OV STRIC JE bil v bolnišnici, ko se je zbudil. Deček ni postavil vprašanja - kje so njegovi starši -, ker ni želel slišati odgovora. Če ni vedel, se je lahko pretvarjal, da sta v redu. Da bosta vsak hip vstopila v njegovo sobo in ga objela. Toda v ozadju misli je vedel, pravzaprav je verjel, da sta mrtva. V mislih si je predstavljal, kako bo odvrgel odejo in stekel k njima, oni pa se bodo zbrali v skupinski objem in jokali, kako so srečni. Toda počakajte trenutek, zakaj ni mogel premikati prstov na nogah? Še enkrat je poskusil in se močno osredotočil, vendar se ni zgodilo nič.

Sam, ki ga je opazoval, je rekel: „Ni preprostega načina, da bi ti to povedal," ves čas pa se je boril z jokom.

„Moje noge," je rekel E-Z, "ne čutim jih."

Stric Sam je stisnil nečakovo roko. „Tvoje noge..."

„O, ne. Ne povej mi. Samo ne."

Iztrgal si je roko iz rok strica. Pokril si je obraz in ustvaril pregrado med seboj in svetom, medtem ko so mu po licih tekle solze.

Stric Sam je okleval. Njegov nečak je bil že v solzah, že žaloval, a mu je moral kljub temu povedati o svojih starših.

Ni bilo preprostega načina, da bi to povedal, zato je izustil: „Tvoja starša. Moj brat in tvoja mama ... nista preživela."

Vedeti in slišati besede sta bili dve različni stvari. Po eni strani je bilo to dejstvo. E-Z je vrgel glavo nazaj in zavpil kot ranjena žival, tresel se je in želel zbežati, kamorkoli. Samo proč.

„E-Z, tukaj sem zate."

„Ne! To ni res. Lažeš. Zakaj mi lažeš?" Mlatil se je, stiskal pesti in jih udarjal v vzmetnico, medtem ko je besnel in besnel brez znakov, da bi se ustavil.

Sam je pritisnil na gumb ob postelji. Poskušal ga je pomiriti, vendar je E-Z neovladal, se mlatil in preklinjal. Prišla sta dve medicinski sestri; ena je vstavila iglo, medtem ko ga je druga s Samom poskušala zadržati pri miru in mu tiho šepetala, da bo vse v redu.

Sam je gledal, kako se je njegov nečak v deželi sanj ali kjerkoli je že bil - nasmehnil. Cenil je ta nasmeh in mislil, da bo minilo še nekaj časa, preden ga bo spet videl na nečakovem obrazu. Čakala ga je dolga in težka pot. Njegov nečak se bo moral soočiti z dnem, ko se mu bo življenje sesulo na glavo. Ko bo to storil, se bo lahko boril in skupaj mu bosta lahko zgradila povsem novo življenje. Novo - drugačno - ne enako. Nič ne bi bilo več tako, kot je bilo.

Vse zato, ker sta bila ob nepravem času na napačnem mestu. Žrtve narave: drevo. Drevo, ki je zaradi človeške malomarnosti postalo orožje narave. Lesena konstrukcija je bila mrtva, korenine nad tlemi pa so se že leta borile za pozornost. Ko so mu povedali, da je bilo označeno z X, da bi ga spomladi posekali, je hotel kričati.

Namesto tega je poklical najboljšega odvetnika, ki ga je poznal. Želel je, da nekdo plača - da prevzame račun za dve prehitro prekinjeni življenji ter za uničeni nogi in življenje njegovega nečaka.

Toda kakšen je bil smisel? Preteklosti ni bilo mogoče spremeniti - v prihodnosti pa bo nečaku pomagal najti pot. V tistem trenutku je Sam oblikoval načrt.

Sam je bil podoben odrasli različici Harryja Potterja (brez brazgotine.) Kot edini živeči E-Z-jev sorodnik bo prevzel skrb za nečaka. Vloga, ki jo je v preteklosti zanemarjal. Poskušal bo biti podoben starejšemu bratu Martinu - ne pa da bi ga nadomestil.

Otresel se je izgovorov, ki so se mu porajali v notranjosti. Poskušal ga je pripraviti do tega, da bi ga z delom razbremenil odgovornosti. Odšel bi in izbrisal vse obveznosti. Potem bi se lahko nehal obtoževati. sovražiti se za ves izgubljeni čas.

Medtem ko je nečak spal, je poklical izvršnega direktorja svojega podjetja za programsko opremo. Kot vrhunski višji programer v vrhu svojega področja je upal, da bosta dosegla kompromis. Povedal jim je, kaj želi storiti.

„Seveda, Sam. Lahko delaš na daljavo. Nič se ne bo spremenilo. Delaj, kar moraš. Mi smo s teboj. Družina je vedno na prvem mestu."

Ko je prekinil povezavo, se je vrnil k nečakovi postelji. Za zdaj se bo preselil v družinsko hišo, tako da bo E-Z lahko ostal v bližini svojih prijateljev in šole. Skupaj bodo ponovno sestavili koščke in ponovno zgradili njegovo življenje. Če se ne bo popolnoma razburil. Kot samski fant je imel le malo izkušenj z otroki - kaj šele z najstniki.

KOSTAZAPUSTILA BOLNIŠNICO, JIMA NI preostalo drugega, kot da ustvarita vez, ki presega krvno.

E-Z se je upiral in zanikal, da lahko vse to naredi sam. Na koncu mu ni preostalo drugega, kot da sprejme ponujeno pomoč.

Sam je stopil v korak z njim - bil mu je na voljo - kot da bi vedel, kaj nečak potrebuje, še preden ga je vprašal.

In bil je zraven na drugi najhujši dan v njegovem življenju, ko so mu povedali, da ne bo nikoli več hodil.

„Pridi,“ je rekel doktor Hammersmith, eden najboljših ortopedskih kirurgov nevrologov.

Na invalidskem vozičku je vstopil E-Z, za njim pa Sam.

Hammersmith je bil znan po tem, da je popravljal nepopravljive stvari, in on je nameraval popraviti njega. Na prejšnjih posvetovanjih je mladeniču obljubil, da bo spet igral bejzbol.

„Žal mi je,“ je rekel Hammersmith. Po nekaj sekundah neprijetne tišine jo je zapolnil tako, da je premešal nekaj papirjev.

„Za kaj točno vam je žal?" E-Z je vprašal in se z vso silo potisnil naprej na svojem sedežu. Ker naloge ni mogel opraviti, je ostal na svojem mestu.

„Kar je vprašal," je rekel Sam in se na svojem sedežu brez težav premaknil naprej.

Hammersmith je odmašil grlo. „Ker je vse delovalo normalno, smo upali, da bo paraliza začasna. Zato sem vas poslal na dodatne preiskave in predlagal fizikalno terapijo. Zdaj ni nobenega dvoma, žal mi je, da vam moram povedati E-Z, ampak nikoli več ne boste hodili."

„Kako mu lahko to storite?" Sam je vprašal.

Dokončnost njegovih besed se je pogreznila vase. „Odpeljite me od tod, stric Sam!"

„Počakajte," je rekel Hammersmith, ker jim ni mogel pogledati v oči. „Prosil sem za pomoč kolege z vsega sveta. Njihov sklep je bil enak."

„Hvala lepa."

„E-Z, čas je, da greš naprej. Nočem ti dati več lažnega upanja. "

Sam je vstal in položil roke na ročaje invalidskega vozička.

„Pridobili bomo drugo mnenje in tretje in četrto!"

„To lahko storite," je dejal Hammersmith, "vendar smo to že storili. Če bi bilo tam zunaj kaj novega - karkoli, kar bi lahko izkoristili -, bi to storili. Stvari se lahko v vašem življenju spremenijo, E-Z. Področje raziskav matičnih celic napreduje. Medtem pa ne želim, da bi živel svoje življenje za če in morda."

Nato je bil usmerjen v Sama,

„Ne dovoli, da tvoj nečak zapravi svoje življenje. Pomagaj mu, da se obnovi in vrne v deželo živih. O, in nerad izpostavljam to, ampak kmalu bomo potrebovali nazaj invalidski voziček - zdi se, da nam ga malo primanjkuje. Če ne bi imeli nič proti, da se dogovorimo drugače.“

„V redu,“ je rekel Sam, ko sta brez besed zapustila Hammersmithovo pisarno. Invalidski voziček je spravil v prtljažnik, jima pripel varnostna pasova in zagnal avto.

„Vse bo v redu.“

E-Z, ki so mu po licih tekle solze, jih je obrisal. „Žal mi je.“

„Nikoli se ti ni treba opravičevati, ker si pokazal svoja čustva.“

Sam je s pestmi udaril po volanu, nato pa s piskanjem gum zapeljal s parkirnega mesta.

Nekaj trenutkov sta se peljala brez besed, nato pa je Sam segel po radiu in ga vključil. To je razblinilo tišino med njima in dalo E-Z priložnost, da se izjoče, ne da bi se pri tem počutil samozavestnega.

Ko sta zavila na domači dovoz, sta bila že mirna in lačna. Načrt je bil, da si ogledata nekaj programov in naročita pico.

Nekaj dni pozneje je prišel popolnoma nov invalidski voziček.

$$***$$

DVELUČI: RUMENA IN ZELENA sta utripali v bližini E-Z-ovega novega invalidskega vozička.

„Tale ne bo šel, pisk-pisk.“

„Strinjam se, sploh ne gre. Potrebuje nekaj lažjega, močnejšega, ognjevarnega, neprebojnega in vpojnega, zoom-zoom.“

„*Saj veste kdo* je rekel, da ne smemo izgubljati časa - torej, naredimo to, preden se človek zbudi, beep-beep.“

Luči so zaplesale okoli invalidskega vozička. Ena je zamenjala kovino, druga pa pnevmatike. Ko sta končali postopek, je bil stolček videti enako kot prej, vendar to ni bil.

E-Z je šepetal v spanju.

„Pojdimo od tu! Beep beep!“

„Takoj za tabo! Zoom zoom zoom!“

In tako so tudi storili, medtem ko je mladenič spal naprej.

LETO POZNEJE SE JE E-Z-ju zdelo, da je bil stric Sam tam že od nekdaj. Ne da bi nadomestil njegove starše. Ne, tega nikoli ne bi mogel storiti, pravzaprav se niti ne bi trudil - vendar sta se razumela. Bila sta prijatelja. Bili so več kot to, bili so družina. Edina družina, ki je trinajstletniku ostala na svetu.

„Rad bi se ti zahvalil," je rekel in se trudil, da ne bi dobil solznih oči.

„Ni se ti treba zahvaliti, fantič."

„Ampak moram, stric Sam, brez tebe bi vrgel brisačo."

„Ti si iz močnejše snovi."

„Nisem. Od nesreče me je strah, mislim, res strah. Imam nočne more."

„Vse nas je strah; pomaga, če se o tem pogovarjaš. Mislim, če se želiš o tem pogovoriti z mano."

„Včasih se to zgodi ponoči, ko spiš. Nočem te zbuditi."

„Sem v sosednji sobi in stene niso tako debele. Samo zakričite me in prišel bom. Nič me ne moti."

„Hvala, upam, da mi ne bo treba, ampak dobro je vedeti."

Vrnila sta se k gledanju televizije in o tem nista nikoli več govorila.

Do neke noči, ko se je E-Z zbudil s kričanjem in je bil Sam, kot je obljubil, tam.

Prižgal je luč. „Tukaj sem. Je s tabo vse v redu?"

E-Z se je oklepal roba postelje kot nekdo, ki se bo kmalu spustil čez prepad. Pomagal mu je nazaj na vzmetnico.

„Zdaj je bolje?"

„Da, hvala."

„Želiš govoriti o tem? Lahko pripravim kakav."

„Z marshmallows?"

„To je samoumevno. Takoj se vrnem."

„Okej." E-Z je za trenutek zaprl oči in visoki zvoki so se nadaljevali. Pokril si je ušesa in opazoval rumene in zelene luči, ki so mu plesale pred očmi. Odmaknil je roke in zaslišal stričeve bosonoge noge, ki so udarjale po hodniku.

„Tukaj imaš," je rekel Sam in nečaku v roko položil vrč vročega kakava. Ustavil se je na invalidskem vozičku, kjer je srknil in zavzdihnil.

Z levo roko je E-Z zamahnil po zraku in skoraj razlil pijačo.

„Kaj počneš?"

„Ali ne slišiš? Tistega zvoka, ki je razbijal ušesa?"

Sam je pozorno poslušal, a nič. Potresel je z glavo. „Če slišiš nekaj nenavadnega, zakaj ga poskušaš odgnati?"

E-Z se je osredotočil na svojo vročo pijačo, nato pa pogoltnil mini marshmallow. „Mislim, da potem ne vidiš luči?"

„Luči? Kakšne luči?"

„Dve luči: eno zeleno in eno rumeno. Veliki kot konec tvojega prsta. Od nesreče sta se prižigali in ugašali. Prebijeta mi ušesa in utripata pred očmi. Motijo me."

Sam je stopil do vzglavja in si ogledal dogajanje z nečakovega zornega kota. Ni pričakoval, da bo kaj videl - in seveda tudi ni - trud je bil namenjen pomiritvi. „Ne, ampak povej mi več, da bom bolje razumel, kako se je začelo.“

„Ob nesreči sem videl dve luči, rumeno in zeleno, in, ne smejte se, ampak mislim, da sta me nagovorili. Zato imam nočne more.“

„Kakšne luči? Kot božične lučke?“

„Uh, ne, ne kot božične lučke. To ni nič. Zdaj jih ni več. Verjetno gre za posttravmatsko stresno motnjo ali pa za preblisk.“

„Posttravmatska stresna motnja ali povratna izkušnja sta dve zelo različni stvari. Sprašujem se, ali bi se morali z nekom pogovoriti. Mislim, z nekom, poleg mene.“

„Misliš kot moji prijatelji?“

„Ne, mislim na strokovnjaka.“

POP.

POP.

Spet so se vrnili. Utripali so mu pred nosom in ga spravljali v križ. Zadržal se je. Poskušal jih ni odgnati. Ko je Sam z eno roko vzel skodelico in si z drugo otipal čelo, je udaril po zraku. „Pustite me!“

Sam je gledal, kako je nečak zmrznil kot ledena skulptura na zimskem festivalu. Sam mu je pred očmi prelisičil prste, vendar ni bilo nobenega odziva. E-Z je zavzdihnil, se naslonil nazaj, globoko vdihnil in v nekaj sekundah že smrčal kot vojak. Sam je dvignil odejo. Poljubil je nečaka na čelo in se vrnil v svojo sobo. Sčasoma je zaspal.

Naslednji dan je Sam predlagal, naj E-Z zapiše svoje občutke, morda v dnevnik. Medtem se je pozanimal o tem, ali bi se lahko naročil na obisk pri strokovnjaku.

„Misliš psihiatra?“

„Ali psihologa. Medtem pa si vse zapisuj. Ko jih boš videl, kako so videti - zapisuj opažanja.“

„Dnevnik, mislim, komu sem podoben, Oprah Winfrey?“

„Ne,“ je rekel Sam. „Otrok, imaš nočne more, slišiš visoke zvoke in vidiš luči. To je lahko znak, kot si rekel, posttravmatske stresne motnje ali česa medicinskega. Preiskati moram to in se pogovoriti s tvojim zdravnikom, dobiti njegov nasvet. Medtem pa bi vam lahko pomagalo zapisovanje vaših misli, vodenje dnevnika. Veliko moških je pisalo dnevnike ali vodilo dnevnik.“

„Navedi kakšnega, katerega ime bi prepoznal?“

„Recimo, Leonardo da Vinci, Marco Polo, Charles Darwin.“

„Mislim na nekoga iz tega stoletja.“

„Omenil si že Oprah.“

E-Z-OVO DUŠEVNO ZDRAVJE SE je izboljšalo po nekaj srečanjih s terapevtom/svetovalcem. Bila je prijazna in najstnika ni obsojala, kot se je bal, da ga bo. Namesto tega mu je ponudila predloge in konkretne strategije za pomiritev in pomoč. Tako kot njegov stric Sam mu je tudi ona predlagala, naj si vse to zapiše - v dnevnik ali dnevnik.

Namesto tega je za šolsko nalogo napisal kratko zgodbo, ki jo je navdihnila materina najljubša ptica: golobica. Ko je za svojo nalogo prejel oceno A+, je učitelj njegovo zgodbo prijavil na pisateljsko tekmovanje v celotni pokrajini. Sprva je bil razburjen, da je njegovo zgodbo prijavila, ne da bi ga vprašala. Ko pa je zmagal, je bil neverjetno vesel. Od takrat je njegova učiteljica njegovo zgodbo prijavila na natečaj na ravni celotne države.

Medtem ko se je nečak poglabljal v umetnost pisanja, se je Sam lotil novega hobija: rodoslovja. Nekega večera, ko sta večerjala, je izjavil:

„Zdaj, ko si napisal kratko zgodbo in dosegel nekaj uspeha, bi morda moral poskusiti napisati roman."

„Jaz? Roman? Nikakor."

„Imaš pisateljsko kri," je razkril stric Sam. „S sledenjem naši zgodovini sem odkril, da sva v sorodu z enim in edinim Charlesom Dickensom."

„Mogoče bi torej moral napisati roman." Zasmejal se je.

„Jaz nisem tisti, ki ima nagrajeno kratko zgodbo."

Nad njegovim krožnikom so utripale zelene in rumene luči. Vsaj tistega visokega zvoka, ki ga je spuščal stric Sam, ni mogel slišati.

„.... Navsezadnje sva ti in jaz bratranca čez čas s Charlesom Dickensom. Poglej, kaj vse si premagal. Si neverjeten otrok - kaj lahko izgubiš?"

Ime mu je Ezekiel Dickens in to je njegova zgodba.

POGLAVJE 1

V PRVIH TRINAJSTIH LETIH svojega življenja**je**bil znan pod več imeni. Ezekiel, njegovo rojstno ime. E-Z, njegov vzdevek. Lovec v njegovi bejzbolski ekipi. Pisec kratkih zgodb. Sin svojih staršev. nečak svojega strica. Najboljši prijatelj. Zdaj so mu dali novo ime.

Ne da bi ga ta beseda „c" motila. Pravzaprav so mu bile nekatere druge možnosti manj všeč. Kot so bili komentarji, ki so jih nekateri ljudje izrekli, ker so mislili, da so politično korektni. „Oh, to je tisti otrok, ki je priklenjen na invalidski voziček." To so rekli, medtem ko so kazali nanj - kot da bi mislili, da je tudi on slabše slišeč. Ali pa so rekli: „Žal mi je bilo slišati, da si zdaj na invalidskem vozičku." Zaradi tega se je zgrozil. Toda tisto, kar ga je spravilo čez rob, je bilo: „Oh, ti si tisti otrok, ki zdaj uporablja invalidski voziček." Ko so nekateri ljudje videli kogar koli, zlasti mlajšo osebo na invalidskem vozičku, so se počutili nelagodno. Če so se tako počutili, zakaj so *morali* kaj reči?

To je v meni vzbudilo spomin iz davnih časov. Spomin na starše, ki so na deževno sobotno popoldne na televiziji gledali film Bambi. Mama je naredila svoje znamenite kroglice iz popcorna. Imeli so sodo, bombone M&Ms,

marshmallows in očetove najljubše Twizzlerje. Zajček Thumper je rekel: „Če ne moreš povedati nič lepega, ne reci ničesar." Ko je Bambiju umrla mama, je prvič videl, da sta mama in oče jokala ob filmu. Ker je bil tako pretresen nad njunim vedenjem, sam ni potočil niti ene solze.

V šoli so ga nekateri fantje klicali „drevesni deček". Nekaj jih je bilo sošolcev športnikov, ki so se nekoč zgledovali po njem, ko je bil kralj za ploščo. Sovražil je sklicevanje na drevesnega dečka. Ni se smilil samemu sebi (večino časa ne) in tudi ni želel, da bi se kdo smilil njemu.

Ko je prišel čas, da se že prvi dan vrne v šolo, je to storil s pomočjo prijateljev. PJ (kratica za Paul Jones) in Arden sta ga po potrebi podpirala in spodbujala. Kmalu so postali znani kot Tornado Trio. Predvsem zato, ker je povsod, kamor so šli, nastal kaos. Takrat se je E-Z naučil pričakovati nepričakovano.

Zato ni bil preveč presenečen, ko so nekaj mesecev pozneje njegovi prijatelji nekega jutra prišli po njega v šolo - nato pa so rekli, da ne gredo. Ko so rekli, da mu bodo morali zavezati oči, tega ni pričakoval.

Na zadnjem sedežu je vprašal. „Kam gremo?" Brez odgovora. „Ali mi bo všeč?"

„Da," so rekli njegovi prijatelji.

„Zakaj potem plašč in šibrovka?"

„Ker je presenečenje," je rekel PJ.

„In ko bomo tam, boš to še bolj cenil."

„No, ne morem pobegniti." Posmehnil se je.

Ardenova mati je parkirala. „Hvala, mami," je rekel.

„Pokliči me, ko boš potreboval, da te prevzamem," je rekla.

Prijatelja sta pomagala E-Z-u v njegov invalidski voziček in odšla.

„Se mi zdi, da je ta stol lažji vsakič, ko ga vzamemo ven?" Arden je vprašal.

„To si ti!" PJ je odgovoril.

Ko so se peljali po neravnem terenu, je E-Z začutil vonj sveže pokošene trave. Ko so mu prijatelji odvezali prevezo za oči, je bil na bejzbolskem igrišču. Ko je zagledal svoje nekdanje soigralce, nasprotno ekipo in trenerja Ludlowa, so se mu v očeh pojavile solze. Bili so v polnih uniformah in se postavili v vrsto vzdolž sveže zarisane črte.

„Dobrodošli nazaj!" so vzklikali.

E-Z je z rokavom odrinil solze, ko se je stol približal igrišču. Od nesreče, ki mu je odvzela sanje o profesionalnem igranju bejzbola, se je izogibal igri. S cmokom v grlu je bil tako poln čustev, da ni mogel zajeti diha.

„Ne zna govoriti," je rekel PJ in Ardena potisnil s komolcem.

„To je prvič."

„Hvala, fantje. Niste se zmotili, ko ste rekli, da je to presenečenje."

„Počakajte tukaj," so mu naročili prijatelji.

E-Z je ostal sam, da se je lahko prepustil pogledu na bejzbolsko igrišče. Kraj, ki je bil nekoč njegov najljubši kraj na svetu. Spet se je zjokal, ko je opazoval zeleno travo, ki se je lesketala v sončni svetlobi. Obrisal jih je, ko so se prijatelji vrnili z vrečko opreme.

Arden se je nagnil k njemu: „Presenečenje, prijatelj, danes boš lovil!"

„Kaj misliš? V tem ne morem igrati!" je rekel in z rokami udaril po rokah invalidskega vozička.

„Na, poglej to, medtem ko te bomo opremili," je rekel PJ, ko mu je podal telefon in pritisnil gumb play.

E-Z je začudeno opazoval igralce, kot je bil on, ki so se prebijali na bejzbolsko igrišče. Natančneje si je ogledal njihove stole, ki so imeli modificirana kolesa. Igralec se je pripeljal do ploščadi, se povezal z žogico in obkrožil met.

„Vau! To je super!"

„Če to zmorejo oni, lahko tudi ti!" Arden je rekel, da je prijatelju na noge namestil ščitnike za kolena, medtem ko je PJ pritrdil ščitnik za prsni koš. Na poti na igrišče so mu prijatelji vrgli masko lovca in rokavico.

„Odbijaj!" Trener Ludlow je zaklical.

Podajalec je vrgel prvo hitro žogo naravnost v cono in PJ jo je ujel.

Drugi met je bil pop up. E-Z je šel po njem, se približal in dvignil. Doseganje. Presenetil je celo samega sebe, ko jo je ujel. Niso ga opazili, vendar se je dvignil. Njegova zadnjica je zapustila sedež stola in ni vedel, kako mu je to uspelo.

„Vau," je rekel PJ, "to je bil odličen ulov."

„Ja, verjetno bi ga zgrešil, če ne bi bilo stola."

E-Z se je nasmehnil in nadaljeval igro. Ko je bilo igre konec, se je počutil dobro. Normalno. Zahvalil se je fantom, da so ga spet spravili v pogon.

„Naslednjič boš zadel," je rekel PJ.

E-Z se je posmehoval, ko jih je Ardenova mama peljala skozi avtocesto in nato nazaj v šolo. Če bosta pohitela, jima bo uspelo priti pravočasno, preden se bo začel naslednji pouk. Učenci so se zataknili na hodnikih, ko se je pripeljal do svoje omarice. Njegovi sošolci so slišali udarce pnevmatik po tleh linoleja - in se razšli.

E-Z je bil prvi otrok, ki je na šoli zahteval dostop z invalidskim vozičkom, vendar je bil legenda, še preden je izgubil noge. Veliko je potreboval, da je prosil za pomoč, a ko je to storil, jo je dobil. Kot športnik je že imel njihovo spoštovanje, saj je sam in kot član ekipe osvojil številne pokale. Njihovo spoštovanje si je moral znova pridobiti kot svoj novi jaz.

Po tekmi so se vrnili v šolo in končali dan. Ker je bil dan le polovičen, je bil E-Z precej utrujen, ko so ga Ardenova mama in njegovi prijatelji odpeljali iz šole.

Ko se jim je zahvalil, je odšel v notranjost.

„Doma sem, stric Sam.“

„Vidim, ali si imel dober dan,“ je rekel Sam.

„Ja, bil je dober dan.“ Raztegnil se je in zijal.

„Dajmo. Nekaj ti moram pokazati. Presenečenje.“

„Ne še eno,“ je rekel E-Z in sledil stricu po hodniku. Najprej je šel desno mimo sobe svojih staršev, ki naj bi nekoč postala soba za goste. Do takrat je bila točno takšna, kot sta jo pustila - in takšna bo tudi ostala, dokler se E-Z ne bo odločil drugače.

Stric Sam mu je tu in tam ponudil pomoč pri pregledu sobe, vendar je nečak vedno rekel isto.

„To bom naredil, ko bom pripravljen.“

Sam se je nerad strinjal. Bil je odločen, da mora nečak iti naprej. To je bil prvi korak k temu cilju. Od takrat se je pogovarjal s svetovalcem, ki je dejal, da bi moral Sam E-Z spodbujati, da bi več govoril o svojih starših. Rekla je, da bo, če bosta postala del njegovega vsakdanjega življenja, hitreje ozdravel. Nadaljevala sta pot po hodniku, šla mimo kopalnice in se ustavila pri škatli oziroma shrambi.

„Ta-dah!“ Stric Sam je rekel, ko ga je potisnil noter.

E-Z je ostal brez besed, ko si je ogledal na novo spremenjeno pisarno. Na sredini pred oknom, ki je gledalo na vrt, je bila pisalna miza. Na njej je bil postavljen popolnoma nov igralni računalnik in zvočni sistem. Svoj stol je potisnil pod mizo - odlično se je prilegal - in s prsti pobrskal po tipkovnici. V bližini je bil tiskalnik, naložen s papirjem, in koš za smeti - vse načrtovano na dosegu roke.

Levo od njega je bila knjižna polica. Pripeljal se je bližje. Na prvi polici so bile knjige o pisanju in klasiki. Prepoznal je nekaj najljubših knjig svojih staršev. Na drugi so bile trofeje, med njimi tudi nagrada za njegovo pisanje. Na tretji in četrti so bile vse njegove najljubše knjige iz otroštva. Spodnji dve polici sta bili prazni. Njegove oči so tekle do vrha knjižne police, da je moral podreti stol, da je videl, kaj je tam zgoraj.

Sam je prišel v sobo poleg njega. Svojemu nečaku je položil roko na ramo.

„Tisti, nisem bil prepričan, ali je še prezgodaj. I..."

Pika na i: družinska fotografija. Ko se je spomnil dneva fotografiranja, mu je po licu stekla solza. Bilo je v majhnem fotografskem studiu v središču mesta. Vsi so bili oblečeni. Oče v svoji modri obleki. Mama v novi modri obleki z rdečim šalom okoli vratu. On v svoji sivi obleki - enaki, kot jo je nosil na njunem pogrebu.

Ko se je spomnil, kako je bilo v fotografskem ateljeju, je zavohal jok. V studiu je bilo vse božično, čeprav je bil šele julij. Nasmehnil se je, ko je pomislil na lažne božične okraske in umetni kamin. Čez nekaj tednov je s pošto prišla voščilnica, vendar za njegove starše ta božič ni nikoli prišel. Obrnil je stol proti izhodu in se odpravil po hodniku, stric pa mu je sledil.

„Vem, da bo trajalo nekaj časa. Žal mi je, če sem šel prehitro predaleč, vendar je minilo že več kot leto dni in jaz ter tvoj svetovalec sva menila, da je čas.“

E-Z je nadaljeval pot. Želel je oditi. Pobegniti v svojo sobo in utišati svet, potem pa mu je nekaj prišlo na misel. Nekaj ključnega. Njegov stric ni mogel poznati zgodovine fotografije. Če bi vedel, je ne bi dal tja. Po vsem, kar je storil zanj, mu je bil dolžan pojasnilo. Ustavil se je.

„Nikoli je nismo uporabili, namenjena je bila za našo božično voščilnico, vendar do božiča nikoli niso prišli.“

„Zelo mi je žal. Nisem vedel.“

„Vem, da nisi vedel, vendar zaradi tega ne boli manj.“

Fizično in psihično izčrpan se je približal svoji sobi. Njegov notranji dialog se je nadaljeval s pozitivnimi spodbudami. Opominjal ga je, da bo zjutraj vse videti bolje. Ker je bilo skoraj vedno tako.

„To naj bi bil prostor za pisanje. Zapomni si, da si zdaj nagrajeni avtor in da imaš pisateljsko kri.“

Bil je že skoraj v svoji sobi - zakaj ga stric ni pustil oditi? Njegov temperament se je razplamtel.

„Napisal sem eno kratko zgodbo, vendar to ne pomeni, da lahko napišem več ali da si tega želim. Praviš, da mi po žilah teče kri Charlesa Dickensa, toda jaz si želim postati lovilec pri losangeleških Dodgersih. To, da me kličejo „drevesni deček“, še ne pomeni, da se moram zadovoljiti. Zakaj bi se moral zadovoljiti?“

„Želim si, da jim ne bi dovolil, da ti stopijo v glavo.“

„Jaz sem deček z drevesa! Če ne bi bilo tega prekletega drevesa!“ je vzkliknil, se naglo obrnil in s komolcem udaril ob steno. Njegova ne tako zelo smešna, smešna kost ga je bolela kot nora.

„Si v redu?"

E-Z je zamrmral in odšel v svojo sobo. Za seboj je nameraval zaloputniti vrata. Namesto tega se je napol vklenil v vrata in napol iz njih izstopil. Nato so se kolesa njegovega stola zaklenila.

„PRDEČEK!"

Sam je brez besed izpustil stol. Na poti ven je zaprl vrata.

E-Z je zgrabil nekaj nezlomljivih predmetov in jih vrgel ob steno. Da bi se pomiril, si je predstavljal starše, kako mu govorijo, kako so ponosni nanj. To je pogrešal. Toda če bi bil njegov oče zdaj tukaj, bi mu zabrusil, da je takšen fantič. Tudi mama bi mu odvrnila, vendar na bolj prijazen in nežen način. Obrisal si je solze. Začutil je sramoto in njegovo telo se je izčrpano sesedlo na invalidski voziček.

Stric Sam je skozi zaprta vrata vprašal: „Si v redu?"

„Pustite me pri miru!" E-Z je odgovoril. Čeprav je potreboval njegovo pomoč. Brez njega se ni mogel obleči v pižamo ali se spraviti v posteljo. Spati bi moral na stolu, v svojih oblačilih. Globoko v sebi je vedno vedel, da je resnica prava. Če bi se nehal zanimati zanj, bi se tudi vsi drugi nehali zanimati zanj. Potem bi bil resnično popolnoma sam.

S stolom se je pripeljal do okna in pogledal v nočno nebo. Glasba. To je bila edina stvar, ki jih je resnično povezovala kot družino. Seveda so se razlikovali v glasbenih zvrsteh, a ko je na radiu zazvenela dobra pesem, so jo postavili na stranski tir.

Po travniku je hodila črna mačka. Njegova mati si je vedno želela, da bi šli v New York in si ogledali *Mačke* na Broadwayu. Želel si je, da bi šla skupaj. Ustvarili bi si spomin. Zdaj tega nikoli ne bosta storila. Ta pesem, nekaj o spominih, ga je prisililo, da je segel po telefonu. Izbral je himno hard rocka in povečal glasnost. S pestmi je bobnal po naslonjačih stola, medtem ko je besnel in kričal besedilo.

Dokler ni tako močno zažugal, da se je zvrnil s stola in padel na tla. Ko je videl svojo sobo od spodaj navzgor, se mu je najprej hotelo jokati. Namesto tega se je začel smejati in se ni mogel ustaviti.

„Si v redu?" Sam ga je vprašal.

„Uh, potreboval bi tvojo pomoč." Od smeha ga je bolel želodec.

Sam se je sprva odzval z zaskrbljenostjo, ko je na tleh zagledal nečaka, ki se je držal za trebuh. Ko je spoznal, da ga drži od smeha, se je sesedel na tla poleg njega.

Pozneje, ko je Sam odhajal, je rekel: „Vse bo v redu, sinček."

„Vse bo v redu."

Takrat sta se dogovorila, da si bosta naredila tetovažo.

POGLAVJE 2

Sorry, danes z vami ne morem igrati bejzbola.“

„Daj,“ je rekel Arden. „Zadnjič nisi bil *tako* slab.“

„Izgubi se,“ je odgovoril E-Z. Povečal je hitrost, da bi se srečal s stricem, in trčil v Mary Garner, glavno navijačico.

„O, žal mi je, Mary.“

To je bilo prvič po nesreči, ko jo je videl. Dvignil je pogled, ko so se mu njeni lasje kot zavesa spustili čez oči: dišalo je po cimetu in medu.

„Kreten,“ je rekla. „Pazi, kam greš.“

Umaknila se je in odkorakala. Njeno spremstvo ji je sledilo.

Nasmehnil se je in jo z vratom opazoval. Njegovi prijatelji so prišli zraven in storili enako. Arden je zapiskal.

Pogledala je čez ramo in jim pomežiknila.

„Bog, fantastična je,“ je rekel PJ.

„Vroča je,“ je rekel Arden.

„Zelo.“

Zdaj, ko sta zapuščala šolo, je PJ vprašal: „Torej, povej nam, zakaj danes ne želiš igrati.“

„Ja, pomagajte nam, razumite,“ je rekel Arden, potegnil obraz in prekrižal oči. „Brez tebe smo neuporabni.“

„Poglejte, stric Sam in jaz sva sklenila pakt. Da bova danes po šoli naredila nekaj skupnega - nekaj pomembnega.“

Njegovi prijatelji so prekrižali roke in mu zaprli pot do stola.

„Še vedno nas nameravaš izključiti - in nam niti ne poveš, zakaj?“ je dejal rdečelasi PJ.

„Ti si popolni bedak.“

„Tega vam nikoli ne bi storili.“

Odšli so in pospešili korak.

E-Z je pospešil, vendar to ni bilo dovolj. „Počakaj! Naredili smo si tetovažo!“

Njegovi prijatelji so se ustavili.

„V spomin na mamo in očeta si bom dal narediti tatu - krila goloba, po eno na vsaki rami.“

„Gremo z vami!“

„Mislil sem, da se vam bo zdelo, da sem skopuški.“

Nekaj časa sta hodila brez besed.

„Stric Sam me bo pričakal pri tetovatorju.“

POGLAVJE 3

KojeSam videl nečaka s prijatelji, je bil presenečen.

„Mislil sem, da je ta pakt med nama, torej skrivnost?"

„Fantje so me hoteli peljati na tekmo - moral sem jim povedati."

„Okej, pravično. Ampak nimam navade, da bi nadomeščal njihove starše ali dajal dovoljenja v imenu njihovih staršev." Nato PJ-ju in Ardenu: „Ne moti me, da sta tukaj, vendar lahko tvoje tetovaže odobrijo le tvoji starši."

„Počakaj!" PJ je rekel. „Nikoli nisem niti pomislil, da bi imela tetovaže."

„Moji bodo zagotovo rekli ne," je rekel Arden. Njegovi starši so imeli težave, ki jih je v celoti izkoristil. Večino časa se je delal, kot da ga njuni nenehni prepiri ne motijo. Vsake toliko časa, ko ni mogel več zdržati, se je zatekel k prijatelju.

„Tudi pri meni." PJ je bil najstarejši in je imel dve sestri, stari pet in sedem let. Starši so ga spodbujali, naj bo dober zgled, in večino časa je to tudi počel. Z osredotočanjem na športno prihodnost se je ohranil na pravi poti.

Najstniki so si v trenutku, ko se jim je posvetilo, dali petko.

„Kaj?" Sam je vprašal.

„Povedala jim bova, zakaj E-Z to počne in da želiva imeti tetovaže, da ga podpreva," je dejal PJ.

Arden je prikimal.

„Počakajte trenutek. Torej hočeta kretenca smrt mojih staršev izkoristiti kot izgovor, da bi se tetovirala?"

Sam je odprl usta, vendar so mu besede ušle.

PJ in Arden sta bila rdečega obraza in strmela v pločnik.

E-Z ju je pustil na cedilu. „V redu zame."

Sam je zaprl usta, ko so se s fanti postavili v polkrog okoli invalidskega vozička.

„Vendar mi obljubi eno stvar - metuljčki niso dovoljeni."

„Hej, kaj imate vi proti metuljem?" Sam je vprašal.

POGLAVJE 4

S KRATKA, PJ IN ARDEN sta prepričala starše, da so jima dovolili tetovažo.

„Čez sekundo bom pri vas," je rekel tetovator in pogledal na vse štiri. Pred ogledalom je stal postaven moški, ki je svoji zbirki številnih tetovaž dodal še eno. Ta novi je bil med palcem in kazalcem. „Si Sam?" je vprašal moški, ki je tetoviral.

Samu se je malce zmešalo v želodcu, saj je prebral, da je roka eno najbolj bolečih mest za tetoviranje. „Da, govoril sem z vami po telefonu. To so moj nečak E-Z ter njegova prijatelja PJ in Arden."

„Vsi štirje si danes želite tetovaže? Ker sem pričakoval samo dva od vas."

„Žal mi je za to. Če je treba, lahko prestavimo termin, ali pa si ga naredim kakšen drug dan," je želeno dejal Sam.

„Na srečo mi bo kmalu prišla pomagat moja hčerka. Torej, dobrodošli v podjetju Tattoos-R-Us. Počakajte tam. Privoščite si kozarec vode. Tu je tudi nekaj brošur, ki si jih boste morda želeli ogledati. Morda vam bodo pomagale pri odločitvi, kje želite tetovažo. Vsako področje na telesu ima določen prag bolečine." Moški, ki se je tetoviral, se je zasmejal.

„Hvala," je odgovoril Sam, ko sta se odpravila proti čakalnici. Ko je sedel na kavč, je njegovo poskakujoče koleno PJ-ju in Ardenu vzbujalo strah v kosti. Prečkala sta sobo in pogledala na oglasno desko. Da bi pomiril svoje živce, je Sam začel govoriti. „Preveril sem jih na internetu, poslujejo že petindvajset let in tisti moški, s katerim sva govorila, je lastnik. Pri uradu za boljše poslovanje imajo odličen ugled. Poleg tega imajo na svoji spletni strani veliko ocen s petimi zvezdicami."

Vse oči so se obrnile, ko je v prostore vstopila presenetljiva ženska, oblečena v gotski obleki. Stara je bila okoli trideset let in sodeč po njenih značilnostih lastnikova hči. Imela je tetovaže na vsakem koščku izpostavljenega telesa in občasne piercinge povsod drugje.

„Oprostite, da zamujam," je rekla in se dotaknila očeta po rami. Pogledala je v čakalnico in mu nekaj zašepetala. Sijal ji je zobat nasmeh in se obrnila proti strankam.

„Pozdravljeni, jaz sem Josie." Iztegnila je roko in se z vsakim od njih rokovala. „To je Rocky. On je lastnik, jaz pa sem njegova hči."

„Jaz sem Sam, to so moj nečak E-Z in njegova dva prijatelja, PJ in Arden." Raje je padel, kot da bi se spet usedel nazaj.

Josie mu je šla po kozarec vode.

E-Z je pomislil, kako zelo jo je moral boleti piercing na jeziku, potem pa je stricu rekel: „Ni ti treba."

„Ali mi praviš, da sem piščanec?" je rekel, pri čemer se mu je celotno telo treslo, ko mu je Josie dala kozarec v roko. Ko ga je dvignil k ustnicam, je razlil nekaj vode.

„Vi ste tatu devici, kajne?" Josie je vprašala.

E-Z se je zdelo, da ima sladek glas, kot Stevie Nicks, najljubša pevka njegovega očeta iz skupine Fleetwood Mac, ki je pela o čarovnici Rhiannon.

Ni jima bilo treba odgovoriti, saj je njun molk povedal vse.

„Z Rockyjem ste v odličnih rokah. Je najboljši tetovator v mestu. Bo bolelo, fantje. Ja, bolelo bo. Ampak to je kot bolečina, o kateri poje John Cougar. Saj veste - boli tako dobro."

Sam se je zasmejal. „Kako zelo dejansko boli?"

„To je odvisno od tvojega praga za bolečino - in od tega, kje jo boš dobil. Tamle je brošura, v kateri so označena različna področja telesa z oceno bolečine."

E-Z je začutil, da mu je na obrazu postalo vroče, in tudi polti njegovih prijateljev so dobile podoben odtenek. Pogledal je v Samovo smer in opazil njegovo polt, ki se je spremenila v zelenkast odtenek.

Josie je nadaljevala. „Po prvem tatuju ti bo morda postal všeč in si boš želel še več."

Sam je stal, njegovo telo pa se je treslo od strahu.

„Morda bo potreboval malo svežega zraka," je dejal E-Z in stricem odkorakal proti vratom.

Ko je bil Sam zunaj, je hodil gor in dol po pločniku, srce pa mu je razbijalo, kot da mu bo skočilo iz prsi. „Želim si, da bi kadil."

„Cenim, da si prišel z mano sem dol, res, ampak iskreno, ni ti treba, da to storiš. Vem, da sva sklenila pakt in da je to nekaj, kar želim storiti - v spomin na mamo in očeta -, vendar mi nisi ničesar dolžan. Zakaj ne bi šla na sprehod, si privoščila kavo in ko bova končala, ti bova poslala sporočilo, dobro?"

„Rekel sem, da ti bom vedno na voljo. Zdaj sem tukaj zate. Sovražim igle. In vaje. Mislila sem, da bom zmogla, a zdaj ugotavljam, da je strah močnejši od mene. Takšen strahopetec sem.“

„Vedno si bil tu zame, stric Sam. Ni ti treba tega dokazovati meni ali komur koli drugemu s tem, da si narediš tatu, ki si ga sploh ne želiš. Zdaj pa pojdi od tu. Pokličem te, ko bomo končali.“ Odpeljal se je nazaj na rampo, njegovi prijatelji pa so se postavili v vrsto za njim. Čez ramo je pogledal na Sama. Ubogi fant je bil negiben kot kip.

„Vse bo v redu. Zdaj pa odpotuj.“

Sam se je zasmejal. „Toda preden odidem, mi raje daj pismo, ki sem ga napisal sinoči, da bom lahko dodal PJ-jevo in Ardenovo ime. Ker brez mojega dovoljenja nihče od vas ne bo dobil tetovaže.“

„Dobra misel,“ je rekel E-Z, ko je podal listek po vrsti. Zdaj je podpisan prišel spet gor. Spravil ga je v žep in odšla sta v notranjost, kjer ju je čakala Josie.

„Okej, ti si naslednji. Če se boš zdaj poscal v hlače, ti bom pokazal, kje je stranišče.“

„Ugrizni me,“ je rekel E-Z, ko je odpeljal svoj stol v položaj.

M EDTEM KOJEROCKY KONČAL PRI pultu, je Josie E-Z-u izročila knjigo s tetovažami.

„Že vem, ne da bi pogledala. Rada bi imela golobje krilo na vsaki rami." Spet so se pojavile zelene in rumene luči. Tako zelo si je želel, da bi jih odrinil, vendar ni želel, da bi tudi Josie mislila, da je nor.

Josie je prelistala knjigo. „Ali si jih imel v mislih?"

Prikimal je in jo opazoval v ogledalu, ko si je umivala roke, nato pa si je nadela par črnih rokavic. Iz sterilne embalaže je vzela skodelice za črnilo in jih postavila na mizo.

„Ali imate sporočilo staršev ali skrbnika? Predvidevam, da niste stari osemnajst let?"

E-Z se je nasmehnil in ji podal listek.

„Vse izgleda v redu. Zdaj pa k pomembnejšim zadevam. Ali imaš poraščen hrbet?" Nasmehnila se je. „Če imaš, ga bomo morali najprej očistiti in obrijeti. Mislim na celoten hrbet."

„Vsekakor ne."

Tudi on se je nasmehnil, ko so se iz čakalnice zaslišali njegovi prijatelji, ki so se hihitali. Medtem je Josie izginila v zadnjo sobo in tam je zazvenela glasba. Za trenutek se je oglasila Another Brick in the Wall, potem pa glasbe ni bilo več.

„Zakaj si to naredila?" je vprašal.

„Ne maram ničesar, kar so napisali Pink Floydi." Nadaljevala je s postavljanjem stvari.

„Tega ne moreš reči, če nisi nikoli poslušal Dark Side of the Moon."

„Poslušala sem, bilo je sranje," je rekla, ko mu je čez glavo potegnila srajco. „Oh!"

POP.

POP.

In obe luči sta izginili.

Rocky je stopil k njej in se postavil poleg nje. „Kaj za vraga?"

„Kaj za vraga, res," je rekla Josie.

To je pripeljalo PJ in Ardena.

„Ne razumem, E-Z. Zakaj bi lagal?"

„Seveda ne bi lagal - E-Z nikoli ne laže," je rekel Arden.

„KAJ!?" E-Z je vprašal in se poskušal premakniti s stola, da bi lahko videl, kaj sta videla. „Lagati? O čem? Povej mi, karkoli že je. To lahko sprejmem."

Josie je vprašala: „Zakaj si lagal o tem, da je tatu devica?"

$$\boldsymbol{***}$$

Nisem!" E-Z se je zataknil, ker ni vedel, kaj misli.

"   „Počakaj," je rekel Arden. „Če si lagal, moraš imeti dober razlog."

„Jig je na vrsti!" PJ je rekel. „Čeprav jih ni mogel dobiti brez dovoljenja odraslega."

Rocky je vzel ročno ogledalo in ga namestil tako, da je E-Z lahko videl, kaj sta videla. Dve tetovaži, eno na desni in drugo na levi rami. Krila.

„Kaj pa?"

„Rekel mi je, da si želi krila," je rekla Josie. „Mislila sem, da si prijazen otrok."

„Sem! Iskreno, nimam pojma, kako so prišla tja, in to niso krila, ki sem si jih želel. Želel sem golobja krila. Te so bolj podobne angelskim krilom."

„Daj no," je rekel Rocky. „Ta krila je naredil profesionalec. Pred časom. In so precej izjemna angelska krila. Moja pohvala tistemu, ki jih je naredil. Če bodo kdaj iskali delo, naj se obrnejo name."

„Križem rok, nisem si naredil tetovaže. To je prvič, da sem bila v lokalu, kjer se tetovirajo. Vprašajte mojega strica. On me bo podprl. On ve."

„Nič od tega nima smisla,“ je rekel Arden.

Rocky je zmajal z glavo. „Vsaj priznaj to, fant.“

„Želita si tetovažo?“ Josie je vprašala z rokami na bokih.

„Ne,“ sta odgovorila.

„Moški so taki lažnivci,“ je rekla Josie, ko sta za seboj zaprla vrata.

„Ni važno, ljubica, tako ali tako je že čas za večerjo.“ Nato je na vrata pritrdil znak ZAPRTO.

Vrnem se in pred studiem zagledam tri fante, ki čakajo. Njihova telesna govorica je bila nenavadna. Rdečelasi PJ je imel prekrižane roke, medtem ko je imel Arden z olivno poltjo roke na bokih. Medtem je bil njegov nečak blizu solz.

„Hvala bogu, stric Sam, hvala bogu, da si se vrnil.“

Prihitel je bliže. „O ne, je bilo strašno boleče? V nekaj dneh se bo umirilo. Vse bo v redu. Zdaj pa mi dovolite, da pogledam.“ Žvižgal je, ko se je nečak nagnil naprej, da mu je lahko dvignil srajco. „Prekleto je moralo boleti.“

„Verjetno je bilo,“ je rekel PJ.

„Ko jih je *prvič* dobil.“

„Prvič? Kaj?“

„Imel jih je že, ko mu je slekla srajco.“

„Ne moremo pa ugotoviti, kako?“

„Kaj mislite? Lahko vam zagotovim, da jih ni imel včeraj.“

„Vidiš, rekel sem ti, da me bo stric Sam podprl.“ Če mu ne bi verjeli, bi verjeli stricu, toda zakaj bi mislili, da bo o tem lagal? Vedeli so, da ni bil lažnivec.

„Po Rockyjevih besedah ima te stvari že nekaj časa.“

„Vidiš, kako so zaceljene?" PJ je rekel. „Rocky in Josie sta bila razdražena in imata vso pravico biti, saj je bil E-Z videti enako presenečen kot mi, ko sta ju videla."

„In vi dva," je vprašal Sam, "kako je šlo s tatuji?"

„Odločila sva se, da ne bova šla naprej," je rekel PJ.

„Ni se mi zdelo prav."

Sam je rekel: „Povej, kaj se je zgodilo. Razloži mi, kaj se je zgodilo, ker ne morem razumeti, kaj se je zgodilo."

„Ne morem. Stric Sam, veš, da jih včeraj ni bilo tam. Nimam nobene razlage. Vse, kar hočem, je iti domov." Začel se je premikati, brenkal je po kolesih svojega stola, hitreje, še hitreje, še hitreje. Želel je oditi, kamorkoli. Če mu niso verjeli, naj grejo k vragu.

Ko se je približal koncu ulice, so se luči spremenile iz zelenih v rdeče. Deklica, ki je šla sama, je že bila v pogonu, da bi prečkala cesto. Stopila je z robnika, ko je za vogal zapeljal avtodom. Njegov invalidski voziček se je dvignil s tal in se izstrelil proti njej. Iztegnil je roko in jo zgrabil. Ravno pravočasno, da jo je rešil pred padcem pod kolesa vozila.

Invalidski voziček se je zdaj zunaj nevarnosti dotaknil nazaj in on jo je odnesel na varno. Pred njim je stal beli labod, ki je bil večji od običajnega. S krilom mu je pokazal palec navzgor in odletel.

„Labod," je rekla deklica, ko se je ozrla po starših.

E-Z je izkoristil priložnost, da se zlije z množico in izgine za vogalom, nato pa je močno, kot še nikoli prej, udaril po špranjah svojih koles in kmalu je bil nekaj blokov stran.

„Si to videl?" Arden je vzkliknil, ko se je ustavil na vogalu. „Uf," je rekel, ko je ženska za njim trčila vanj. „Uf," je slišal za sabo, ko so za njim trčili še drugi pešci.

PJ je vztrajal na mestu, ko se je moški zadaj zaletel vanj. Ardenu je rekel: „Ja, videl sem ga ... vendar nisem prepričan, kaj sem videl. Ena stvar so bila tetovirana krila, ta pa... kaj? Čudež?"

„To je bila optična iluzija," je rekel Sam, ko mu je zavibriral telefon. To je bilo sporočilo od E-Z, ki ga je prosil, naj ga čim prej dobi blizu parkirišča za trgovino z železnino. „E-Z me potrebuje, ali se bosta lahko vrnila domov?"

„Seveda, brez težav, Sam."

„Upam, da je z njim vse v redu."

Sam se je odpravil nazaj do avta in poskušal ohraniti mirno kri, medtem ko je skušal logično ugotoviti, kaj se mu je pravkar zgodilo.

Nobeden od fantov ni želel govoriti o tem, kar sta videla - E-Z-ov invalidski voziček v letu.

„Ste to videli?" so šepetali drugi za njima, ko se je zbrala množica.

„Želim si, da bi imela pripravljen telefon," je dejala neka ženska.

Druga ženska z mikrofonom in kamero se je prebila v ospredje. Ko se je spremenila luč, je prečkala cesto, za njo pa par v solzah - starša deklic. Za njima je bil voznik avtodoma.

„Hvala bogu, da ste bili tam," je vzkliknil. „Nisem je videl. Ti si junak, otrok. Hvala."

„Mami!" je zaklical otrok, ko ga je mati potegnila v naročje. Z možem sta jo tesno objela, medtem ko se je novinarka premaknila, operater kamere pa je posnel ta trenutek.

V bližini je jokal moški, ki jo je skoraj zadel. Novinar in fotograf sta se z njim pogovarjala. „Rešil je njo in mene. Fant, fant na invalidskem vozičku.“

Poskušala sta ga najti, vendar ga ni bilo več. Skrival se je kot kriminalec. Čakal je, da pride stric Sam in ga reši. Poskušal je razumeti, kaj se je zgodilo. Poskušal se je izogniti preplahu.

Na kraju dogodka sta dve luči, zelena in rumena, vsem v bližini izbrisali misli. Nato sta uničili vse posnetke.

„Kaj počnemo tukaj?“ je vprašal novinar.

„Nimam pojma,“ je odgovoril snemalec.

Na poti domov se je E-Z nekako počutil kot junak. Toda vedel je, da je pravi junak stol; njegov invalidski voziček, ki je vzletel.

E-Z Dickens je bil tetovirani angel.

Letel**sem** s stricem Samom. Res sem letel."

"   Sam je zapeljal na dovoz in parkiral.

„Videl si ga, kajne? Videl si, kako sem rešil tisto deklico. Nisem mogel priti pravočasno in moj voziček je to vedel, zato se je dvignil od tal in se pognal proti njej."

„Da, videl sem. Bilo je izjemno. Mislim na to, kako si rešil tisto deklico pred poškodbo. Toda tvoj stolček se ni dvignil. To je bil zagon, ki vas je gnal naprej. Zaradi navala adrenalina in tega, kako hitro si se moral premikati, da si prišel tja, se je zdelo, kot da letiš - vendar nisi."

„Letel sem. Stol se je odlepil od tal."

„E-Z, daj no. Ti veš in jaz vem, da nisem letel. To moraš vedeti. Kaj misliš, da si? Za prekletega angela?"

Sam je stopil iz avtomobila, iz prtljažnika potegnil invalidski voziček in prišel okrog, da bi nečaku pomagal v njega. Pri tem se je E-Z-ova desna rama udarila ob rob vrat, zato je zakričal od bolečine.

„Voda!" je zakričal. „Zdi se mi, da me bo zajel ogenj."

Sam je stekel v kuhinjo in se vrnil s steklenico vode.

E-Z mu jo je zvrnil na ramo. Nekoliko se je umirila, nato pa je imel občutek, da mu gori tudi druga rama. Nanjo je izlil preostanek steklenice. Sam ga je potisnil v hišo, E-Z pa mu je skušal strgati srajco. Sam mu jo je pomagal potegniti čez glavo.

„O ne!" Sam je zavpil in si pokril nos. Lopatke njegovega nečaka so bile zdaj videti in dišale po zoglenelem mesu z žara. Pohitel je v kuhinjo po vodo.

Na poti je E-Z kričal in kričal, dokler ni izgubil zavesti.

POGLAVJE 5

BILOJE TEMNO IN BIL je sam, le lunina senca se je razprostirala nad njim po nebu.

Roke je imel prekrižane na prsih, kot bi videl mrtve na pogrebu z odprto krsto. Stresel jih je. Zdaj sproščeno jih je položil na naslonjala za roke invalidskega vozička, da bi ugotovil, da ga ni v njem. Prestrašil se je, da se bo prevrnil, zato je roke ponovno prekrižal na prsih. Toda počakajte, ko jih je prej prekrižal, se ni prevrnil - to je storil še enkrat in ostal pokonci.

E-Z je eno roko držal trdno na prsih, medtem ko je drugo, desno, iztegnil, kolikor je segala. Njegovi prsti so se dotaknili nečesa hladnega in kovinskega. Z levo roko je storil enako in spet našel kovino. Nagnil se je naprej in se dotaknil stene pred seboj, enako pa je storil tudi za seboj. Ko se je premikal, se je sedež pod njim premikal, kot bi bil sistem vzmetenja. Ta sistem ga je držal pokonci, ali pa ne?

PFFT.

Zvok meglice, ki se je dvignila v zrak. Topla je okrepila njegov čut za vonj in ga ovila v šopek sivke in citrusov.

Padel je v globok spanec, v katerem je sanjal sanje, ki niso bile sanje, saj so bile spomini. Nesreča - dogajala se je znova in znova - v zanki. Odvrgel je glavo nazaj in zavpil.

„Moment, prosim," je rekel ženski glas.

To je bil robotski glas, kot ga slišimo na posnetku, ko ni bilo nobenega človeka.

Preveč se je bal, da bi spet zaspal, zato je vprašal: „Kdo je tam? Prosim. Kje sem?"

„Tukaj si," je rekel glas in se nato zasmejal. Smeh se je odbijal od posode, podobne silosu, in mu udarjal po ušesih, ko je prihajal in odhajal.

Ko je prenehal, se je odločil, da se bo izmuznil. Z vsemi močmi je razširil roke in potisnil. Občutek je bil dober. Delati nekaj, karkoli - sprva, dokler ni prevladala klavstrofobija.

PFFT.

Pršilo, tokrat bližje, mu je šlo naravnost v oči. Citronska kislina ga je zbodla, v oči so mu pritekle solze, kot bi rezal čebulo, in vstal je.

Počakajte trenutek...

Spet je padel na tla. Zavihtel je prste na nogah. To je storil še enkrat. Iztegnil je desno nogo. Nato levo nogo. Delali so. Njegove noge so delovale. Dvignil se je...

Glas, tokrat moški, je rekel: „Prosimo, ostanite na svojem mestu."

Stisnil se je v desno stegno, nato v levo. Kdo bi vedel, da je lahko ščip ali dva tako dober občutek? Nihče ga ni mogel ustaviti. Dokler je imel noge, bo spet stal.

Nad njim se je zaslišal hrup, kot bi se premikalo dvigalo. Zvok je postajal vse glasnejši. Pogledal je navzgor. Strop silosa se je spuščal. Vedno večji in večji. Nazadnje se je popolnoma ustavil.

„Sedite," je zahteval moški glas.

E-Z se je dvignil, a strop se je spuščal navzdol - dokler ni mogel več stati. Potrpežljivo je sedel in čakal, da se bo stvar umaknila kot dvigalo, ki se dviga proti vrhu - vendar se ni premaknila.

PFFT.

„Pustite me ven!"

„Dodaj laudanum," je rekel ženski glas.

Stene so se ustavile, nato pa so izpršile izjemno velik odmerek.

PPPFFFTTT.

To je bil zadnji zvok, ki ga je slišal.

$$\text{***}$$

BACK V SVOJI POSTELJI - spraševal se je, ali se mu je zmešalo in si je domišljal, da je bil celoten incident v silosu E-Z. Občutek je bil resničen, vonj je bil resničen. In tista dva glasova - zakaj se nista pokazala? Pobrskal se je po glavi in pred očmi zagledal dve luči. Kot prej je bila ena zelena, druga pa rumena.

„Halo?" je zašepetal, ko ga je napadel visok pisk, podoben bičanju komarjev. Z desno roko se je vrnil nazaj in silovito udaril. Toda preden se je povezal, je zastal z roko v zraku. Njegove oči so se zaslepile kot pri hipnotiziranem piščancu.

POP.

POP.

Luči so se spremenile v dve bitji. Vsako je potisnilo ramo in E-Z je padel na blazino, kjer je zaprl oči in zaspal.

„To bi morali storiti zdaj, pisk-pisk," je rekla nekdanja rumena luč.

„Najprej se prepričajmo, da spi, zoom-zoom," je rekla nekdanja zelena luč.

„Dobro, lotimo se dela, pisk-pisk."

„Ali imamo njegovo soglasje, zoom-zoom?"

„Rekel je, da bo, vendar se ne spomni. Skrbi me, da to ni zavezujoč dogovor. Morda je le delna, *ti* pa *veš*, *kdo* sovraži delne pogodbe. Da ne omenjam, da bi se človeški delci ujeli med piskanjem in piskanjem."

„Ja, preveč ga imam rada, da bi dopustila, da postane med in med zoom-zoom."

„To nima nobene zveze s tem. Ne pozabi, kaj se je zgodilo z labodom. Da ne omenjam - zakaj ljudje rečejo, česar ne omenjajo, preden omenijo tisto, česar ne želijo povedati?" Ne da bi čakal na odgovor. „Bili bi v škripcih in *veš kdo* bi bil zelo skregan pif-pif."

„Ampak človek že ima svoja tetovirana krila. Poskusi se ne začnejo, dokler se subjekt ne strinja." Lusnila je s prsti in pojavila se je knjiga. Zamahnila je s krili in ustvarila vetrič, ki je obračal strani. „Tukaj piše, da se krila namestijo šele potem, ko se subjekt strinja. Torej, ko je rekel „da", je bil dogovor sklenjen. „Zoom-zoom". Dvignila je roke in knjiga je poletela navzgor, kot da bo udarila ob strop, a je namesto tega izginila skozi strop.

Poleteli sta, ena je pristala na E-Z-ovi rami, druga pa na njegovi glavi.

„Tega nisem naredil," je rekel, ne da bi odprl oči.

„Spi več, zoom-zoom," je rekla in se dotaknila njegovih oči.

„Pšššššš, piš-piš."

„Mami, vrni se. Prosim, vrni se!"

„Zelo je nemiren, zoom-zoom."

„On sanja, pisk-pisk."

E-Z je odprl usta in smrčal kot slonček. Veter ju je držal v zraku - ni jima bilo treba mahati s krili. Hihitala sta se, dokler ni zaprl ust. Tako sta se znašla v prostem padu. Z besnim mahanjem sta si hitro opomogla.

„O, ne, škriplje z zobmi, pisk-pisk.“

„Ljudje imajo čudne navade, zoom-zoom.“

„Ta človeški otrok je doživel dovolj. Z uporabo teh pravic bo čutil manj bolečin, pisk-pisk.“

Prvo bitje je priletelo na E-Z-ov prsni koš in pristalo z brado, potisnjeno naprej, in rokami na njegovih bokih. Bitje se je enkrat obrnilo v smeri urinega kazalca. Zavrtelo se je hitreje in iz trepetanja njegovih kril je izhajala pesem. Pesem je bila tihi stok. Žalostna pesem iz preteklosti v čast življenju, ki ga ni bilo več. Bitje se je naslonilo nazaj, z glavo se je naslonilo na E-Z-ov prsni koš. Vrtenje se je ustavilo, pesem pa se je igrala še naprej.

Drugo bitje se je pridružilo in opravilo enak obred, vendar se je vrtelo proti smeri urinega kazalca. Ustvarili so novo pesem, brez piskanja in zumiranja. Ko so peli, onomatopoija ni bila potrebna. V vsakdanjem pogovoru z ljudmi pa je bila. Ta pesem je prekrila drugo in postala veselo, visoko doneče praznovanje. Oda za prihodnje stvari, za življenje, ki ga še nismo živeli. Pesem za prihodnost.

Iz njihovih zlatih očesnih jamic je izbruhnil briljantni prah. Obrnila sta se v popolni sinhronizaciji. Diamantni prah se je iz njunih oči razpršil na speče telo E-Z. Izmenjava se je nadaljevala, dokler ga ni prekrila z diamantnim prahom od glave do pet.

Najstnik je še naprej trdno spal. Dokler mu diamantni prah ni prebodel mesa - takrat je odprl usta, da bi zakričal, vendar ni izdal nobenega zvoka.

„Prebuja se, pisk-pisk.“

„Dvignite ga, zoom-zoom."

Skupaj so ga dvignili, ko je odprl svoje zaslepljene oči.

„Spi več, pisk-pisk."

„Ne občuti bolečine, zoom-zoom."

Stvarili sta njegovo telo in sprejeli njegovo bolečino vase.

„Vstani, pisk-pisk," je ukazal.

In invalidski voziček se je dvignil. Postavil se je pod E-Z-ovo telo in čakal. Ko se je spustila kapljica krvi, jo je stol ujel. Absorbiral jo je. Požrl jo je, kot da bi bila živo bitje.

Ko je moč stola naraščala, je pridobival tudi na moči. Kmalu je stol lahko držal svojega gospodarja v zraku. To je bitjema omogočilo, da sta opravila svojo nalogo. Njuna naloga je bila združiti stol in človeka. Za vse večne čase sta ju povezala z močjo diamantnega prahu, krvi in bolečine.

Medtem ko se je najstnikovo telo treslo, so se vbodi na njegovi koži zacelili. Naloga je bila končana. Diamantni prah je bil del njegovega bistva. Tako se je glasba ustavila.

„Končano. Zdaj je neprebojen. In ima super moč, pisk-pisk."

„Da, in to je dobro, zoom-zoom."

Invalidski voziček se je vrnil na tla, najstnik pa na posteljo.

„Tega se ne bo spominjal, toda njegova prava krila bodo začela delovati zelo kmalu, beep-beep."

„Kaj pa drugi stranski učinki? Kdaj se bodo začeli in ali bodo opazni, zoom-zoom?"

„Tega ne vem. Morda bo imel fizične spremembe ... to je tveganje, ki ga je vredno sprejeti za zmanjšanje bolečine, pič-pič."

„Strinjam se, zoom-zoom."

Izčrpana sta se stvori stisnili v E-Z-ov prsni koš in zaspali. Ko se je zjutraj pretegnil, nista vedela, da sta tam, in sta padla na tla.

„Ups, žal mi je," je rekel krilatima bitjecema, preden se je obrnil in ponovno zaspal.

„**A**SI BUDEN?" SAM JE vprašal, preden je nekoliko odprl vrata. Njegov nečak je smrčal, a stol ni bil tam, kjer ga je pustil, ko mu je pomagal v posteljo. Sam je skomignil z rameni in se vrnil v svojo sobo, kjer je prebral nekaj poglavij Davida Copperfielda. Čez nekaj ur se je vrnil v nečakovo sobo.

„Trkaj, trkaj."

„Dobro jutro," je rekel E-Z.

„Lahko, če vstopim?"

„Seveda."

„Si dobro spal?"

„Mislim, da ja." Raztegnil se je in se naslonil na vzglavje postelje.

„Kako je tvoj stol prišel sem? Mislil sem, da sem ga parkiral ob steno."

Pokrčil je rameni.

„In poglej naslone za roke - si jih pobarval?"

Nagnil se je nadenj, videl rdeč odtenek in spet skomignil z rameni. „Kaj se mi je zgodilo?"

„Prekinil si. Ne razumem, zakaj. Rekel si, da se počutiš, kot da bi ti gorela ramena. Poiskal sem na spletu po tvojem opisu in pojavilo se je homeopatsko zdravilo. Neverjetno, kaj vse lahko tam najdeš. V steklenički z razpršilom sem zmešala nekaj sivkinega olja z vodo in aloe ter vam ga natočila naravnost na kožo. Rekli so, da vam bo to takoj olajšalo. Niso se šalili, saj si se sprostila in zaspala.“

„Hvala, zdaj se počutim veliko bolje.“ Poskušal je vstati iz postelje, vendar so mu zzzzs leteli po glavi, kot da bi bil Wile E. Coyote. „Mislim, da bom še nekaj časa ostal v postelji.“

„Dobra ideja. Ti lahko kaj prinesem?“

„Toast? Z jagodno marmelado?“

„Seveda, otročiček.“ Odšel je iz sobe in rekel, da se bo kmalu vrnil. Ko se je vrnil s hrano na pladnju, je nečak poskušal jesti, vendar ni mogel ničesar zadržati.

„Mogoče samo malo vode.“

Sam je prinesel steklenico, iz katere je E-Z poskušal piti, pa tudi te ni mogel zadržati.

„Mislim, da bom še naprej počival.“ Njegove oči so ostale odprte in so zrle predse v nič. „Koliko je ura?“

„Pet zjutraj je in danes je sobota. Zunaj ste že dvanajst ur. Prestrašil si me.“

Povezava, sivka na obeh mestih, se je E-Z-u zdela nenavadna. Je doživel križanje v resničnem življenju? To je bilo preveliko naključje, torej če je silos res obstajal. Ali pa so bile to le sanje? Bolj podobno nočni mori. Toda njegove noge so v tej kovinski posodi vendarle delovale. V trenutku bi se vrnil nazaj - tvegal bi karkoli -, da bi spet lahko uporabljal svoje noge.

„E-Z?“

„Kaj? Resnično, mislim, da bi rad zaprl oči in se še malo spočil.“

Sam je zapustil sobo in za seboj zaprl vrata.

E-Z se je sprehajal med zavestjo, medtem ko se je nesreča vrtela v zanki. Stevie Nicks, ki je nosila bela krila, je poskrbela za spremljajočo glasbo. Medtem ko sta v ozadju dve luči - zelena in rumena - poskakovali gor in dol.

✳✳✳

V NASLEDNJIH DNEH JE POSKUŠAL v mislih sestaviti koščke, tako da je sestavil seznam skupnih značilnosti:

1. Bela krila - bela krila, vtetovirana na njegovih ramenih. Stevie Nicks je imela v njegovih sanjah bela krila.

2. Sivka - stric Sam je za blaženje opeklin uporabljal sivko in aloe. V silosu je s sivko poškropil zrak, da bi se pomiril.

3. Rumene in zelene luči. Videl jih je po nesreči in v svoji sobi.

4. Invalidski voziček - letel je, da je lahko rešil deklico. Ko je bil lovilec, je njegova zadnjica zapustila stol, da je lahko ujel žogo.

5. Nasloni za roke - zdaj so bili rdeči. Podobnih incidentov ni bilo. Brez razlage.

6. Pekoč občutek na ramenih/tatuji, ki so se pojavili na ramenih. Brez razlage.

Od nesreče ni več verjel v boga. Noben bog ne bi dovolil, da drevo zdrobi njegove starše. Bila sta dobra človeka, nikoli nista nikogar poškodovala. Kaj se je zgodilo z njegovimi nogami, ni bilo pomembno. Vsak bog, ki bi bil česa vreden, bi mu segel v roko in ga ustavil, še preden bi se to zgodilo.

Razen če je bog morda obstajal in je bil na kosilu. Ja, prav.

V njegovem telesu so se dogajale spremembe in on je želel odgovore. Globoko v sebi je vedel, da jih bo dobil le tako, da se bo vrnil v prekleti silos - če je ta sploh obstajal.

POGLAVJE 6

ENEKATERO JUTRO JE E-Z lebdel v zraku nad svojo posteljo, saj so mu zrasla krila. Na poti, da bi si v ogledalu v omari ogledal svoje nove pripomočke, se je skoraj zaletel v steno.

„Je tam vse v redu?" Sam je poklical iz sosednje sobe.

„Da," je rekel in se premetaval na stran, medtem ko je občudoval svojo novo pridobljeno moč letenja. Perje ga je fasciniralo. Zlasti način, kako so ga poganjala naprej, kot da bi bila eno z njegovim telesom. Počutil se je bolj kot ptica kot angel, zato se je poskušal spomniti, kaj se je v šoli učil o ornitologiji. Vedel je, da ima večina ptic osnovno perje, morda deset. Brez primarnih peres ne bi mogle leteti. On je imel na perutih več kot deset primarnih peres, pa tudi več sekundarnih. Poskusil je zaviti v levo, nato v desno in ocenil svoje manevrske sposobnosti. Počutil se je breztežnega, zato je letel po svoji sobi. Vzpenjal se je nad invalidski voziček, ki ga ni več potreboval. S temi krili bi lahko poletel po svetu. Kot Superman je položil roke na boke in se usmeril proti vratom. Prišel je do njih, ko jih je Sam odprl.

„Do smrti si me prestrašil!" Sam je skoraj skočil iz kože.

Najstnik je bil presenečen in je poskušal ohraniti nadzor nad situacijo. Spremenil je smer in nameraval iti do postelje. Vendar prehod ni bil tako enostaven, kot je upal, in padel je v prosti pad.

Sam je stekel po invalidski voziček in ga premikal sem ter tja, da bi ga obdržal pod nečakom.

E-Z si je opomogel in se spet dvignil.

„Takoj se spusti sem dol!" Sam je zaklical; v zraku je dvignil pesti.

Odletel je proti postelji in varno pristal. Njegova krila so se zaprla kot harmonika brez glasbe. „To je bilo tako zabavno. Komaj čakam, da poletim v šolo."

Sam je padel na nečakov stol. „Kaj je bilo vse to? In ali res misliš, da lahko s temi stvarmi letiš v šolo? Bil bi v posmeh."

„Na to bi se navadili in namesto da me kličejo 'deček z drevesa' - bi me lahko klicali deček z letala. Ja, to mi je všeč."

„Glede na to, kar sem videl, je bil to neuspešen poskus. In fly boy se sliši smešno."

„To je bil moj prvi poskus. To mi bo šlo od rok."

Sam je zmajal z glavo, saj ga je radovednost premagala in prehitela čustva, da bi pobegnil.

„Ali si ga lahko ogledam pobliže? Mislim, ne da bi ti odletel?" je vprašal, ko se je E-Z obrnil s telesom proti njemu. „Ni jih več. Popolnoma. Mislim na tetovaže. Nadomestila so jih prava krila - in lahko letiš. O, fant!" Usedel se je, preden je padel.

„Zbudil sem se, krila so se razvila in naslednje, kar sem vedel, je bilo letenje."

„To je čarovnija. Mora biti. Ali pa morda sanjamo, ti si v mojih sanjah ali jaz v tvojih in kmalu se bova zbudila in ..."

Sam je poskušal ostati miren zaradi nečaka, vendar mu je v notranjosti srce razbijalo.

„To niso sanje.“

„Kako sta izskočila? Si moral kaj reči? Mislim, ali obstajajo čarobne besede, ki jih moraš izreči?“

„Ne spomnim se, da bi kaj rekel. Mislim, da bi lahko poskusil.“ Nekaj sekund je premišljeval o tem in zavzel pozo kot Rodinov Mislec. „Počakaj, naj poskusim še jaz.“ V zraku je zamahnil z gibom brez palice: „Autem!“

„Kdaj si se naučil latinščine?“

„Na telefonu imam brezplačno aplikacijo.“

„Tudi jaz se učim francoščino. Poskusi en haut.“

„En haut!“ Še vedno nič. „Dvigni me! Qui exaltas me!“ Razdraženo je prekrižal roke. „Še dobro, da ste vstopili in me videli leteti, sicer mi ne bi verjeli!“ Zanimalo ga je, kaj počneta PJ in Arden, ki ju ni videl že nekaj dni. Nato so se mu odprla krila in že je lebdel nad posteljo.

„Ro-ro,“ je rekel Sam, ko so se krila umaknila in E-Z je padel na tla.

„Takrat bi bilo super, da bi mi zagrabil stol.“

Sam se je nasmehnil. „Lažje reči, kot narediti. Oprostite. Si v redu?“

„Nisem poškodovana. Mislim fizično, ampak psihično, kdo ve?“ Zasmejal se je. „Lahko mi pomagaš na stol?“

Sam ga je dvignil in ga varno položil na stol. Ko se je naslonil nazaj, so se krila, namesto da bi se do konca umaknila, z vso močjo dvignila nazaj. E-Z se je dvignil in letel naokoli kot Zvončica.

„Torej, tako je, kajne?“ Sam je rekel.

„Moram se še naučiti, ne vem, zakaj, ampak...“

„No, ko boš pripravljen, pridi dol in bomo šli na zajtrk. S seboj bom vzel svoj prenosni računalnik in lahko narediva nekaj raziskav."

„Uh, to je pametna ideja. Lahko bi šli v Annino kavarno. In jaz *bi* prišel dol - če bi lahko." Krila so se umaknila, ko se je E-Z znašel neposredno nad njegovim invalidskim vozičkom. „Temu pravim storitev," je rekel, ko se je nežno spustil v stol.

Pogovarjala sta se, medtem ko se je oblačil. Nato je E-Z odšel v kopalnico, medtem ko se je Sam pripravljal.

Ko sta se odpravila iz hiše proti Anniini kavarni, je bil E-Z dvojnega mnenja. Prvič, da je pogrešal obisk kavarne, in drugič: „Že dolgo nisem bil tam. Odkar..."

„Vem, fantek. Si prepričan, da ni prezgodaj?"

Zajtrk v kavarni Ann's Café je bil za njegovo družino tradicija. Poleg tega, da se je odprla zgodaj ob šestih zjutraj, je bila oddaljena le nekaj minut hoje. V notranjosti so bile zasebne kabine, oblečene v umetno usnje z rdečimi karirastimi prti. Njegov oče je vedno govoril, da je bil lokal na temo „daleč naokoli". Glasba iz šestdesetih let je igrala na glasbenih avtomatih - imeli so jih prirejene tako, da ljudem ni bilo treba plačati. Na stenah so bili plakati Marilyn Monroe, Jamesa Deana in Marlona Branda. Na jedilniku je bilo ogromno vsega, od klubskih sendvičev do cheesburgerjev in fondujev. Njegovi najljubši pa so bili zelo debeli koktajli in jabolčne palačinke.

Lastnica Ann je takoj, ko ju je zagledala, prišla k njemu. „Pogrešala sem vas." Objela ga je okoli ramen.

„To je moj stric Sam, Ann." Stisnila sta si roke. „Mimogrede, hvala za voščilnico in rože, bilo je zelo pozorno."

Oči so se ji napolnile s solzami. „Zdaj pa pojdi sem. Imam popolno mizo za vas.“

Bila je v mirnem kotu, zato mu ni bilo treba skrbeti, da bi njegov stol oviral kuhinjsko osebje ali obiskovalce.

„Takoj bom pripravila vašo običajno jed. Veš, kaj bi rad, Sam, ali naj se vrnem?“

„Kaj boš jedel?“

„Jabolčne palačinke a la mode. So najboljše na svetu in Ann vedno prinese dodaten sirup in cimet.“

„Sliši se dobro, ampak mislim, da bom izbral dolgočasno slanino in jajca z dodatkom gob.“

„Jasno,“ je rekla Ann. „In ali boš izbral čokoladni koktajl?“ Prikimal je. „Kava zate, Sam? “

„Črno,“ je odgovoril. „In hvala, da ste me tako lepo sprejeli.“

„Vsak stric E-Z je tukaj dobrodošel.“

Ko je Ann odšla po pijačo, je odvrnil: „Stric Sam, mislim, da se spreminjam v angela.“

„Najprej bi moral umreti,“ je rekel, ko je Ann postavila pijačo na mizo in se vrnila v kuhinjo.

„Mogoče sem umrl v prometni nesreči. Za nekaj minut. Kdo ve, koliko časa traja, da postaneš angel? V filmih, če prideš do bisernih vrat, lahko veliki mož stvari obrne in te pošlje nazaj sem dol. Če verjameš v kaj takega - kar pa jaz ne verjamem.“

„Tudi jaz ne. Angeli ne obstajajo. Niti hudiči. Razen v vsakem od nas. Mislim, da imamo vsi v sebi dobro in slabo. To nas dela ljudi. Kar zadeva umiranje, bi mi povedali, če bi vas morali oživljati. Nič takega niso rekli.“

„Kako potem razložiti nenadno pojavitev tetovaž, ki so se zdaj spremenile v prava krila? Včeraj jih nisem imel. Kaj se je torej zgodilo med včeraj in danes? Nič takega, kar bi upravičevalo rast novih priveskov.“

„Ničesar, kar bi ti prišlo na misel,“ je rekel Sam. Zasmejal se je.

E-Z je zabodel palačinko, si jo nabil v usta in pustil, da mu je sirup stekel po bradi. Ann se je streznila.

„No, trenutno zagotovo nisi videti prav angelsko,“ je rekel Sam in vzel vilico umešanih jajc. „Mm, ti so res dobri.“ Po nekaj novih grižljajih je segel v aktovko in izvlekel prenosni računalnik. Kliknil je nanj in vtipkal „define angel“. Zaslon je obrnil tako, da sta lahko informacije prebrala med jedjo.

„Poslanec, zlasti božji,“ je prebral Sam, "oseba, ki opravlja božje poslanstvo ali deluje, kot da jo je poslal bog.“

„Deluje, kot da bi bil poslan,“ je ponovil E-Z, medtem ko si je v usta natlačil več palačink.

Sam je prebral: „Neformalna oseba, zlasti ženska, ki je prijazna, čista ali lepa. S svojimi svetlimi lasmi in modrimi očmi si zelo lepa.“

„Utihni.“

„Konvencionalna predstava,“ se je ustavil. „ Katerega koli od teh bitij, upodobljenega v človeški podobi s krili.“ Sam je naredil še en požirek kave, ravno v času, ko je Ann ponovno napolnila njegovo skodelico.

„Fantje boste dobili prebavne motnje, če boste brali in jedli hkrati.“

E-Z se je zasmejal.

Sam je rekel: „Ne, jaz sem na oddelku za informatiko, zato sem precej dober v večopravilnosti.“

Ann se je zasmejala in odšla.

„Kaj mislijo s 'temi bitji'?“ E-Z je vprašal.

„V srednjeveški angelologiji piše, da so bili angeli razdeljeni v vrste. Devet redov: serafini, kerubi, prestoli, dominacije (znane tudi kot dominioni),“ se je ustavil in naredil požirek vode. Nato je nadaljeval: „Vrline, kneževine (znane tudi kot kneževine), nadangeli in angeli.“

„Uau! Poskusi to na hitro povedati desetkrat.“ Nasmehnil se je. „Nisem vedel, da obstaja toliko vrst angelov.“

„Tudi jaz ne. Ta hrana je tako dobra, da se sprašujem, ali midva sanjava.“

„Hočeš reči, da si želiš, da bi sanjala - in da bi moja krila izginila?“

„Lahko bi odšla tako hitro, kot so prišla.“ Približal je prenosni računalnik in vtipkal „Človeku zrastejo angelska krila“. E-Z se je posmehnil, vendar se je nagnil bližje, da bi videl, kaj se je pojavilo. Sam je kliknil na znanstveni članek.

„Kot sem rekel, ni dokazov o angelskih krilih. Nisem mislil, da je tako. Mislim, da je tisti dogodek, ko sem rešil deklico, imel nekaj opraviti z njihovim pojavljanjem. To je bil sprožilec, saj se je gorenje začelo takoj, ko sem prišel domov, in potem, no, vse ostalo že veste.“

„Kako se počutita tukaj?“ Ann je vprašala.

„Naročila sem ti še dve palačinki, E-Z, kot ponavadi. Razen če lahko poješ več?“

„Odlično.“

„Kaj pa ti, Sam?“

„Samo dolijem,“ je rekel in ponudil svoj prazen vrč, ki ga je odnesla in se vrnila z napolnjenim do roba. V kuhinji je zazvonil zvonec in šla je po palačinke.

E-Z jih je polil z javorjevim sirupom, nato pa še z maslom. „Ti si najboljša,“ je rekel Ann. Nasmehnila se je in ju pustila, da sta dokončala svoj obrok.

Stric Sam je pozorno opazoval svojega nečaka. Želel si je, da bi naročil jabolčne palačinke, vendar je bil že poln.

„Kaj?"

„Ne vem, ko okusiš hrano, se ti obraz zasveti kot angel na božičnem drevesu."

E-Z je odložil vilice. „Zelo smešno. Si pravi komik."

Ko sta končala z jedjo, je Sam vprašal: „Torej, ali si si po branju o angelih premislil? Mislim, ali še vedno misliš, da se boš spremenil v angela. In če da, kaj boš storil v zvezi s tem?"

„Kaj misliš, DO? Imam krila, lahko jih tudi uporabim."

„Če jih ne boš uporabljal, če boš zanikal njihov obstoj - potem bodo izginili."

E-Z je zmajal z glavo. „To ne pride v poštev. Videl si, kaj se je zgodilo. Prišli so ven, ne da bi jaz karkoli storil, in povedal sem ti, ko sem se zjutraj zbudil, sem letel nad svojo posteljo. Bil sem v zraku."

„E-Z, razmišljam o prihodnosti. Morda se moraš z nekom pogovoriti, z nekom se moramo pogovoriti o tem."

„Nesreča se je zgodila pred več kot enim letom, svetovalec je rekel, da sem v redu. Poleg tega je to vse novo."

„Lahko bi se to zavleklo. Morda jo je nekaj sprožilo."

„Preglejmo dejstva. Prvič, imel sem tetovaže v času, ko jih nisem imel. Številka dve, moj stol se je dvignil s tal in rešil sem majhno deklico - poleg tega sem se dvignil s sedeža, da bi na tekmi ujel žogo. Do nedavnega sem to zanikal... Tretjič, tetovaže so peklenščke peklenščke pekla. Četrtič, pojavila so se prava krila. Številka pet, znam leteti. Se vam kaj od tega zdi znano? Mislim na druge primere."

„Tega ne razumem. Kako se je to lahko zgodilo, vendar je um izjemno zmogljiv računalnik. To je tisto, kar nas loči od živalskega kraljestva in zaradi česar je človek preživel tako dolgo. Slišal sem zgodbe, v katerih je bil človek v skrajni nevarnosti in je prišla pomoč. Ali ko je bila oseba ujeta pod vozilom - in je mimoidoči lahko dvignil avto ter ji tako rešil življenje.“

„O tem sem brala; temu se reče histerična moč - vendar še nikoli nisem slišala za primer, ko so krila zrasla.“

„Morda so se krila pojavila, da bi vas rešila.“

„Pred čim? Preveč spanja?“ se je zasmejal. „Ob nesreči bi bila prav prijetna. Lahko bi odletel k mami in očetu po pomoč, namesto da tam čakam s krvavim polenom na sebi. Držala me je na tleh. To ni čudež. Jaz, ne vem, kaj je to, stric Sam, vse, kar vem, je, da je.“

„Pogovarjamo se. Ocenjujemo. Izmenjujemo si ideje. Poskušamo najti odgovore.“

„Lepo bi bilo imeti odgovore, toda ... kdo bi bil strokovnjak, ki bi ga lahko vprašali v tej situaciji?“

„Kaj pa minister ali duhovnik?“

E-Z je zmajal z glavo. V cerkvi ni bil od pogreba svojih staršev.

„Kaj lahko izgubimo?“

„Mislim, da je vredno poskusiti, ampak. Oh, oh.“

„Kaj je to?“

„Čutim, da mi pritiska na lopatici. Moram iti in nismo se pripeljali sem. Žal mi je, da moram pohiteti. Se vidimo doma.“ Pohitel je iz kavarne in nadaljeval pot, dokler se mu iz kapuce niso izluščila krila in se je dvignil od tal. Doma je ugotovil, da nima ključa, vendar ni mogel ostati na vhodni verandi - ne s krili zunaj. Poskušal je z latinščino, da bi jih spravil nazaj, a nič ni pomagalo. Zato je poletel in uspel vstopiti skozi okno svoje spalnice, ne da bi ga kdo videl.

„E-Z!" je poklical Sam, ko je prišel domov. „E-Z!"

„Tukaj sem."

„Si v redu? Prišel sem, kakor hitro sem mogel."

„Pridi, usedi se. Ni znakov, da bi se umaknili - še ne."

Videl je odprto okno. „Razumem, da ste prileteli sem?"

„Ja, še dobro, da sem sinoči pozabil zakleniti okno. Lahko nadaljujemo pogovor, dokler ne bom spet lahko šel ven."

„Poznam duhovnika. Če lahko kdo pomaga, je to on."

Dve uri pozneje sta bila z melodijami, ki so se razlegale iz radia, na poti k duhovniku. Hozierjeva pesem Take Me to Church je napolnila radijske valove. Naključje? Mislila sta, da ne, in sta na ves glas prepevala besedilo. Na srečo ju zaradi dvignjenih oken nihče ni mogel slišati.

****

V CERKVI NI BILO DOSTOPA za invalidske vozičke in veliko je
bilo stopnic, po katerih se je bilo treba povzpeti.

„Ti pojdi v senco velikega hrasta, jaz pa bom poiskal
očeta Hopperja," je predlagal Sam.

„Je to njegovo pravo ime?" E-Z se je zasmejal.

„Kolikor vem. Ti ostani na mestu, jaz pa se takoj
vrnem."

„Bom."

Najstnik je izvlekel telefon. Čeprav je užival v senci, ki
mu jo je nudilo drevo - zaradi nje je bilo nemogoče videti
zaslon. Prestavil je stol in opazil nenavadno šumenje v
zraku. Šum, za katerega se je zdelo, da prihaja iz samega
drevesa.

Dvignil je pogled in poskušal ugotoviti, ali gre za ptico,
ko se je glasnost povečala in jakost povečala. Utišal je
zvok telefona. Zvok se je končal in začel se je nov zvok. Ta
je bil melodičen, hipnotičen, in padel je v sanjsko stanje.

Glava mu je omahnila naprej, dokler ga ni prebudil nov
zvok. Šepetanje, ki je prihajalo iznad njegove glave. Glasovi,
ki so prihajali iz listja drevesa. Prekrižal je roke, ko ga je
spreletel mraz, da so se mu sprostila krila. Še preden se je

zavedel, se je njegov stol dvignil s tal. Prikril se je vejam, ko se je dvignil v osrčje mogočnega hrasta.

„Spusti me!" je ukazal.

Še naprej se je dvigal. Ko so se njegove okončine povezale z drevesom, mu je po podlakti in glavi kapljala kri.

„Ustavi se! Ti neumni..."

„To ni lepo, pif-pif," se je oglasil visok glas.

„Mislil sem, da si rekel, da je lep, ko je buden, zoom-zoom," je rekel drugi glas.

„Uau!" E-Z je rekel, da bi se obvladal in se izognil popolnemu prepiru. Nekajkrat je globoko vdihnil. Umiril se je. „Kdo, kaj in kje ste?"

„Kdo smo, pif-pif."

Pred očmi so mu znova zaplesale iste luči, zelena in ena rumena.

Radoveden je rekel: „Zdravo."

Rumena luč je izginila.

Krik.

Nato je izginila zelena.

„Kaj je? Vi dva, karkoli že ste, nehajte s tem. Dolžni ste mi pojasnilo. Vem, da ste me zasledovali. Pojdite ven in se mi soočite!"

POP.

Na njegovem nosu je pristala majhna zelena stvar, podobna angelu. V njegovo smer je zavel nenavadno neprivlačen, skoraj limburgerski smrad. Pokril si je nos.

„Dober dan, E-Z, beep-beep," je rekla stvar in se priklonila.

Ko je izgovorila njegovo ime, je izgubil nadzor nad krili. V zraku se je zibal in pozibaval kot ptica, ki se uči leteti. Z voljo je želel, da se krila spet dvignejo, vendar ga niso upoštevala. Ko je padal, se je oklepal ročic stola.

POP!

Zdaj sta bila dva. Vsak je zgrabil eno od njegovih ušes in ga skupaj s stolom varno spustil na tla.

„Uf," je rekel E-Z in si drgnil ušesa, ko sta duhovnik in njegov stric prišla izza vogala. „Uh, hvala, mislim."

POP.

POP.

Stvori sta izginili.

„E-Z, to je oče Bradley Hopper in rad bi ti pomagal."

Hopper je iztegnil roko, E-Z pa je storil enako. Ko sta se njuni telesi povezali, je najstnik izginil.

Hopper in Sam sta ostala drug ob drugem, z zaslepljenimi očmi. Oba sta strmela v nič kot dva manekena v izložbi.

POGLAVJE 7

E-Z-ove NOGE SO SE dotaknile tal in sprva ga je zaslepila bela barva. Postavil je eno nogo pred drugo, najprej je hodil, nato tekel na mestu, nato pa prešel v polni tek. Vrgel se je v steno in se pri tem odbijal, kot bi bil v skakalnem gradu.

POP

POP

Ni bil več sam. Pred njim sta bili dve večkrilni stvari v cvetju. Ena je bila zelena, druga rumena. Ko se je približal, so se njuna krila kot kalejdoskop vrtela okoli zlatih oči.

Najprej se je dotaknil kril zelenega cveta. Še nikoli prej ni videl popolnoma zelenega cveta, kaj šele cveta z očmi. Oči, ki jih je prepoznal na njunem prejšnjem srečanju. Krila so ga pobožala po prstu in zeleni cvet se je zasmejal. Z nosom se je izogibal, da bi se mu preveč približal, saj je pričakoval, da se bo naprej razširil vonj po siru - a se ni.

Drugi cvet, rumen, je imel več krilc kot drugi. Listi so se odzvali na njegov dotik kot korale, ki se premikajo v oceanu. Zlate oči tega cveta so imele izrazite trepalnice. Nagnil se je, da bi si jo ogledal od blizu.

Ko ju je še naprej opazoval, je zrak napolnil pisk. Z njim se je razširil močan in nadvse bolno sladek vonj, zaradi katerega se mu je naredilo slabo. Umaknil se je, si pokril nos in si obrisal želo iz oči.

Rumeni cvet je spregovoril. „Ime mi je Reiki in pripeljali smo te sem.“

„Kje točno je to? In zakaj mi delujejo noge?“

„Ni pomembno, kje si, E-Z Dickens, niti zakaj si takšen, kot si.“

Prečkal je sobo in z desno roko dvignil rumeno rožo, z levo pa zeleno. KAKO! Tokrat ga je zadela ostra meglica, začel je kihati in kihal je še naprej.

„Prosim, položite na tla, preden nas spustite, pisk-pisk.“

„Tam je škatla robčkov, tamle, zoom-zoom.“

„O, žal mi je.“ Položil ju je na tla in vzel robček - vendar ga ni več potreboval. Vzdrževal je razdaljo in se s hrbtom naslonil na belo steno.

„Zdaj smo vas pripeljali sem, pif-pif.“

„Jaz sem Hadz, mimogrede, zoom-zoom.“

„Ker si to moral vedeti, beep-beep.“

„Da ne smeš govoriti z duhovnikom o svojih krilih, zoom-zoom.“

„Pravzaprav ne smeš z nikomer govoriti o ničemer beep-beep.“

Z roko se je oprl na steno in hodil, pri tem pa razmišljal. „Najprej, zakaj praviš, da je to pisk-pisk in zoom-zoom?“

Reiki in Hadz sta zavila z očmi. „Ali še niste slišali za onomatopoijo?“

„Seveda sem.“

„Potem bi moral vedeti, beep-beep.“

„Da doda vznemirjenje, akcijo in zanimanje, zoom-zoom."

„Da bralec sliši in si zapomni, beep-beep."

„Kaj želite, da vedo, zoom-zoom."

Zasmejal se je. „To drži, če nekaj bereš, ni pa nujno v pogovoru. Zapomnim si, kaj Reiki reče, ker to reče, in zapomnim si, kaj Hadz reče, ker to reče. Predvidevam, da je eden od vaju dekle, drugi pa fant - je tako?"

„Da," je potrdila Hadz. „Jaz sem dekle. Fuj, vesela sem, da mi ni treba kar naprej ponavljati zoom-zoom."

„In jaz sem fant. Pogrešam besedo beep-beep."

„Če želiš, jih lahko izgovarjaš, vendar je to nekoliko nadležno in med pogovorom je ponavljanje lahko dolgočasno."

„Nočemo biti dolgočasni!"

„To bi izničilo naš namen, da smo vas pripeljali sem."

„Dobro," je rekel E-Z. „Torej, zdaj se vrnimo k temu, kar si rekel, preden sva se začela pogovarjati o literarnem sredstvu." Prikimali so. „Če ne morem nikomur povedati, kaj se mi dogaja, potem sem v tej stvari - karkoli že je - sam. Rešila sem majhno deklico. Predvidevam, da je bilo to povezano s tabo?"

„Da, to predvidevanje je pravilno, pisk, ups, oprostite."

„Hočem vedeti, kaj je to in zakaj se mi to dogaja?"

„Zapri oči," je rekel Hadz.

„Bom, vendar brez smešnih zadev."

Rože so se hihitale.

Njegove noge so zapustile tla in pristal je v drugi sobi. V tej sobi ga je tako kot prej najprej zaslepila bela barva. Ko so se njegove oči navadile na okolico, je opazil knjige. Police in police, na katerih so bili do neba segajoči zvezki.

„Ne boj se," je rekel Hadz.

Ni ga bilo strah. Pravzaprav je bil navdušen. Kajti v tej sobi ni le lahko uporabljal nog, temveč je čutil, kako mu po njih pulzira kri. Njegovi čuti so se okrepili; v njegovo smer je zavel vonj po starih knjigah. Vdihnil je sladek parfum prunus dulcis (sladki mandelj). V mešanici s planifolia (vanilija) je ustvaril popoln anizol. Njegovo srce je utripalo, kri je črpala - še nikoli se ni počutil bolj živega. Želel je ostati za vedno.

V čevljih mu je gibanje vsakega prsta na nogi prineslo užitek. Spomnil se je igre, ki jo je igral kot majhen deček. Snel si je čevlje in nogavice ter se dotaknil vsakega prsta na nogi, pri čemer je govoril rimo: „Ta prašiček je šel na trg."

„Izgubil je pamet," je rekel Reiki, ko je E-Z vzkliknil: "Wee!"

„Dajte mu trenutek. To je precej neverjeten kraj."

E-Z si je spet oblekel nogavice. Po belih tleh, ki so se bleščala kot ledena plošča, je drsel po sobi. Zasmejal se je, ko se je zaletel v prvo, nato v drugo steno, se odbil in pristal na tleh. Ni se mogel nehati smejati, dokler ni opazil, da se s knjigami nad njim dogaja nekaj čudnega. Zmajal je z glavo, ko mu je ena odletela s police v roko. To je bila knjiga njegovega prednika Charlesa Dickensa. Knjiga se je sama od sebe odprla, se prelistala od začetka do konca in nato poletela nazaj tja, od koder je prišla.

„Dobrodošli v angelski knjižnici," je rekel Reiki.

„Vau! Samo vau! Torej sta angela?"

„Imate prav," je rekel Hadz. „In tukaj ste zato, ker smo bili imenovani za vaše mentorje."

„Imenovana? Kdo ju je imenoval? Bog?" se je posmehnil.

Hadz in Reiki sta se spogledala in stresla cvetlični glavi.

„Naš namen."

„Da ti razložim tvoje poslanstvo.“

„Prav tako vam pokazati pot. Da vam pomagamo,“ sta rekla skupaj.

„Poslanstvo? Kakšno poslanstvo?“ Misli so ga odpeljale vstran. V glavi je slišal temo iz filma Misija nemogoče. Videl je Toma Cruisa, ki so ga po kablu spustili v računalniško sobo. „Hej, počakajte trenutek! Bila sta v moji sobi, kajne? In me spremljata že od nesreče.“

„Čakala sva na pravi trenutek, da se predstaviva,“ je rekel Reiki. „Upala sva, da bova to storila na manj formalen način, a ko si bila....“

„... nameravala govoriti z duhovnikom, sva morala pritisniti naprej.“

„No, zagotovo ste si vzeli čas. Mislil sem, da imam halucinacije,“ je rekel glasneje, kot si je želel.

POP.

Reiki je izginil.

„Poglej, kaj si naredil!“ Hadz je rekel.

POP.

Ker so izginili in ni imel pojma, kje, kdaj in ali sploh se bodo vrnili. Kljub temu ni nameraval zapraviti niti minute. Udaril je po tleh in naredil dvajset počepov, nato pa še enako število poskokov. Oči ga je zeblo od bleščanja in želel si je, da bi imel sončna očala.

TICK-TOCK.

Iz zraka so se pojavila sončna očala. Nadeval si jih je, medtem ko mu je v želodcu zakrulilo. Naredil je selfie, nato pa preveril čas. Z uro se je dogajalo nekaj čudnega. Bilo je noro. Številke se niso nehale spreminjati. Želodec mu je spet zakrulil.

TICK-TOCK.

Pojavil se je cheeseburger in krompirček, zdaj je imel polne roke. Pomislil je na čokoladni koktajl z maraskino češnjo na vrhu.

TICK-TOCK.

Na belo mizo, ki je prej ni bilo, je prišel izjemno velik koktajl s češnjo na vrhu. Ali pa je bila? Morda tega ni opazil, saj sta bili obe beli.

Preden je začel jesti, je začutil vonj, nato pa z vsakim grižljajem okus. Zdelo se mu je, kot da še nikoli prej ni jedel cheeseburgerja ali krompirčka. In češnja, ki je imela tako sladek okus, ki ji je sledila čokoladna čokolada. Obrok je pojedel stoje. Hrana je bila vedno boljšega okusa, ko jo je zaužil stoje. To naročilo je imelo tako dober okus, da je bilo smešno.

Ko je končal, se ni nikomur zahvalil za obrok. Nato je pozornost usmeril v knjižnico in na belo lestev, ki je prej ni opazil. Že samo misel nanjo je bila dovolj, da se je lestev premaknila bližje k njemu, kot da bi želela biti koristna. Povzpel se je nanjo in lestev se je premikala kot disk na deski Ouija ter prehajala med policami s knjigami. Potem se je ustavila.

Medtem ko se je vzpenjal, je bral naslove na hrbtiščih. Tiste neposredno pred njim so bile delo Charlesa Dickensa, vsak zvezek pa je imel svoj par kril.

Ena je poletela proti njemu, *Božična pesem*. Prelistal je nekaj strani, da bi mu pokazal, da gre za prvo izdajo, ki je bila objavljena 19. decembra 1843. Ko je še naprej premikala strani, se je čudil ilustracijam. Kako podrobne so bile in tudi barvne. V ozadju, za Drobnim Timom in njegovo družino na eni od risb, pa se je nekaj premaknilo. Oči. Dva para. Hadz in Reiki! Skoraj je spustil knjigo. Ker je imela krila, se je vrnila tja, kjer je bila na polici. Medtem je izgubil ravnotežje, se spustil po lestvi in se držal za življenje. Ko je bil spet stabilen, se je postopoma spustil in trdno posadil noge na tla. Spraševal se je, zakaj mu krila niso prišla na pomoč. Vse drugo je imelo tu krila, ki so delovala, pravzaprav so angeli imeli več parov kril. V svetu tam zunaj njegove noge niso delovale, on pa je imel krila, ki so delovala. Tukaj, kjerkoli je bil, so njegove noge delovale, vendar so bila njegova krila zdaj neuporabna.

Pobrskal se je po glavi. Če bi bil le stric Sam tukaj. Vendar se z njim ni mogel pogovarjati. To je bilo prepovedano. Toda zakaj? Kaj bi mu lahko storili? Angeli so ga zasledovali že od nesreče. Domneval je, da so dobri angeli, saj ga niso poškodovali - še vedno. Hrepenenje po domotožju ga je zajelo kot velikanski val in mu grozilo, da ga bo potegnilo pod vodo.

„Hočem domov!" je zakričal, ko mu je zavibriral telefon. Še preden ga je odklenil...

POP.

Reiki ga je zgrabil in ga vrgel k...

POP.

Hadzu, ki ga je vrgel proti najbolj oddaljeni beli steni. Odbil se je, padel na tla in se razbil na koščke.

„Za nov telefon mi dolguješ štiristo dolarjev! Upam, da imate angeli gotovino."

Hadz je segel k E-Z-u in ga s krilom udaril po obrazu. Perje ga je ščemelo, namesto da bi ga bolelo. „Sedi, E-Z Dickens, tukaj." Beli stol je pritisnil na hrbet njegovih nog in ga prisilil, da je sedel.

„In nehaj se obnašati kot kurec," je rekel Reiki.

„Uau! Ali lahko angeli to rečejo? Kakšni angeli sploh ste? Angeli na usposabljanju? Sem jaz tisti, ki ti bo pomagal zaslužiti krila?"

Ugotovil je, da že imajo krila. Pravzaprav več parov. Zato se je zdelo, da je njegov namen, ko sta se dvignila nad njim, brezpredmeten.

„Sem jaz tisti, ki ti bo pomagal, ali naj bi ti pomagal meni? Ker če si, kar si rekel, da si, potem opravljaš grozno delo. Za nobenega od vaju ne bom kmalu rekel dobre besede."

„Čakamo na opravičilo."

„No, na to boste čakali še dolgo časa. Ker sem žejen."

TICK-TOCK.

Pojavil se je vrček koreninskega piva v matiranem kozarcu. V enem požirku ga je popil. „Ker ste me pripeljali sem brez mojega soglasja. In..."

„Utihni!" se je oglasil hrumeč glas, ki se je oglasil iz ene od belih sten.

Bila je visoka kot strop. Pravzaprav še višja. Bila je ukrivljena, a ogromna po velikosti in postavi. Njene peruti so se drgnile ob stene in strop. „DRŽI TON!" je zahteval prevelik angel in s krilci s švigom potegnil proti E-Z-u, dokler mu ni bil tik pred nosom.

„E-Z Dickens, poklicali so vas pred mene," je rekel velikanski angel. „Jaz sem Ophaniel, vladar lune in zvezd. To so moji podrejeni. Z njimi ne smete ravnati predrzno. Z njimi boste ravnali prijazno in spoštljivo, saj so za vas moja OČA in ušesa. Brez njih nisi NIC."

Izustil je nerazumljiv stavek in se boril z željo po begu.

„Ne prekinjaj me, dokler ne končam," je ukazal Ophaniel.

Prikimal je, telo se mu je treslo, preveč ga je bilo strah, da bi izrekel besedo.

„E-Z," je zagrmel njegov glas. „Rešen si bil. Rešili smo te z določenim namenom."

Reiki in Hadz sta se približala in se usedla na Ophanielova ramena.

„Umirite se," je ukazal Ophaniel.

Zložila sta krila in se nagnila, da ne bi zamudila niti besede.

E-Z si je v mislih zapisal, da ju bo vprašal, kako naj zložita krila tako učinkovito, kot sta jih zložila onadva. Če bo dobil krila nazaj.

Ophaniel je nadaljeval. „Ko so umrli tvoji starši, bi moral umreti tudi ti. To je bila tvoja usoda. Tista, ki smo jo spremenili za naš namen. Uspešno smo zagovarjali tvoj primer. Obljubili smo, da boš naredil izjemne stvari. Da boš pomagal drugim. Rešili smo vas in dolg je bil dolgovan. Dolg, ki ste ga večinoma v celoti poravnali s tem, da ste se odpovedali nogam.“

Predal? To je zvenelo, kot da bi imel možnost izbire. Da se je dokončno odločil, da ne bo nikoli več hodil, kar je bila laž. Odprl je usta, da bi spregovoril, vendar je Ophanieljev glas zagrmel.

„Še vedno imaš dolg, dolg, ki ga imaš do nas.“

E-Z je močno vdihnil zrak. Želel je spregovoriti, a ni mogel. Njegove ustnice so se premikale, a ni bilo nobenega zvoka. Kako si ta angel upa odločati namesto njega in mu govoriti, da je dolžan plačati dolg?

„Dali smo ti orodje - močan stol. To, da bi ti pomagal. Da boš nekega dne tu s svojimi starši in da boš hodil z nami, z njimi, v večnost.“ Ophaniel je za nekaj sekund omahnil, da bi to dojel. „Danes mi lahko postaviš eno vprašanje, vendar samo eno. Naj bo dobro.“

Namesto da bi razmislil o svojem vprašanju, je E-Z odvrnil: „Kdaj bom spet videl svoje starše?“

„Ko boš v celoti poravnal svoj dolg.“

„Še eno vprašanje, prosim.“

„Čas bo za vprašanja in čas bo tudi za odgovore. Zaenkrat ste v oskrbi mojih podrejenih. Lahko jim postavljate vprašanja in oni se lahko odločijo, da vam bodo odgovorili. Lahko pa se odločijo, da ne bodo odgovorili. Sami se bodo odločili, ali bodo odgovorili z „ja“ ali z „ne“. Prav tako se boste tudi vi odločili, ali jim boste odgovorili, ko vam bodo zastavljali vprašanja. Ravnajte z njimi tako, kot bi želeli, da ravnajo z vami, in ne razkrivajte podrobnosti o tem kraju ali našem srečanju. O tem ne govorite, o ničemer od tega ne govorite nobenemu človeku. Ponavljam, te zadeve obdržite samo zase."

Še vedno ni mogel govoriti. Ne da bi ga vprašala, je Ophaniel nadaljevala z odgovorom na njegovo naslednje vprašanje.

„Če boš prelomil to obljubo, bodo tvoja krila kot testenine - šibka - in nikoli ne boš mogel odplačati svojega dolga."

Pomislil je še na eno vprašanje.

„Da, ko si rešil tisto deklico - sežig - je bil del procesa. Tvoja krila morajo goreti, da se okrepijo, da se povežejo s teboj, tako da boš pripravljen na naslednji izziv."

Pomislil je, kaj pa če tega ne bom hotel.

Ophaniel se je zasmejal in poletel na najvišji del sobe. Nato je izginila skozi strop.

POGLAVJE 8

K O SE JE SPOMNIL, je bil spet na invalidskem vozičku, obrnjen proti duhovniku.

„Stric Sam, moramo iti. ZDAJ.“

„Oh,“ je rekel Sam in opazoval, kako se nečak odpelje. „Opravičujem se, ker sem vam zapravljal čas, ampak mora iti domov.“ Sam je pohitel, Hopper pa se je vlekel za njim. Povečal je tempo, dohitel nečaka in prevzel nadzor nad ročaji ter potisnil invalidski voziček. Hopper je tekel in kmalu hodil poleg njiju, čeprav zadihan.

„Vidim, da res nimaš kril, E-Z.“

Pogledal je čez ramo, dvignil navidezni kozarec k ustom in zavil z očmi.

„Nimam težav s pijačo,“ je kljubovalno dejal Sam.

Ko sta se približala parkirišču, je najstnik spet zavil z očmi. Duhovnik mu ni sledil.

Ko sta prišla do avtomobila, je Sam, medtem ko je poskušal zajeti sapo, rekel: „Kaj za vraga je bilo to?“, ko je odprl vrata in pomagal nečaku vstopiti.

„Najprej se umaknimo od tu.“ Sam je zavlačeval s časom, ker mu ni mogel povedati, kaj se je zgodilo. Moral si je izmisliti prepričljivo laž - in nikoli ni bil dober lažnivec.

Mama ga je vedno ujela, ker so mu ušesa vedno zardela, ko je lagal.

„Čakam na razlago," je rekel Sam in se trdneje oprijel volana.

Don't Look Back (Ne oziraj se nazaj), pesem Bostona, se je razlegala iz zvočnikov avtomobila.

„Oprostite, moral sem iti. Mislim, da Hopper ne bi mogel pomagati, in nisem hotel, da bi vedel kaj več, kot si mu že povedal."

„Še vedno nisi pojasnil, zakaj si namigoval, da imam težave s pijačo."

„Oh, to. To mi je padlo v glavo in sem to izrekel, ne da bi razmislil. Žal mi je."

„Ponosen sem, da ne uživam alkohola. Seveda si tu in tam privoščim pivo. Da bi bil družaben na delovnem dogodku. Ampak nisem kot drugi alkoholiki v oddelku za informacijsko tehnologijo. In nikoli ne bom."

E-Z ni razmišljal o tem, kaj je rekel stric Sam. Namesto tega je prebiral informacije, ki mu jih je povedal Ophaniel. Bil je dolžan angelom, da so ga rešili, in svoje noge je zamenjal za življenje. Angeli so se dogovorili, da bodo to storili z lastnim namenom - in zdaj so pričakovali, da bo poplačal dolg - toda kako?

Vse, kar je vedel zagotovo, je, da mora zmagati. Kakršne koli naloge so mu postavili na pot, jih je moral premagati. S pomočjo Reikija in Hadžija, ki sta bila še tako majhna, bo plačal, kar je bil dolžan. Če ne drugega, bo spet videl svoje starše. Domneval je, da to pomeni, da bo umrl in da se bosta srečala v nebesih, če bo kaj takega obstajalo. To bo kmalu izvedel.

POGLAVJE 9

K O SE JE NAJSTNIK VRNIL DOMOV, je šel naravnost v svojo sobo.

„Če potrebuješ mojo pomoč,“ je bilo vse, kar je Sam uspel izdaviti, preden je nečak zaloputnil vrata.

E-Z si je z rokami pokril obraz. Bilo je nekaj posebnega, ko je imel spet noge. S pestmi je udaril po naslonjalih za roke, medtem ko so se mu razvila krila in ga odnesla do postelje. „Hvala,“ jim je rekel, kot da so ločene in niso del njega.

„Pazi,“ je rekel Hadz, ki je počival na svoji blazini. Angel je priletel do svetilke in rekel: „Zbudite se, doma je.“

E-Z je zdaj udobno ležal na svoji postelji, z zaprtimi očmi, skoraj zaspan.

„Nocoj letiš,“ so zapeli angeli.

„Kot veš, sem imel naporen dan in vse, kar si želim, je spati.“

„Lahko si vzameš petminutni spanec,“ je rekel Reiki.

„Potem pa boš vstal in šel!“

Že je skoraj zaspal, ko je v hišo vdrl Sam. „Oprosti, da te motim, ampak PJ in Arden pravita, da se že ves dan trudita, da bi te dobila. Ali imaš prazno baterijo?“

„Uh, ne, izgubil sem telefon,“ je rekel in se krivo ozrl na svoja pomočnika.

„Lažnivec, lažnivec, goreče hlače," sta ga pobarala. Sam glede na to, da se ni odzval, ni slišal njunih visokih glasov. E-Z ju je odrinil.

„Zato pri svojem načrtu vedno kupim zavarovanje. Brez skrbi, jutri ti bomo priskrbeli nadomestno. Tako ali tako je že skrajni čas, da ga nadgradiš. Lahko obdržite isto telefonsko številko. Fantom bom sporočil, da boš takrat v stiku."

„Hvala, stric Sam. Lahko noč."

„Lahko noč, E-Z."

POGLAVJE 10

V SANJAH JE BIL s starši na smučanju. Dejansko je bil to spomin, vendar ga je podoživljal kot sanje.

E-Z je bil star šest let. Smučarski inštruktor je z mamo učil vse gibe. Medtem se je njegov oče - ki ni bil novinec kot onadva - spuščal po zasneženi strmini.

Smučanja so se učili na otroškem hribu - tako so imenovali testne hribe.

„Ste pripravljeni?" je rekel inštruktor, "da gremo na enega od velikih hribov?"

Rekli so, da so. Mislili so, da so. Toda reči in narediti sta dve različni stvari.

V prvem poskusu nista prišla daleč, preden je eden od njiju padel. To je bila njegova mama, in ko je padla, je sedela na mrzlem snegu in se smejala. Pomagal ji je vstati in spet sta šla.

Tokrat je padel E-Z in se z obrazom zagozdil v mrzlo belo snov. Otresel se je, inštruktor mu je pomagal vstati, medtem ko je njegova mama šla mimo in na poti razpršila sneg. To je vzel kot izziv, pospešil in jo z nasmeškom prehitel.

Nato se je zavedel, da mu je sledila izza hrbta. Ko se je znašla v snežnem prahu, ga je pustila na cedilu in našla svoj korak. Kljub temu se je potrudil, dal vse od sebe in jo dohitel. Spustila sta se navzdol, drug ob drugem, nato narazen in spet skupaj. Ves čas sta se smejala kot dva majhna otroka.

Na dnu hriba je bil od glave do pet oblečen v nebesno modro barvo njegov oče. Izstopal je kot modra lisa, obdana z deviškim snegom - z invalidskim vozičkom v rokah.

„Sneg," je rekel E-Z in vdihnil še en marshmallow. Še boljšega okusa je bil ves raztopljen. Nato je začutil mraz in se zbudil obdan z ledom v kopalni kadi. Tam je bil stric Sam, ki je sedel ob njem.

„E-Z, tokrat si me res prestrašil."

„Kaj? Kaj se je zgodilo?

„Slišal sem nekaj zvokov, zato sem šel noter, da te preverim. Tvoje okno je bilo na široko odprto, zavese so se dvigale. Občutil sem tvoje čelo, ki je gorelo. Bal sem se, da boš dobila napad. Celo tvoja krila so bila videti uvela.

„Razmišljala sem, da bi poklicala policijo, potem pa sem se odločila, da tega ne bom storila. Mislim, da te nisem mogel odpeljati na urgenco, ne s temi krili. Moral sem te spraviti v voziček, napolniti kopalno kad z ledom in poskusiti, ali ti lahko znižam temperaturo. Hodil sem ven in kupoval led, prosil za donacije prijatelje iz soseske. Zelo so mi pomagali."

„Zdaj se počutim bolje, hvala," je rekel in poskušal vstati. Ni mu uspelo daleč, preden je spet padel na tla.

„Povej mi, kaj se dogaja."

„Ne morem, stric Sam. Zaupati mi moraš."

Najstnik je poskušal ponovno vstati. „Počakaj tukaj," je rekel Sam, ko je izstopil iz kopalnice in se vrnil z invalidskim vozičkom. „Tukaj," je vstavil termometer v nečakova usta. „Če je normalen, se lahko usedeš na stol."

Bilo je normalno, zato je bil E-Z z haljo, ovito okoli njega, dvignjen iz kadi v stol. Njegova krila so se razširila, nato so se sprostila na svoje mesto in ni bilo več občutka, da gorijo.

Ko je šel mimo dnevne sobe, je zagledal novice.

„Sinoči so preusmerili letalsko nesrečo," je dejal tiskovni predstavnik. „Temu pravijo čudežni pristanek, tukaj pa je nekaj neobdelanih posnetkov, ki jih je posnel eden od naših gledalcev, ko se je to zgodilo."

Ogledal si je posnetek, ki je prikazoval pristanek letala, vendar ni bilo ničesar drugega - nobenega posnetka. Čutil je olajšanje in se vrnil v svojo sobo.

„Takoj se vrnem, da ti pomagam pri oblačenju."

Tako zelo si je želel, da bi lahko stricu povedal vse - vendar ni mogel. „Hvala," je rekel, ko se je oblekel.

„Vedno ti stojim za hrbtom."

„Takoj za teboj," je rekel najstnik. „Mislim, da grem v pisarno, da nekaj napišem."

„Dobra zamisel, na seznamu opravil imam še nekaj hišnih opravil, ki bi jih rad danes opravil." Začel je odhajati, potem pa se je obrnil nazaj. „Veš, fant, ni treba takoj napisati romana. Lahko si pišeš dnevnik ali dnevnik. Zapisuj stvari, ki jih boš morda nekega dne pozabil. Na primer dragocene spomine."

„Pomislil sem, da bi nekaj napisal in to poimenoval Tattoo Angel."

„To mi je všeč."

Ko je bil v pisarni, je za trenutek sedel in razmišljal o letalu - spraševal se je, kako je lahko naredil, kar so od njega zahtevali. Brez pomoči laboda in njegovih ptičjih prijateljev ali brez pomoči njegovega stola mu to ne bi uspelo. Tudi tista dva wanna-be-angelčka sta mu pomagala na svoj način, ko sta ga spodbujala v ozadju.

Osredotočil se je na pisanje in vtipkal naslov: Angel za tetoviranje.

Njegovi prsti so želeli tipkati še več, vendar se je njegov um želel potepati. Naslonil se je na stol in se zazrl v prazen zaslon. Potreboval je fantastičen prvi stavek, kot ga je napisal njegov prednik Charles Dickens: „Rodil sem se.

Ko čez nekaj časa ni mogel več prenašati pogleda na bel zaslon, je natipkal -

Želim si, da se ne bi nikoli rodil.

In nadaljeval je s tipkanjem.

Ne morem več hoditi.

Nikoli ne bom profesionalno igral bejzbola ali hokeja ali dobil športne štipendije.

Ne morem teči.

Ne morem skakati.

Toliko stvari ne morem početi.

Tega ne bom nikoli počel.

Prenehal je tipkati, saj je v zgornjem desnem kotu zaslona videl nekaj, kar se je premikalo navzdol. Teče.

Solze. Majhne solze.

Združujejo se. Vedno večje in večje.

Kaskadno se prelivajo po zaslonu.

Zdelo se mu je, da nekaj sliši - povečal je glasnost.

"WAH! WAH! „WAH!" je zapel visok glas.

Pridružil se mu je drugi glas.

"WAH-WAH!

WAH-WAH!

WAH-WAH!"

E-Z je izklopil računalnik.

To je bilo le govorjenje in počutil se je bolje. Vsakdo je občasno potreboval zabavo iz sočutja. To je bilo iz njegovega sistema.

Eno je vedel zagotovo - kot pisatelj ni bil Charles Dickens. Charles Dickens ni znal leteti.

VSTANITE, ČAS JE ZA ODHOD!" Reiki je odletel k oknu.

" Hadz je čakal pri odprtem oknu. „Pripravljen?"

Torej so pričakovali, da bo skočil iz tretjega nadstropja svoje hiše. „Ne grem tja! Poglej, kako visoko smo."

„Pozabljaš, da imaš krila."

„In če padeš, boš to ugotovil."

Ko so ga spustili na invalidski voziček, je bil vsaj še vedno oblečen. Zleknil se je, pogledal navzdol in se spraševal, kako naj bi njegova krila obdržala tako njega kot stolček v zraku.

„Kaj pa moj invalidski voziček?"

„Se spomnite, kaj je rekel Ophaniel? Zdaj pa - ven!"

Ko je bil zunaj, so se njegova krila popolnoma razširila. Nad rameni je lahko videl, kako krila delujejo.

Majhna, a močna bitja so ga dvigala vedno višje in višje ter najstnika vodila po nočnem nebu, medtem ko so ga svetle zvezdnate oči gledale navzdol. Ko so menila, da je pripravljen, so ga spustila.

„Znam leteti," je rekel. „Res lahko letim!"

„Nehaj se razkazovati," je rekel Reiki, „in se drži programa."

„To bi storil, če bi vedel, kaj to je," je odkimal.

Hadz je poletel naprej. E-Z in Reiki sta se dvignila nad šolo ob bejzbolskem igrišču. Naprej proti mestnemu jedru. Luči na vzletno-pristajalni stezi blizu letališča so neposredno konkurirale zvezdam nad njim.

„Zelo dobro ti gre," je rekel Reiki.

„Hvala."

Njegovo pozornost je pritegnil zvok odpovedi motorja v jumbo jet-u pred njimi.

„Poglej, to letalo je v težavah. Želim si, da bi imel svoj telefon, da bi poklical na pomoč." Motor se je razpršil in letalo je nekoliko padlo, nato pa se je izravnalo.

„Ne potrebuješ telefona. Dobrodošel na svojem drugem preizkusu."

„Kaj pričakuješ od mene? da bom nosila letalo na hrbtu? Ne morem rešiti letala, nimam dovolj moči. Tega ne zmorem."

„Dobro," je rekel Hadz, ki so ga zdaj dohiteli.

„Nekaj pa moraš vedeti: če jih ne boš rešil, bodo vsi na krovu umrli."

„Vseh 293 potnikov. Moški, ženske in otroci."

„Poleg tega dva psa in eno mačko," je dodal Reiki.

Glavo so mu napolnili kriki ljudi v letalu. Kako jih je slišal skozi debele kovinske stene? Psi so lajali in mačka je mijavkala. Otrok je jokal.

„Prenehajte, izklopite ga in jaz bom to storil."

„Ne bomo ga ugasnili."

„Ampak končalo se bo, ko boste letalo varno odložili na letališču, tamle."

„Verjamemo vate," je rekel Hadz.

„Toda ali me ne bodo videli? Če me bodo videli, bo igre konec, mislim s pogoji Ophaniela - nikoli ne bom videl svojih staršev."

„Videli?"

„To je tvoja najmanjša skrb!"

„Zdaj pa pojdi," je rekel Hadz. „Oh, in morda boš potreboval tole."

Zdaj je imel varnostni pas, ki ga je držal na invalidskem vozičku, ko je letel po nebu proti padajočemu letalu.

„Opazovali ga bomo," so poklicali.

„Mi boste pomagali, če vas bom potreboval?"

„To so tvoje preizkušnje, dodeljene tebi in samo tebi. Mi smo tukaj, da vas spodbujamo. Veliko sreče."

„Čakajte trenutek, ali mi ne boste dali kakšnih primernih lekcij? mi pokazali, kaj moram storiti?"

POP.

POP.

„Hvala za nič!" je zavpil.

NA LETALIŠČU V STOLPU kontrole zračnega prometa**je**kontrolor opazil, da ima letalo težave. Ker ni mogel vzpostaviti stika s pilotom, je na radarju opazil neidentificiran leteči predmet.

E-Z je za navdih uporabil Supermana in Mighty Mouse ter dvignil roke. Postavil se je pod telo mogočne kovinske zveri in zbral vso svojo moč.

„Mislil sem, da bi ti koristila majhna pomoč," je rekel labod, ki je bil večji od običajnega. Prikimal je in ptice so priletele iz različnih smeri. Ko se je jumbo jet povezal z njim, so se prave ptice poravnale. Pomagale so mu držati letalo stabilno. Da bi ga stabilizirale, tako da bi on in njegov stol lahko prevzela vso njegovo težo.

V notranjosti so se stvari kotale kot kroglice. Moral je pohiteti in želel si je imeti še en komplet kril ali močnejša krila. Če bi le bil v beli sobi. Osredotočil se je na nalogo in se psihično pripravil na spust. S pogledom navzdol je opazil, da ima tudi njegov stol krila, in sicer na naslonih za noge in na kolesih. „Hvala," je zašepetal nikomur. Potem pa pticam: „Zdaj to obvladam, hvala za pomoč."

Zdaj je bil pripravljen in je jumbo spustil navzdol, pri tem pa ga je držal stabilno in vodoravno. S sprednjim delom letala se je dotaknil asfalta. Ker se podvozje še ni spustilo, se je moral umakniti s poti. Iztegnil je desno roko, kolikor je segala, in namestil svoj stol stran od sredine letala. Spustil je sredino letala, nato pa še rep. Uspelo mu je! Da! Oddaljil se je ob zastrašujočih zvokih kričečih siren, ki so se iz vseh smeri bližale v obliki gasilskih, reševalnih in policijskih vozil.

Preden so ga opazili, je odletel. Hvaležni potniki v notranjosti so se veselili, ga fotografirali in snemali na svoje telefone. Kmalu se je vrnil s Hadžem in Reikijem.

„Zelo dobro ti je šlo. Ponosni smo nate, varovanec.“

Nasmehnil se je, dokler ni začutil, da mu je nekdo zažgal krila. Nato je vedel, da gori, in bolelo ga je tako močno, da si je želel umreti. Zaželel si je smrti. Želel si jo je. Zdaj je v prostem padu, s stolom obrnjenim navzdol, imel široko odprte oči in čakal, da njegove ustnice poljubijo tla. Potem sta ga angela odnesla domov in ga položila v posteljo.

Bolečina ni popustila, vendar je E-Z vedel, da danes ne bo umrl. Še en dan bo na varnem. Še eno preizkušnjo. Vse, kar je moral storiti, je, da je preživel to preizkušnjo.

KDAJ**BO DIAMANTNI PRAH ZAČEL** delovati?" Hadz je vprašal. „Še vedno ima ogromno bolečin.“

„To je bil nov način zdravljenja, zato ne morem reči, kdaj bo začel delovati, vendar bo sčasoma začel delovati.“

„Upam, da bo zdržal tako dolgo!“

„S pomočjo strica Sama bo preživel. Ko bo začelo delovati, bomo videli znake. Nekaj telesnih sprememb.“

E-Z je še naprej smrčal

POP.

POP.

In spet sta izginila.

POGLAVJE 11

D AN POZNEJE JE E-Z NAČRTOVAL svoj dan. Najprej je moral pripraviti nahrbtnik za sobotni izlet v park. Pojedel bo zajtrk, malo pisal in se nato odpravil na pot. Medtem ko je pripravljal nahrbtnik, je zaslišal visoka glasova Hadžija in Reikija, še preden ju je zagledal.

„Slišim vas," je rekel.

POP.

Prvi se je pojavil Hadz.

POP.

Nato Reiki - oba v svoji popolnoma spremenjeni angelski veličini.

„Dobro jutro," sta zapela v bolno sladkem soglasju.

E-Z je v svoj nahrbtnik vtaknil zvezek in nekaj pisal, ki so ju ignorirala. Upal je, da bo v parku našel kaj navdihujočega za pisanje. Segel je dol, da bi zapel nahrbtnik, ko je opazil, da sta angela sedela na zadrgi.

„O, žal mi je. Skoraj te nisem videl."

„Fuj, to je bilo blizu," je rekel Reiki.

Hadz se je preveč tresel, da bi izrekel eno samo besedo.

Prileteli so mu na ramena, ko je stol usmeril proti zaprtim vratom.

„Moramo se pogovoriti z vami," je rekel Hadz.

„To je... pomembno. Nekaj smo naredili..."

„Meni?"

Obstale so pred njegovimi očmi.

„Da. Ko si pred nekaj tedni spal."

„Pred nekaj tedni! Dobro, poslušam..." V resnici se je trudil, da ne bi razneslo. Misel na to, da bi mu karkoli storila, ga je spravljala ob pamet. Medtem ko je spal. Brez njegovega dovoljenja. To je bila strašna kršitev zaupanja. Stisnil je pesti. Tišina. Prekrižal je roke. Ne bo jim tega olajšal.

Sam je potrkal na vrata: „Zajtrk E-Z, potrebujete pomoč?"

„Ne, v redu sem. Čez nekaj minut bom tam." Tišina je preglasila zvoke zunaj, ko se je Sam vrnil v kuhinjo.

„Najprej," je rekel Hadz, "to, kar smo naredili, smo naredili samo zato, da bi ti pomagali."

„Pri preizkušnjah. Naredili smo nekaj, da bi ti pomagali doseči tvoje cilje."

„Hočete reči, da bi mi lahko pomagali z letalom? Zagotovo bi mi vaša pomoč prišla prav. Na srečo nam je uspelo po zaslugi tistega laboda in ptic."

„Uh, ja, glede tega pomoč ni dovoljena - ne od prijateljev ne od ptic. Zadevni incident smo prijavili ustreznim organom."

E-Z je zmajal z glavo, saj ni mogel verjeti temu, kar je slišal. „Da mi ne govorite, da je nekdo poškodoval laboda ali ptice? Tega mi raje ne govorite ... Oh, in zakaj točno je ta labod govoril z mano, in to v angleščini. Saj veste."

„Ta zadeva je zaupna," je rekel Hadž in se mu z rokami na bokih približal k obrazu. Reiki je zavzel enak položaj in njuni krili sta se dotaknili njegovih vek.

„Hej, nehajte," je rekel glasneje, kot je nameraval.

„Tam je vse v redu?" Sam je vprašal skozi zaprta vrata.

„V redu," je rekel in zamahnil z roko pred obrazom ter odvrnil bitja po sobi. Reiki je udaril ob steno in zdrsnil navzdol. Hadz, ki je bil že globlje spodaj, je poskušal Reikija ujeti, vendar je bilo prepozno. Oba angela sta padla in pristala na tleh.

„Žal mi je," je rekel najstnik. Svoj invalidski voziček je premaknil bližje k njima. Spraševal se je, ali se jima v glavi vrtijo zvezde kot likom iz starih risank. To se mu je nekoč zelo všeč, ko se je to dogajalo Wileu E. Coyotu. Nekoliko sta se spotaknila, zato ju je položil na posteljo. Ko sta si angela opomogla, je rekel: „Še enkrat se opravičujem. Nisem vas hotel udariti. Tvoja krila so me ščemela v očeh."

„Ja, to si storil!" Reiki je rekel.

„In mi tega ne bomo pozabili."

Počutil se je slabo. Bili so tako majhni; ni se zavedal, da jih lahko že en sam trzljaj pošlje tako daleč. Zdelo se je, kot da jih je odnesel iz parka, pa se jih je komaj dotaknil.

„Glede tega..." Reiki je rekel.

Hadz je dodal: „Medtem ko si spal, smo na tebi izvedli obred."

E-Z je spet ohranil mirno kri, a le stežka. „Pravite, obred?" Pogledali so ga, krivi kot greh. „Če bi bili ljudje, bi vam vrgli knjigo, ker ste mi karkoli storili brez mojega dovoljenja. To je napad na mladoletnika. Bil bi v zaporu ..."

Angeli so se tresli in se držali drug drugega.

„Nismo imeli izbire."

„To smo storili za tvoje dobro."

„To razumem, toda v tem trenutku vaše opravičilo NI sprejeto."

„To je pošteno," so rekli angeli. „Za zdaj." Zapeli so: „Priklicali smo moči, velike in iluzorne moči nad vami in okoli vas. Prosili smo jih, naj vam pomagajo tako, da povečajo vašo moč, pogum in modrost. Preprosto povedano, verjeli smo, da potrebuješ več, zato smo ti to pričarali."

„Razumem. Opravičilo še vedno NI sprejeto."

„To smo storili tako, da vam je bilo kar najmanj neprijetno," je dejal Hadz.

E-Z je razmislil o tej najnovejši informaciji. Hkrati je pogledoval na svoj invalidski voziček. Zdaj se je zdel drugačen, poleg očitne spremembe barve naslonjal za roke.

„Kaj je z mojim stolom v zadnjem času?" je vprašal. „Zdi se, kot da ima svojo glavo."

Angeli so se spet tresli.

„Kaj ste naredili? Točno? Ker sumim, da nisi napadel samo mene, ampak tudi moj stol."

Nazadnje sta angela razložila vse o diamantnem prahu in krvi. O močeh, ki so jih podelili njemu in stolu. „Ko se bodo težave z nalogo povečale, boš moral okrepiti svoje moči."

„To že vem, zato so mi gorela krila. Po vsaki nalogi se je njihova temperatura povečala. Vendar si ponavljam, da bo vse to vredno, ko bom spet videl svoje starše."

„Če boš poskuse opravil v predvidenem času. In natančno slediš navodilom," je dejal Hadz.

„Počakajte trenutek," je E-Z udaril z rokami po naslonjalih za roke. „Nihče ni rekel, da je rok določen. Niti v Beli sobi. Niti v nobenem trenutku. In če obstaja knjiga pravil, po kateri naj bi se ravnal, potem mi jo izročite, da jo lahko preberem. Prav tako ni bilo nobene zaveze na nobeni strani. Nihče ni povedal, koliko zaključenih poskusov je potrebnih za sklenitev posla. Moramo vse skupaj dati v pisni obliki? Ali obstaja kaj takega kot Angelski odvetnik ali še bolje Angelska pravna pomoč?"

Hadz se je zasmejal. „Seveda, imamo angelske odvetnike, vendar moraš biti angel, da si upravičen do njih."

Reiki je rekel: „Prvo nalogo ste opravili brez kakršne koli pomoči. S pobudo svojega stola, močjo volje in srečo si rešil življenje tiste deklice. S temi tremi stvarmi lahko prideš le tako daleč, zato smo ti priskrbeli več ognjene moči. Največ, kar smo si lahko želeli."

„Največ, kar smo vam lahko dali."

„Hej, kaj misliš s tveganjem? Hočete reči, da mi lahko ta obred škoduje?"

„Naredili smo ti uslugo. Tvegali smo, da bi ti pomagali. Če nam zdaj ne moreš odpustiti, nam boš nekega dne."

„Govorite o izmikanju mojemu vprašanju! Ste kdaj razmišljali o tem, da bi se ukvarjali z angelsko politiko - če kaj takega sploh obstaja?"

Hadz je rekel. „Ljudje okoli tebe bodo morda opazili določene spremembe v tvojem zunanjem videzu."

„Da, lahko," je z nasmeškom dejal Reiki.

„Kaj misliš s fizičnimi spremembami?" je zakričal.

POP.

POP.

In izginili so.

E-Z je bil spet sam. Ko se je odpravljal proti vratom, se je spraševal, kaj so mislili. Karkoli je bilo, bo kmalu izvedel. Medtem je razmišljal o tem, da je njegov stol zdaj imel njegovo kri. Kako je stol postal njegov podaljšek. Odpravil se je v kuhinjo, kjer ga je čakal stric Sam.

✳✳✳

No,TO SE NI IZŠLO ravno po naših načrtih,“ je rekel Reiki. „Bil je precej jezen na nas. Mislim, da nam ne bo nikoli več zaupal.“

„On nas potrebuje bolj kot mi njega.“

„Lahko bi mu izbrisali misli, kot smo to storili drugim.“

„Če nam ne bo odpustil, ne bomo mogli ničesar storiti. Brisanje misli ne pride v poštev. Brez njegovega soglasja in če, ne, ko bi to izvedel, bi se mu za vedno odtujili. In veš, komu to ne bi bilo všeč.“

„Kot vedno imaš prav,“ je rekel Hadz.

„Ali misliš, da bo kdo opazil današnje spremembe njegovega videza?“

„Smo opazili, kajne!“

„Mogoče bi mu morali povedati, vsaj glede njegovih las. morda bi se nam tako priljubil. Če bi mu razložili.“

„Mislim, da bi bile spremembe boljše, če bi jih povzročil kdo drug kot mi.“

„Ljudje so zelo čudni,“ je rekel Reiki.

„To so. Toda delo z njimi je edini način, da se lahko uveljavimo kot pravi angeli.“

„Na našo srečo je zelo prijazen.“

POGLAVJE 12

E-Z JE Z VILICAMI zabodel v krožnik s palačinkami. Bil je lačen, kot da ne bi jedel že več dni. In žejen. Vrgel je kozarec za kozarcem pomarančnega soka. Napolnil je krožnik s palačinkami in jedel, dokler jih ni zmanjkalo.

Sam se je zasmejal, ko je zagledal nečaka, nato pa je še naprej pomakal rezino toasta z maslom v kavo.

„Kaj je tako smešno?" E-Z je vprašal.

„Mislim, da nič."

V kuhinji so se slišali le zvoki mletja, rezanja in žvečenja. Poleg ure, ki je tiktakala na steni za njimi.

„Kaj?" E-Z je zahteval in opazil, da se stric smehlja in ga skriva za roko.

„Danes zjutraj je nekaj drugačnega v tvojem, no, saj veš, tem jutru. Ali mi hočeš kaj povedati? Na primer zakaj?"

Stvori sta vskočili in se usedli vsak na eno od E-Z-jevih ramen. Prisluškovala sta in njemu njun nepovabljeni vdor ni bil všeč, zato ju je odrinil.

POP.

POP.

Izginila sta.

„Ne vem, kaj misliš."

Sam si je natočil še eno skodelico kave. „Je to za dekle? Ker vsako dekle bi te moralo sprejeti takšnega, kakršen si.“

E-Z se je zasmejal. „Nobeno dekle. To je zelo narobe.“

Oba sta bila še nekaj trenutkov tiho, saj je ura tiktakala.

„Spakiral sem torbo in šel bom v park, potem ko bom zjutraj malo pisal. S seboj bom vzela beležko in nekaj pisal, če me bo park navdihnil.“

„Sliši se kot načrt, ampak najprej mi pomagaj pospraviti,“ je rekel Sam in vstal od mize.

Najstnik je odrinil svoj stol in skupaj sta hitro pospravila. E-Z je odšel v svojo pisarno in za seboj zaprl vrata, ko se je oglasil vhodni zvonec.

Sam je spustil Ardena in PJ. „Je v svoji pisarni in dela. Ali vaju pričakuje? Če je, mi o tem ni nič povedal.“

„Poslala sem mu sporočilo, vendar ni odgovoril,“ je dejal PJ.

„Zato sva si rekla, da bova danes skočila k njemu in ga odpeljala ven. Poskrbela sva, da se bo malo zabaval. Ta človek preveč dela. Mama je rekla, da naju bo odpeljala tja. Preveriti morava samo še pri E-Z-u in jo potem poklicati.“

„Moj nečak je navdušen nad knjigo, ki jo piše. Morda bo nasprotoval.“

„Tako ali tako ga bomo danes odpeljali od tu,“ je rekel PJ.

„Načrtoval je, da bo šel v park, potem ko bo malo pisal. Ampak pojdi dol, lahko se potem srečava tam?“ Sam se je vrnil v kuhinjo in iz zamrzovalnika vzel mleto govedino. V omari je pregledal omako, špagete, jajca, čebulo, drobtine in špinačo. Imel je vse, kar je potreboval za pripravo špagetov in mesnih kroglic.

Ko sta odložila plašče, sta se odpravila po hodniku.

Sam se je oblekel v plašč. Že nekaj časa je odlašal s košnjo trate. Danes je bil dan, ko jo bo pokosil.

E-Z je poskušal pisati, vendar mu ustvarjalnost ni stekla. Ko so prišli njegovi prijatelji - bil je vesel prekinitve. Odprl je Facebook in se pretvarjal, da preverja posodobitve. „Pozdravljeni, fantje.“ Obrnil je stol proti njim.

„Človek, kaj se ti je za vraga zgodilo z lasmi? Ste bili v kozmetičnem salonu brez nas?“

„Ali si jim pokazal fotografijo in prosil za obrnjen videz Pepe Le Pew?“

„In tudi obrvi! Nisem niti vedel, da jih lahko pobarvajo?“

E-Z si je s prsti pogladil lase, saj ni imel pojma, o čem se pogovarjata. Čakajte trenutek - je bilo to tisto, kar je imel Sam v mislih?

„Tudi njegove oči so drugačne.“

Arden se je sklonil: „Ja, v njih so zlate lise. Odlično!“

„Hej, človek, umakni se,“ je rekel E-Z. „Prestrašila sta me. Vdiranje v moj prostor ni kul.“

„Vsaj ne smrdi kot Pepe,“ je rekel Arden in se umaknil. PJ se mu je pridružil na drugi strani sobe, kjer sta šepetala med seboj.

„Lahko se fotografiramo?“

E-Z se je nasmehnil in rekel: „Mozzarella.“

PJ je Ardenu pokazal posnetek, ki ga je naredil. „Vidiš!“ sta rekla, da sta naredila veliko razkritje.

E-Z ni mogel verjeti, kaj vidi. Njegovi svetli lasje so imeli črno črto, ki je tekla po sredini, in sive lisice na temenu. Siva! Povečal je pogled in imeli so prav, njegove oči so imele zlate lise. V mislih se je vrnil k diamantnemu prahu, ali je tako videti diamantni prah? To sta naredila tista dva idiotska angela! In naj bolje vesta, kako to popraviti! Ko ju bo naslednjič videl, ju bo prisilil, da plačata. Medtem je poskušal razrešiti situacijo.

„Velika stvar. Imel sem težko noč.“

Arden je vprašal: „Česa nam ne poveš?“

PJ je dodal: „Tvoji lasje postajajo sivi in še vedno si v srednji šoli. Misliš, da je to normalno?“

„Mislim, da ima prav; iz ničesar delamo veliko stvar. Kaj je o tem rekel tvoj stric?“

„Ni opazil, če pa je, ni rekel ničesar.“

„Kaj? Hočeš reči, da Sam sploh ni opazil?“

„Je imel odprte oči?“

E-Z se je poskušal spomniti. Najprej ga je stric Sam vprašal, ali mu želi kaj povedati. Ali je mislil prav to?

„Samo trenutek,“ je rekel E-Z in se odpravil v kopalnico. Z desetkratno povečavo ogledala si ga je ogledal od blizu. Zastal je. Zvezde ali lise v njegovih očeh so bile drugačne. Niso bile škodljive, pravzaprav je bil zaradi njih videti kul. Preučil je sive lase ob temenu.

In kaj? S smrtjo staršev je doživel veliko. Poleg tega pa še vsakodnevne pritiske srednje šole. In privajanje na invalidski voziček. Da ne omenjam ukvarjanja z nadangeli in preizkušnjami.

Njegovi prezgodaj osiveli lasje niso bili problem. Premaknil je ogledalo in si s prsti pogladil lase. Ko se je dotaknil črne črte, je bila tekstura drugačna. Bila je groba, podobna ščetinam. Nič hudega, nanesel bo nekaj gela in...

Zunaj je začela delovati kosilnica. Sam je končno opravljal to strašno delo. Pred nesrečo je bila košnja trate E-Z-ovo najbolj sovražno opravilo.

„YEOW!“ Sam je zavpil, ko se je kosilnica ustavila.

E-Z-ov stol se je odpeljal proti vhodnim vratom, ki so se sama od sebe odprla. Odletel je, zgrešil stopnice in pristal na travniku za Samom.

„Prekleto!" Sam je vzkliknil. S kosilnico je udaril v kamen, ki je odletel in ga zadel blizu očesa. Kapljice krvi so mu kapljale po licu in se nabirale na travi.

Invalidski voziček se je premaknil na mesto, kjer je bila kri, in jo posrkal s kolesi.

„Si v redu?"

„V redu sem," je rekel Sam. Segel je v žep, izvlekel robček in si ga prijel za rano.

Prišla sta Arden in PJ. „Slišala sva krik."

„V redu sem, res," je rekel Sam. „Majhna nesreča. Ni potrebe po skrbi ali skrbi. Pojdimo nazaj v notranjost."

Zgrabil je ročaje invalidskega vozička in ga potisnil. Po travi je bilo izredno težko manevrirati.

Arden je medtem prinesel kosilnico in jo pospravil v lopo.

„Si pridobil na teži?" PJ je vprašal, ko je opazil Samove težave.

„Danes zjutraj sem pojedel približno dvajset palačink."

„Morda je črna črta težja od tvojih običajnih las?" Arden se jim je z nasmeškom pridružil.

„Oh, opazili so," je rekel Sam.

„Ja, odkar sta prišla, sta me o tem zbadala. Zakaj nisi ničesar rekel?"

V notranjosti je E-Z vzel obliž in ga namestil na stricovo rano.

„To je bila le rahla sprememba," je rekel Sam. „Ni!" se je nasmehnil. „Oh, in ali si kdaj razmišljal o poklicu medicinske sestre? Imaš nežen dotik."

PJ in Arden sta se posmehovala.

POGLAVJE 13

E-Z IN NJEGOVI PRIJATELJI so se vrnili v njegovo pisarno. Odločil se je, da bo ostal blizu doma, če bi ga Sam potreboval. Sam je bil preveč zaposlen s kuhanjem večerje, da bi razmišljal o tem, kaj bi se lahko zgodilo s kosilnico.

„Večerja je pripravljena," je poklical nekaj ur pozneje. „Pridi po njo."

E-Z je vodil pot: „Slastno diši!"

Usedli so se in si razdelili hrano in začimbe.

„Že zdaj imaš kar precejšnjo gorečico," je Arden rekel Samu.

Sam, ki do zdaj ni vedel, da ima vidno rano, jo je zdaj nosil s ponosom. Zabodel je v še eno mesno kroglico in jo dal na krožnik.

„Kaj se je sploh zgodilo tam zunaj?" je vprašal PJ.

„To je bil kamen. Ujel se je v kosilnico in me zadel." Še naprej je potiskal hrano po krožniku. „Kako gre pisanje?" je vprašal nečaka in s tem preusmeril pozornost od sebe.

„Danes zjutraj nisem imel časa, da bi se s tem ukvarjal."

Sam je spremenil temo in vprašal, ali se kaj dogaja v šoli ali v ekipi.

„Danes zvečer imamo trening," je dejal PJ.

„In upamo, da bo E-Z ujel na jutrišnji tekmi.“

E-Z je zmajal z glavo, da je odločen ne, in nadaljeval z jedjo.

„Ena inning, samo ena in če ne želiš nadaljevati z igranjem, se nam to ne zdi nič narobe,“ je rekel Arden.

„Odlična ideja,“ je rekel stric Sam. „Pomoči si s prstom na nogi. Če se ne počutiš dobro, izstopi. Kaj lahko izgubiš?“

PJ je odprl usta, da bi nekaj rekel, vendar se je odločil, da tega ne bo storil. V gobček si je vtaknil mesno kroglico. Žvečil je in pil. „Ko si tam, E-Z, vsem dviguješ moralo. Fantje mislijo veliko o tebi. Vedno so in vedno bodo.“

„Okej,“ je rekel E-Z. „Sedel bom na klopi, če misliš, da bo to pomagalo. Po večerji pojdimo v park in malo vadimo. Poglejmo, kako bo šlo.“

„Pravično,“ je rekel PJ.

Zahvalila sta se Samu za odlično večerjo.

„Kuhal si ti, zato bova pospravila midva,“ se je ponudil Arden.

E-Z in PJ sta si izmenjala poglede.

Ko Sam ni več slišal, je PJ rekel: „Ti si pa tako priden.“

Arden je pljusknil nekaj vode v PJ-jevo smer, vendar je E-Z večino vode ujel v obraz.

PJ je vrnil curek, ki je pljusknil po kuhinjskih tleh in zadel Samove čevlje.

„Mop in vedro sta v omari,“ je rekel in na poti ven zgrabil plašč.

Končali so s čiščenjem, do takrat so bili večinoma suhi, razen E-Z, ki si je preoblekel srajco. Končno so prispeli do bejzbolskega igrišča, ki je bilo že zasedeno.

„Super,“ je rekel E-Z. „Gremo.“

Ob strani je bilo nekaj deklet iz navijaške skupine nasprotne ekipe. Ena od njih, rdečelaska, je pogledala v E-Z-ovo smer. Naredila je vrtiljak in z lahkoto pristala.

„Mislim, da bi lahko ostali za nekaj časa," je rekel E-Z.

Odpravila sta se čez igrišče do klopi. Morala sta vsaj pozdraviti, sicer bi bila videti kot kretena.

Rdečelaska je nekaj zašepetala svoji prijateljici in obe sta se hihitali.

E-Z je bil prepričan, da se smejita njemu.

„Imamo družbo," je rekla rdečelasa deklica.

„Ja, frajer na invalidskem vozičku z zebrastimi lasmi in dva nergača," je zakričal tretji igralec. Pričakoval je, da se bodo vsi smejali njegovi bedni šali, vendar se ni nihče.

„Ne oziraj se nanj," je rekel prijatelj rdečelasega dekleta. „Je patetičen."

„Odpravi se," je zakričal igralec levega polja. „Tu ni prostora za invalida."

E-Z ni upošteval vseh pripomb. Njegov stol pa ne. Potiskal se je in se vrtinčil kot bik, ki se skuša prebiti iz ograde. „Uau!" je rekel, ko se je stol zaustavil kot divji konj.

Arden je prijel za ročaje stola in ta je spet začel normalno delovati.

Za ploščadjo je lovilec spustil muho in zgrešil met. „Vidim, da potrebuješ spodobnega lovca," je rekel E-Z.

Navijačice so se hihitale.

„Dajte mi pet minut za ploščo, samo pet. Če mi bo uspelo ujeti vsak met, ki ga boste poslali v mojo smer, vam bomo naredili uslugo in ostali."

„In če ne?" je vprašala podajalka.

Lovilec si je odstranil masko. „Kupite nam hamburgerje in krompirček."

„In koktajle," je dodal prvi metač.

„Dogovorjeno," je rekel E-Z, ko se je njegov stol pomaknil naprej.

Potrpežljivo je sedel, medtem ko si je Arden pripenjal ščitnike za kolena. PJ mu je čez glavo potegnil prsni ščitnik in si na obraz nataknil lovsko masko. E-Z je stisnil pest v lovsko rokavico.

„Dobro, vrzi mi žogo," je ukazal E-Z.

„Upam, da veš, kaj delaš," sta rekla Arden in PJ.

„Zaupaj mi," je rekel E-Z. Pripeljal se je v položaj za ploščadjo. „Batter up!"

Smolač je Ardenu nakazal, naj udarja. Izbral je palico in stopil do ploščadi.

E-Z je dal znak metalcu, naj vrže hitro žogo. Namesto tega je vrgel ukrivljeno žogo, ki je bila ravno v coni. Arden je zgrešil udarec, vendar ne povsem, saj je žogico le malo povezal in ta se je odbila nazaj. E-Z se je dvignil na stolu in jo zgrabil.

„Uau!" je zakričal podajalec. „Lepa rešitev."

„Sreča," je rekel prvi metač.

Navijači so se približali.

Arden je pri drugem metu odskočil v desno polje.

PJ je stopil na palico in zadel. E-Z je zlahka ujel vse žoge, toda zadnji met je bil divji in skoraj ga je izgubil. PJ se je odpravil na prvo, vendar je E-Z vrgel žogico navzdol in je bil izključen.

Igrala sta, dokler ni bilo preveč temno, da bi lahko videla žogo.

Po igri so se odločili, da je bil rezultat neodločen. Šli so v bližnjo restavracijo in vsak je plačal svojo hrano.

„Na jutrišnji tekmi vas bomo uničili," se je pohvalil Brad Whipper, kapetan ekipe.

„Igrate E-Z?" Larry Fox, igralec prve meta, je vprašal.

„Oh, zagotovo bo igral," sta rekla Arden in PJ.

„Vsekakor."

Rdečelaska je bila Sally Swoon in je nekaj zašepetala Ardenu, ki je zmajal z glavo. „Vprašaj ga sam," je rekel.

„Kaj me vprašaj?"

Njena lica so zardela.

„Hočeš vedeti, kaj se je zgodilo, kajne?"

Prikimala je. „Ali si prosila svojega frizerja, naj to naredi, ali so oni ..."

„Ali so se zmotili?" je rekel.

Prikimala je.

„Zjutraj sem se zbudila in bilo je tako. Konec zgodbe."

„Potegnite drugo," je rekel igralec. „Zdaj pa nam povejte, zakaj ste na invalidskem vozičku."

E-Z je povedal svojo zgodbo. Medtem ko je pripovedoval, so vsi ostali tiho. Nihče ni jedel ali pil. Ko je končal, ga je skrbelo, da ga bodo vsi obravnavali drugače, vendar ga niso.

Pogovarjali so se o prihajajoči svetovni seriji in drugih športnih rečeh.

Pozneje, ko so ga prijatelji pospremili domov, so bili vsi tiho. Fantom je rekel lahko noč in se vrnil v svojo sobo. Poskušal je gledati televizijo, malo pisati, vendar je ne glede na to, kaj je počel, vedno znova razmišljal o vsem, kar je izgubil. Padel je nazaj na posteljo, strmel v strop in na koncu zaspal.

POGLAVJE 14

E-Z JE SPAL, SANJAL.

„Zbudite se, E-Z! Zbudite se!" Reiki je skakala po njegovih prsih.

„Nehaj!" je vzkliknil.

Hadz mu je na obraz popršil nekaj vode.

Stresel se je z nje. „Morata si nekaj razložiti in nekaj popraviti. Vrnite mi lase na prejšnje mesto. In tudi moje oči!"

„Ni časa!" sta rekla, ko se je njegov stol prevrnil, ga vrgel vanj in nato odletel skozi že odprto okno.

„Niti oblečen nisem!" E-Z je vzkliknil.

Reiki in Hadz sta se hihitala in rekla E-Z-ju, naj si zaželi, kaj si želi obleči. Ko je spet pogledal navzdol, je imel na sebi kavbojke, pas in majico. Pogledal je na svoje noge, kjer so si tekaški copati sami zavezovali vezalke. Ko so se dvigali po nebu, se jim je E-Z zahvalil.

„Torej nam odpuščate?" Hadz je vprašal.

„Dajte mu čas," je rekel Reiki.

E-Z je prikimal, medtem ko se je njegov stol dvigal vse višje in višje. Nad letalom, mimo letala. Očitno ni bil njihov cilj. Letela sta naprej, dokler se ni njegov invalidski voziček popolnoma ustavil, nato pa se je usmeril navzdol.

„Tam je,“ je rekel Reiki.

Spodaj je pred visoko poslovno stavbo v gruči stala skupina ljudi.

„Ali to čutite?“ E-Z je vprašal, ko je opazil, da je bil zrak okoli dogodka drugačen. Vibriral je z energijo.

„Da,“ je rekel Hadz.

„Dobro, da ste tokrat opazili,“ je rekel Reiki.

„Hočeš reči, da so bile vibracije tudi ob drugih priložnostih?“

„Da, toda ko bodo tvoje moči rasle, boš znal določiti lokacije.“

„In ne samo ti, tudi tvoj stol jih lahko zazna.“

„Hočeš reči, da imam super-duper pametni stol? Vedel sem, da je modificiran, ampak to je super!“

Angeli so se zasmejali.

Stol se je pognal naprej, medtem ko so pod njimi odjeknili streli. Videla sta ljudi, ki so bežali, kričali in padali.

E-Z in njegov stol sta poletela proti kaosu, v prihajajočo strelsko pošiljko. Premaknil se je, ko jih je voziček odbijal. Spraševal se je, kaj bi se zgodilo, če bi voziček kakšno zgrešil.

„Prepričani smo, da si neprebojen,“ je rekel Reiki, ne da bi ga vprašal. „To je bil del obreda.“

„In diamantni prah bi moral delovati.“

„Precej prepričan?“ je rekel in upal, da imata prav. „Če deluje, potem je to dober kompromis za moje stanje las!“

Želeni angeli so se zasmejali.

POGLAVJE 15

IS INVALIDSKI VOZIČEK JE zapeljal navzdol in se ustavil na moškem na strehi stavbe. Streljal je v množico spodaj in v njih, ko so se mu približali. Invalidski voziček se je pomaknil naprej, E-Z pa je zaslišal čuden zvok, kot bi letalo spuščalo podvozje. Prihajal je z invalidskega vozička, ko se je kovinski kovček spustil in pristal na moškem. Pištola mu je zletela iz roke in se razletela po strehi, preden se je naprava ujela. Moški je poskušal odriniti E-Z in invalidski voziček s hrbta, vendar mu ni nič pomagalo.

V daljavi se je oglasila sirena, nato pa je postajala vse glasnejša in glasnejša, ko je zapirala vrzel.

„Če vas spustim gor,“ je vprašal E-Z, "ali se boste vedli lepo?"

Čeprav je moški prikimal, se invalidski voziček ni hotel premakniti.

E-Z je moral onesposobiti pištolo in se umakniti od tam, preden je prišla policija. Zanimalo ga je, ali je bil kdo spodaj ranjen. Pričakoval je, da so reševalna vozila na poti. Vendar bi lahko s svojim vozičkom veliko hitreje odpeljal hudo poškodovane v bolnišnico.

Gledal je v pištolo na drugi strani strehe. Osredotočil se je, nato pa iztegnil roko. Kot da bi bila njegova roka magnet, je pištola priletela vanjo, on pa jo je onesposobil tako, da jo je zavezal v vozel. E-Z je odstranil svoj pas in z njim strelcu zvezal roke za hrbtom.

Stol se je dvignil in odletel kot raketa, medtem ko so se vrata na strehi razletela. Modificirana naprava se je dvignila in visela v zraku, medtem ko je E-Z opazoval, kako se je ekipa SWAT približala strelcu in ga prijela. Pogled na obraz policista, ki je našel pištolo, zvezano v vozel, je bil neprecenljiv.

Za sekundo ali dve je okleval ob razmisleku o svojem mandatu, vendar so bili spodaj ranjeni ljudje in on jim je lahko pomagal hitreje kot kdorkoli drug, zato je to tudi storil. S posledicami se bo ukvarjal pozneje in upal, da ga bodo razumeli.

E-Z je pristal v bližini množice. Zbral je štiri najhuje poškodovane, in ker so bili nezavestni, jih je z delom krila varno držal na stolu, medtem ko so leteli po nebu.

Stol je vpijal kri poškodovanih potnikov, ki je kapljala iz njihovih ran. Njihova kri se je združila s krvjo E-Z in Sama Dickensa. Ta združitev je iz njihovih teles izrinila krogle in njihove rane so se začele celiti.

Trajalo je nekaj minut, da so prispeli v bolnišnico. Ko so prispeli, so bili vsi pacienti ozdravljeni, kot da se njihove poškodbe nikoli niso zgodile. Objeli so E-Z-a in se mu zahvalili.

Na parkirišču pred bolnišnico je vsak skočil z invalidskega vozička.

Pri vhodu so stali oskrbniki z nosili v pripravljenosti.

E-Z je pogledal v njihovo smer. Pomahal jim je in odletel v nebo. Pod njim so mu tisti, ki jih je rešil, vrnili zamah. Upal je, da bodo čakajoči spremljevalci preveč jezni, da jih vendarle ne potrebujejo.

„Hvala," je zakričal mladenič in pomahal z roko.

„Upam, da se še vidimo," je vzkliknila ženska srednjih let.

„Ti si pravi junak!" je dejal moški, ki ga je spominjal na strica Sama.

„Spominjate me na mojega vnuka - razen čudne črte v vaših laseh!" je dejala starejša ženska.

Spremljevalci so se približali četverici in vprašali: „Potrebuje kdo pomoč?"

Mladenič je rekel: „Ne boste verjeli, ampak pred kratkim so me dvakrat ustrelili. Mislim, da sem omedlel. Ko sem se zbudil," je dvignil sprednji del srajce, ki je bil okrvavljen, "ran ni bilo več."

Starejša ženska, katere obleka je bila krvava, je razložila, kako je bila ustreljena blizu srca.

„Bila bi mrtva, če mi tisti fant na invalidskem vozičku ne bi rešil življenja."

Druga dva pacienta sta imela podobne zgodbe. Pohvalila sta E-Z-a in se mu še enkrat zahvalila. Čeprav ga ni bilo več med njimi.

„Mislim, da bi morali vsi še vedno priti v bolnišnico," je rekel prvi bolničar.

Drugi bolničar je dejal: „Da, doživeli ste travmatično izkušnjo. Morali bi obiskati zdravnika in dobiti dovoljenje."

Vsi štirje nekdanji poškodovani državljani so dovolili, da jim spremljevalci pomagajo vstopiti v notranjost. Najstarejšega od četverice so skušali spraviti na nosila.

„Zdrava sem kot riba!" je vzkliknila starejša ženska.

Sledili so ji v bolnišnico.

$$***$$

RAJE TO STORIMO ZDAJ,“ je rekel Reiki.

" „Vendar je žalostno. Naredil je tako izjemne stvari, zdaj pa se tega ne bo nihče več spomnil.“

Izbrisali so misli vseh v bližini.

„Opravil je izjemno delo.“

„Da, bil je dobro izbran,“ je rekel Hadz.

E-Z se je vrnil domov in poletel tja tako hitro, kot je le mogel. Vedel je, da prihaja bolečina, vendar ne, kako huda bo tokrat. Komaj se je prebil skozi okno in na posteljo, preden so mu zagorela ramena, zaradi česar je izgubil zavest.

Angeli so se vrnili in mu šepetali pomirjujoče besede, ko je zavpil v spanju. Ko je bolečina postala prevelika, so jo ublažili tako, da so jo prevzeli nase.

„Tako je poskus številka tri končan,“ je rekel Reiki. „Z lahkoto jih prestaja.“

„Res je, vendar moramo poskrbeti, da ga ne bodo prepoznali. Lahko ga vidimo, vendar moramo izbrisati spomine. Vendar me skrbi, da bomo morda koga spregledali.“

„Če bomo izbrisali spomine vseh v bližini, bi moralo biti vse v redu.“

POGLAVJE 16

N EKATERO JUTRO JE E-Z jedel kosmiče, ko je v kuhinjo prišel Sam.

„Kava res lepo diši,“ je rekel Sam.

Najstnik je stricu natočil polno skodelico. „Kaj?“ je vprašal z občutkom déjà vu.

„Kaj, kaj?“ Sam je vprašal, ko je v skodelico dodal malo smetane.

„Gledaš vame,“ je rekel E-Z. Potresel je z glavo. Ali je bil v filmu Groundhog Day? V filmu o dnevu, ki se vedno znova ponavlja, z Billom Murrayem?

„Oh, to. Ali bi mi rad kaj povedal?“ V kavo je vrgel košček sladkorja.

Ne oziraje se na strica si je v usta nasul koruzne kosmiče. „Ne vem, kaj misliš.“

Sam je počakal, da je nečak končal z zajtrkom. „Včeraj zvečer sem te pogledal in tvoja postelja je bila prazna, okno pa odprto. Ne vem, kako si prišel ven s svojim stolom. Vsekakor mi moraš povedati, če greš ven. Jaz sem odgovoren zate in za to, kje se nahajaš. Naslednjič mi obljubi, da mi boš sporočil, kam greš in kdaj se boš vrnil. To je običajna vljudnost.“

„I...“

POP.

POP.

Pojavila sta se Hadz in Reiki. Reiki je priletel k Samu in mu pred očmi zaplapolal. Za nekaj sekund se je zdelo, da je Sam zombificiran. Nato je spet začel srkati kavo. Dvignil je kozarec, srknil in ga odložil. Ponovi.

E-Z se je spomnil na ptičjo igračo, pri kateri ptica potopi glavo v kozarec in pije. Kako se je ta stvar sploh imenovala?

„Dippy bird,“ je rekel Sam. Pogledal je na uro.

Kaj za vraga? Ali mu je lahko stric zdaj bral misli?

„Kdo mu *ne more* brati misli?“ Hadz se je nasmehnil.

Sam je vstal in z ledenimi očmi ter robotskimi gibi odšel do umivalnika, splaknil skodelico in jo dal v pomivalni stroj. Nato je pograbil ključe avtomobila in odšel, ne da bi rekel besedo.

E-Z-jeva usta so obvisela odprta, ko je predelal informacije, nato pa je zahteval: „Dobro, vi dva. Kaj ste storili mojemu stricu Samu? Niste imeli nobene pravice, da... da... naredite, karkoli ste naredili.“ Njegov obraz je bil tako razburjen, da je bil rdeč, njegove pesti pa so bile stisnjene.

POP.

POP.

To je sovražil. Vsakič, ko sta naredila kaj narobe, sta izginila in on se jima je moral opravičiti, da sta se vrnila, čeprav ni naredil ničesar narobe.

„Oprosti,“ je rekel. „Prosim, vrnite se.“

POP

POP.

„Kar se je zgodilo, se je zgodilo," je rekel mirno. „Ali mi je res prebral misli?"

Reiki je rekel: „Res je, vendar je bil to osamljen primer."

„To je dobro. Nikoli mi ne bi uspelo, da bi mi karkoli ušlo."

„Med preizkušnjami smo tvoja rezerva. Na nas je, da zaščitimo tebe in tvoje prijatelje, vključno s stricem Samom."

„Kaj ste mu naredili?" je ponovno vprašal, ko je zazvonil zvonec na vratih. Ni se premaknil, čakal je, da mu odgovorijo na njegovo vprašanje. Zvonec se je znova oglasil. „Samo trenutek," je rekel. „Povejte mi, kaj ste mu naredili. ZDAJ!"

„Izbrisal sem mu um," je zašepetal Reiki.

„Kaj si naredil!"

„Morala sva, da bi zaščitila tebe in tvoje poslanstvo," je dodal Hadz.

PJ in Arden sta prišla v kuhinjo. „Vrata so bila odklenjena," je rekel Arden.

„Ja, včeraj sva Samu povedala, da te bova zjutraj pobrala."

„Dobro jutro tudi tebi." Odrinil se je od mize.

„Morava se pogovoriti. Vendar se nama mudi."

Zgrabil je svoj nahrbtnik in kosilo. Odšla sta do vhodnih vrat. Na vrhu stopnic se je stol nagnil naprej - kot da bi hotel poleteti navzdol. Prosil je prijatelje, naj mu pomagajo pri spustu po rampi. Arden in PJ sta mu pomagala na zadnji sedež avtomobila. Arden je zložil invalidski voziček v prtljažnik.

„Pozdravljeni, gospa Lester," je rekel E-Z, ko so se trije fantje usedli na zadnji sedež avtomobila.

„Dobro jutro," je rekla in prižgala radio. Napovedovalec je govoril o novem receptu.

„Ko sta bila na poti," je PJ zašepetal: "Kaj ste počeli sinoči?"

„Nič posebnega. Jedla sem. Spala sem. Običajno."

„Pokaži mu."

PJ mu je podal telefon in pritisnil gumb play.

To je bil videoposnetek na YouTubu. Na njem je v invalidskem vozičku letel po nebu in prevažal ranjence. Njegov stol je bil krvavo rdeč, premikal se je tako hitro, kot bi bil ognjeni madež. Vidna so bila njegova bela krila. In kontrast te črne črte na njegovih svetlih laseh je poudarjal njegov videz.

„Ne razumem," je rekel E-Z, medtem ko se je praskal po glavi z nič kaj deljivo razlago. Čakal je, da pridejo angeli in prijateljem izbrišejo misli - niso jih. Čakal je, da se bo svet popolnoma ustavil - ni se. Spraševal se je, ali bo še kdaj videl svoje starše. Ali je bil to preizkus? Obrnil je telefon in ga vrnil.

„Človek," je rekel Arden, ko se je njegova mati umaknila na parkirno mesto.

„Pohiti, sicer boš zamudil," je rekla, ko je odprla prtljažnik.

„Se vidimo pozneje," je rekel Arden, ko se je mati odpeljala.

Trije prijatelji so se brez govorjenja odpravili v šolo. Zadnji opozorilni zvonec naj bi se oglasil vsak trenutek.

E-Z se je po hodniku vrtela na kolesu in se pri sebi nasmihala, hkrati pa jo je skrbelo, kdo bo še videl posnetek. Čeprav je bilo neverjetno videti sebe v akciji. Kot hladnejši Superman. Pravi junak. Reševal je ljudi. Reševal življenja. On in njegov invalidski voziček sta bila nepremagljiva. Bila sta dinamičen duo. Spraševal se je, ali sta sploh potrebovala pomoč dveh wannabe angelov. Počutil se je dobro. Vsak trenutek. Reševanje. Reševanje. Uspešen zaključek še ene preizkušnje. Odlično. Če bi le lahko svojim najboljšim prijateljem zaupal svojo skrivnost.

„E-Z Dickens!" Gospa Klaus, njegova učiteljica, je zaklicala.

„Da, gospa," je rekel E-Z in obrnil stran, da bi prebral lekcijo. Spraševal se je, zakaj zapravlja čas v šoli. Ni ga več potreboval.

✱✱✱

MED POUKOM SE JE TRUDIL, DA ne bi zaspal. Gospa Klaus ga je opazovala bolj kot običajno. Vsakič, ko je odnehal, je povzdignila glas, kot da je to opazila.

Po zvonjenju in koncu pouka so se učenci razkropili, da je lahko prvi odšel skozi vrata. Pogledal je nekaj sošolcev, da bi se jim zahvalil. Le redki so vzpostavili očesni stik. Večina jih je pogledala stran. Niso se še navadili na njegov novi status.

Na hodniku ga je čakala množica sošolcev in občudovalcev. Pojavljale so se bliskavice, saj so jih fotografirali fotoaparati in telefoni s fotoaparati. Upal je, da je bil tam tudi šolski časopis. O njem bi lahko celo napisali članek. Počakajte trenutek. Nikoli več ne bo videl svojih staršev - če bodo vsi vedeli! Kako se je to zgodilo!? Potisnil se je skozi. Še naprej so mu ploskali, sčasoma vse glasneje. Nekaj jih je zaklicalo: „Govor!"

PJ se je približal in vprašal: „Ste v zadnjem času videli Facebook?"

E-Z je skomignil z rameni.

„Poglej najnovejše," je rekel PJ in prijatelju pokazal naslovnice.

„Lokalni junak na invalidskem vozičku." Ta se je nehal premikati in kliknil na posnetek. Pisalo je, da je lokalni junak obiskoval srednjo šolo Lincoln High v Hartfordu v Connecticutu. E-Z je kmalu ugotovil, da so dijaki mislili, da je on junak - bil je -, vendar tega niso mogli vedeti. Niso smeli vedeti ničesar od tega. Izbrisali naj bi si glavo, kot so to storili stricu Samu. Toda to ni bilo pomembno - ni živel v Hartfordu v Connecticutu. Imeli so napačno predstavo. Zakaj so njegovi sošolci ploskali?

On se je prebijal skozi, oni so se mu umaknili s poti. Šel je naravnost v dež. E-Z se je spraševal, ali bi lahko novo pridobljeno moč svojega stola uporabil v svojo osebno korist. Čeprav ni bilo krize ali preizkušnje, bi lahko čaral ali se ritualno vrnil domov? O tem je razmišljal, medtem ko se je še naprej valjal po pločniku. Njegov stol mu je nekoč pomagal rešiti majhno deklico, še preden je imel kakšne posebne moči.

Razmišljal je o čarobnih besedah, kot sta bibbidi-bobbidi-boo in expelliarmus. Obe je preizkusil na svojem invalidskem vozičku, vendar nobena od njiju ni naredila ničesar. Pogledal je čez ramo in zaslišal korake, ki so se bližali za njim. Pričakoval je enega od svojih prijateljev - namesto tega je bil to mlajši učenec, ki je vprašal: „Kje so tvoja krila?"

E-Z se je zasmejal: „Nimam kril." Na ukaz so se mu razkrila krila in ga ponesla v nebo. Najprej je pomislil, da ne, vendar se je odločil, da bo šel s tem, in pomahal fantu nazaj na pločnik. Otrok je bil tako navdušen, da ni niti pomislil, da bi vzel telefon in ujel ta trenutek. „Domov!" je ukazal. Utrip rdeče svetlobe ga je ponesel čez nebo, prav mimo njegove hiše, saj je stol imel kje drugje biti.

Poletela sta še naprej, dokler nista bila neposredno nad nakupovalnim središčem. Zdaj je čutil, kako zrak vibrira in ga vleče bližje k mestu, kjer ga je potreboval. Stol se je usmeril navzdol in ga spustil v bankino, nato pa se je ustavil v zraku. Kupci pod njim so se še naprej vrteli naokoli - bil je izven njihovega vidnega polja. Še vedno ni vedel, zakaj je tukaj.

Ali je to še ena preizkušnja? se je vprašal. Čakal je, a ni bilo odgovora. Če je bil to še en poskus, potem je bilo časa med njima vedno manj. Kje sta bila tista dva angela - mar mu ne bi morala kriti hrbta? Pomislil je na druge preizkušnje. Večina se jih je zgodila ponoči. V temi. Kaj pa, če angeli, ki si želijo biti angeli, ne morejo priti na svetlobo, tako kot vampirji? Smejal se je tej čudni povezavi in upal, da je resnična. Nekako ga ni motilo, da sta bila tokrat samo on in njegov stol. E-Z se je vrnil v trenutek. V nakupovalnem središču so kričale stranke. Odletel je naprej, iz banke in v bližnjo veleblagovnico. Ta je bila prazna.

Ko se je dotaknil tal, so se kolesa sama od sebe obrnila in ga vodila naprej. E-Z je poskušal prevzeti nadzor. Toda tudi njegov invalidski voziček je želel imeti nadzor. Voziček je pospešil, vedno hitreje in hitreje. Na koncu mu je dovolil, da je prevladal, saj se je bal, da si bo zmečkal prste.

Voziček se je popolnoma ustavil, ko so se na tleh, približno štiri metre pred njimi, razporedile stranke. Večina jih je bila razkrečenih in z obrazom navzdol na tleh. Nekatere so imele roke na zatilju, druge so imele roke za hrbtom.

V različnih položajih je opazil varnostne kamere, ki so prikazovale le statične slike. To ni bil dober znak.

Invalidski voziček se je spet pomaknil naprej proti mladi ženski. Oblečena je bila v maskirno obleko s klobukom, spuščenim čez oči. Bila je svetle postave, verjetno naravno svetlolasa in modrooka, tip modela. V eni roki je držala puško, v drugi pa lovski nož. Njena mirnost pri rokovanju z orožjem ga je vznemirila. To in njena pretirana uporaba rdeče šminke v barvi sladkega jabolka. Z razmazano šminko je strašljivi nasmeh spremenil v grozečo grimaso.

E-Z je premislil o tistih na tleh, ki so bili v nevarnosti. Kako dolgo so bili tam? Na kaj je čakala? Je zahtevala denar? Kdo zunaj trgovine je vedel, da se odvija ta prizor s talci, saj kamere niso delovale?

Eden od fantov na tleh mu je padel v oči. E-Z je pritisnil prst na ustnice. Fant se je obrnil v drugo smer, takrat je na tleh opazil telefon z utripajočo rdečo lučko. Snemal je zvok. Upal je, da ga dekle ni opazilo - videti je bilo, kot da bi lahko vsak trenutek izgubilo živce.

E-Z-ov stol je odletel kot strel iz topa in bil kmalu pri dekletu. Njena pištola je poletela v eno smer, nož pa v drugo. Kovinsko ohišje stola se je spustilo navzdol.

„Pokliči 911," je zakričal E-Z. In strankam na tleh: „Umaknite se od tu!" Tekli so, ne da bi se ozrli nazaj. Zdaj je bil povsem sam z norim dekletom. „Zakaj si to storila?" je vprašal.

„Ne maram ponedeljkov," je odvrnila z besedami pesmi, ki jo je že slišal, nato pa se je nasmehnila, zavila z očmi in rekla: "Poleg tega je to le igra." Nekaj sekund je z zaprtimi očmi spet brundala pesem. Nato jih je odprla ter z divjimi očmi in smehom rekla: „Oh, in če potrebuješ strokovnjaka, da ti pravilno pobarva lase, poznam nekoga."

„Uh, hvala," je rekel in si s prsti pogladil lase.

Spomnil se je pesmi, ki jo je pela njegova mama. Resnična zgodba o streljanju. Skupina je imela ime po m+ mišjih ali podganah.

Potresel je z glavo. Dekle pred njim je bilo podobno liku iz igre, ki jo je nekajkrat igral. Vse do razmazane šminke. Ni se mogel spomniti, v kateri, a bil je prepričan, da posnema igralca. „Igranje igre je ena stvar - nihče se ne poškoduje. To je pravo življenje. Če ti nekaj ni všeč - nehaj to početi! Ne prizadenite drugih.“

„Odvihraj,“ je odgovorila, “kot da bi imela pri tem kakšno izbiro.“

Vdrla je policija in moral je oditi.

Dekle so našli zavarovano z orožjem, zvezanim v vozle, v varnostnem hodniku pri igralni konzoli.

Odpravil se je domov in čakal, da ga bo doletela strašna pekočina s kril. Uspelo mu je priti vse do tja, do zdaj je bilo vse v najlepšem redu. Toda bil je tako lačen, da je komaj čakal, da bo pojedel vse, kar mu bo prišlo pod roke.

V hladilniku je bila pripravljena polovica piščanca, ki jo je pojedel, medtem ko je čakal, da se sir v ponvi stopi. S sir na žaru je pojedel vso hrano. Nato je pripravil še enega, medtem ko je grizljal jabolko. Ko je pojedel jabolko, si je iz kadi vzel sladoled. Bolečine niso nikoli prišle, vendar bi imel resne težave s telesno težo, če bi še naprej tako jedel.

„Stric Sam?“ je poklical in preveril, ali je kje v hiši - ni ga bilo. Odšel je v svojo pisarno in naredil nekaj domačih nalog, nato pa odigral nekaj iger. Sama še vedno ni bilo videti. Nobenega SMS-sporočila. Nobenih klicev ali glasovnih sporočil. Sam ga je vedno obvestil, ko se je vračal domov pozno. Nenavadno. Kje je bil?

POGLAVJE 17

BILO JE ŽE PO POLNOČI in strica Sama še vedno ni bilo videti. To je bilo prvič, da je izpustil pripravo večerje, kaj šele, da bi E-Z-u povedal, kje je. Vedel je, kako zaskrbljen postane nečak, kadar stvari niso pod njegovim nadzorom. V takšnih trenutkih je najstnika srbela koža, kot bi mu pod površjem vrela kri.

Sedel je na invalidskem vozičku in se sprehajal po prostoru. S stolom se je kotalil po hodniku navzgor in nazaj navzdol. Najtežje je bilo obrniti se, kar je storil v svoji pisarni. Na poti nazaj proti kuhinji je prižgal televizijo, da bi ustvaril nekaj belega hrupa. Preden se je vrnil na hodnik, se je ustavil, da bi jo pogledal, in prevzela ga je zunajtelesna izkušnja.

Na invalidskem vozičku je bil v dnevni sobi in se gledal na televiziji na invalidskem vozičku. E-Z je zmajal z glavo in poskušal razumeti, kaj se je zgodilo. Zakaj si Hadž in Reiki nista izbrisala spomina? Potem se je zgodilo - novinar je povedal njegovo ime in dejanski naslov, vključno s predmestjem. Tokrat mu je vse uspelo - in pri tem se ni ustavil.

„Trinajstletni E-Z Dickens je želel postati profesionalni igralec bejzbola. In imel je sposobnosti. Potem pa mu je nesreča vzela starše - in noge. Sirota, ki je postala superjunak, zdaj živi s svojim edinim sorodnikom Samuelom Dickensom.“

Hotel je brcniti v televizijski zaslon. Rekli so to, kar tako. Kot da bi morali biti vsi superjunaki sirote. Kot da je to predpogoj. Ko mu je zazvonil telefon, je upal, da je to Sam - bil je Arden.

„Ali ga gledaš?“ je vprašal. „Vsem so povedali, kje živiš!“

„Vem,“ je rekel E-Z. „Najhuje je, da je stric Sam samovoljen. Vedno me pokliče, ne glede na vse.“

Arden je spregovoril z očetom. „Ostani tam, oče in jaz bova takoj prišla. Lahko ostaneš z nami, dokler se s Samom ne dogovorita, kaj bosta naredila. Pusti mu sporočilo.“

„Hvala, ampak tu mi bo v redu.“

„Oče pravi, da ni nobenih če, in ali pa. Pravi, da bodo novinarji na tebi kot na rižu - karkoli že to pomeni.“

„Nisem pomislil, da bodo novinarji prišli sem. Dobro, pripravim se.“

Odšel je v svojo sobo, spakiral nočno torbo, nato pa v kuhinjo, kjer je napisal sporočilo in ga pritrdil na hladilnik. Zunaj se je nenadoma ustavilo vozilo, ki je piskalo s pnevmatikami. Vrata so se zaletela, nato pa so se zaslišali streli, ko so se skozi okna razleteli drobci stekla. Vhodna vrata so se odtrgala s tečajev, ko se je njegov stol odpeljal proti strelcu, ki je držal ogenj, ko sta se mu približala.

„On je samo otrok,“ je rekel E-Z in izkoristil njegovo oklevanje. Zgrabil je pištolo, jo zavezal v vozel in jo vrgel čez travnik.

Deček, ki je bil mlajši od E-Z-a, je izkoristil sekunde, ko je vrgel pištolo, da ga je porinil na tla.

„Ni kul," je rekel E-Z, ko ga je stol odrinil in spustil kovinsko kletko na fanta, ki je jokal in prosil za mamo. „Umakni se," je E-Z rekel stolu.

Otrok se je zvrnil v položaj zarodka, se tresel in jokal. Stol je umaknil kletko: deček se ni premaknil.

E-Z, ki se je vrnil na invalidski voziček, je vprašal: „Kdo te je pripeljal sem? In zakaj vse to streljanje?"

„To ni nič osebnega," je pojasnil otrok. „To sem moral storiti. Glas v moji glavi mi je rekel, da moram to storiti. Drugače bodo ubili mene in mojo družino. Zato sem ukradel očetove ključe in se naučil voziti - hitro."

„Nikoli prej nisi vozil?"

„Samo v igrah."

Spet igre. „Na koga misliš? Kako jim je ime?"

„Ne vem. Na spletu igram nekaj iger. Neka ženska je prišla v igro in mi rekla, da bo ubila mojo sestro. Preklopil bi na drugo igro; druga ženska bi rekla, da bo ubila moje starše. V igri, ki sem jo igral danes, mi je tretja ženska rekla, da če ne bom ubil otroka, ki živi na tem naslovu, me čakajo hude posledice." Otrok je stekel proti E-Z, vendar ni prišel daleč. Stol ga je potisnil na drugo stran in spustil bojo.

„Spravite me od tod!" je zahteval otrok.

E-Z se je zasmejal; fant je imel jajca. „Umakni se," je rekel svojemu stolu in pomagal otroku na noge. Otrok se mu je zahvalil tako, da mu je pljunil v obraz. Stisnil je pesti in razmišljal, da bi mu odtrgal glavo, vendar tega ni storil. Namesto tega ga je objel. Otrok je spet začel jokati, njegove solze pa so padale na E-Z-ova ramena in krila.

„Hvala, Dude,“ je rekel otrok. Umaknil se je, si položil roko na srce in izginil.

Ko je končno prišla policija, je E-Z sedel na svojem stolu ob robniku. Potem ga ni bilo. Spet je bil v silosu in se v popolni temi počutil klavstrofobično.

RED TEM, KO je bil v kovinskem zabojniku, se je lahko
gibal. Zdaj je bil na invalidskem vozičku in se je
komaj premikal. Poskušal je premakniti prste na nogah
v čevljih - ni jih čutil. Če mu noge tu niso delovale, potem
je bil vesel, da je v invalidskem vozičku. Bila sta ekipa: kot
Batman in Batmobil. Invalidski voziček se je ob njegovih
mislih pomaknil naprej kot mastif na povodcu.

„Odpeljite nas od tu," je ukazal E-Z.

Nad seboj je začutil gibanje. Premikanje svetlobe, kot
da bi oblak napredoval po nebu. Če bi le lahko poletel
in pobegnil skozi streho, vendar njegova krila niso imela
prostora za širjenje.

Koža se mu je začela mehurčkati in začel je srbeti. Kje
je bil zdaj tisti pomirjujoči sivkin sprej?

PFFT.

„Hvala," je rekel. Tudi ta stvar je zdaj lahko brala
njegove misli.

Ramena so se mu sprostila, ko je sestavil seznam
zahtev:

Prva. Stricu Samu je želel povedati vse. In mislil je vse.
Ničesar ni izpustil.

Drugo. Želel je, da bi PJ in Arden vedela. Ne vsega, kot bi vedel stric Sam. Ampak dovolj, da sta razumela, pod kakšnim pritiskom je bil. Dovolj, da sta ga lahko podpirala in spodbujala. Nerad jima je lagal. Moral je, da sta vedela za preizkušnje. Zakaj jih je opravljal. Kot da bi imel pri tem kakšno izbiro.

Številka tri. Želel je, da ga vprašajo za dovoljenje, preden ga ugrabijo. Tako bi vedel, kaj lahko pričakuje. Sovražil je, da so ga spustili v to stvar.

Številka štiri. Želel je vedeti, kje je. Zakaj so ga vedno vrgli v to isto posodo. Zakaj so mu noge včasih delovale, včasih pa ne. Zakaj je bil včasih njegov stol z njim, včasih pa ne.

„Čakalna doba je dvanajst minut," je rekel ženski glas. „Želite pijačo?"

„Vodo," je rekel, ko je kovina desno od njega izpljunila polico s kozarcem vode. „Hvala." Vrgel ga je nazaj. Kozarec se je spet napolnil do vrha. Odložil ga je za pozneje.

Zdaj je bil bolj sproščen in v glavi se mu je pojavila pesem. Njegov oče jo je imel rad. Invalidski voziček se je zibal naprej in nazaj, medtem ko je prepeval besedilo. Stolček je pridobival zagon - kot da bi se hotel osvoboditi.

Nekaj sekund pozneje je bil spet doma, v svoji spalnici, kjer je bilo povsod razbito steklo. Na stenah so utripale modre in rdeče luči. Zdaj je bil pri razbitem oknu in pogledal ven.

„Tam je!" je zakričal novinar.

$$***$$

Nič**več!"** je zaklical, ko je bil spet v kovinski posodi.
„Spravite me od tod!" Z nogo je brcnil v steno silosa.
„Uf!" je zavpil. Nato se je nasmehnil, vesel, da spet čuti svoje noge, in vstal. Dvignil je pest v zrak: „Kdo misliš, da si, da me pripelješ sem, po tvoji želji!"

„Čas čakanja je šest minut, prosimo, ostanite na svojih mestih."

Iz sten pred njim, za njim in na obeh straneh so izstopili trakovi. Privezali so ga na svoje mesto. Boril se je, da bi se osvobodil, vendar so se usnjeni trakovi le še zategnili. Kmalu je lahko premikal le glavo in vrat.

PFFT.

„Ah, sivka," je rekel. Pod njim se je invalidski voziček začel tresti in tressti. „Vse bo v redu." „Ali ste strahopetci preveč prestrašeni, da bi prišli sem dol in se mi soočili?"

PFFT.

PFFT.

Oddahnil se je.

✱✱✱

TRDNOJE SPAL, DOKLER SE STREHA silosa ni odprla kot houstonski Astrodome. Nekaj je pogoltnilo svetlobo. Čutil jo je, še preden jo je videl. Vzelo je svetlobo iz njegovega sveta. Pod njim se je tresel voziček, ko je stvar nad njim začela prosto padati.

Ustavila se je kot pajek na koncu vrvi.

Lucifer?

Satan?

Čakal je, preveč ga je bilo strah spregovoriti.

„Pozdravljeni - o - o - o - o,“ je zarjovela krilatica, njen glas pa se je odbil od sten.

Tako zelo si je želel, da bi si lahko zatisnil ušesa.

Stvar se je nasmehnila in razkrila zobe, podobne britvicam, medtem ko je odvajala smrdljiv gniloben vonj.

Dušil se je, kašljal in si želel, da bi si lahko pokril tudi nos.

Zver se je smejala z rjovenjem, ki je grmelo po njegovem kovinskem zaporu, kot bi pokalo popcorn. Nagnil se je bliže najstnikovemu obrazu in izustil: „Ali ne govorim vašega jezika, gospod?”

E-Z ni odgovoril. Ni mogel. Počutil se je zelo neherojsko. Dejstvo, da se je njegov invalidski voziček pod njim tresel, mu ni dvignilo samozavesti.

„Ali me ne razumete?" je zarenčala stvar in pretresla kovinski zapor do temeljev. Stvar se je še bolj približala: „DO. VAM. NE. NE SLIŠI. MENE?"

Bilo je kot govoreči oblak z glavo na sredini, ki se je pripravljal, da bo nanj zgrmel z gromom in strelo. Z nohti se je zapičil v naslonjala za roke in zbral pogum, da je rekel: „Da." V glavi je pregledal seznam svojih zahtev.

Zver je zarjovela in iz ust ji je priletel ogenj. K sreči za E-Z-a je toplota naraščala. Nenadoma je začutil veliko lakoto po slanini.

„Rad imam slanino," je priznalo bitje.

E-Z se je spraševal, ali je to o slanini povedal na glas. Tudi zaradi pospešene stopnje strahu je vedel, da tega ni rekel. To je pomenilo le eno, da mu lahko vsi berejo misli! Izravnal se je in se skušal zaščititi tako, da je zaprl svoje misli. Misli so mu begale k hrani, palačinkam v Annini kavarni, gostemu čokoladnemu koktajlu, maslenemu sirupu. Vse, kar bi lahko pregnalo strah in zmanjšalo tesnobo. To je bilo mučenje, ta stvar je lahko brala njegove misli in ga za vedno zaprla. Ali obstaja Zveza superjunakov, ki bi se ji lahko pridružil?

„Bah, ha, ha!" je stvar zarjovela od smeha.

E-Z si je tako želel, da bi lahko dosegel njegova ušesa, a ker tega ni mogel, se je tolažil, da ima vsaj smisel za humor. „Zakaj sem tukaj?"

Stvar ni takoj odgovorila, zato ga je skušal prelisičiti s pogledom. Še posebej težko je bilo zadržati pogled, saj ga je stol ves čas skušal vreči iz njega. Stisnil je pesti in si nakopal kri.

Bitje se je premikalo s kačjo okretnostjo, njegov penasti jezik je curljal sem in tja, ko je lizal E-Z-jeve pesti.

„Fuj!" je zakričal. „To je tako gnusno!"

„Še več, prosim!" je zahtevala stvar, medtem ko se je kri na njenem jeziku lesketala kot dežne kaplje.

E-Z je bil prestrašen že prej, zdaj pa je bil še bolj prestrašen. Bolj kot okamenel - a bil je superjunak. Od nekod si je moral vzeti moč - tudi če je bil stol neuporaben.

„Nah, nah, nah, nah, nah, nah," je zapela stvar, ko se je približala, nato se je oddaljila in se spet približala. Odbijalo se je od sten.

Po nekaj trenutkih se je bitje umirilo. V zraku je prekrižalo noge. Nato mu je položilo dolg kostnat prst na lice. Zdelo se je, kot da pričakuje prijateljski pogovor.

„Hadz in Reiki sta bila odstranjena iz vašega primera," je stvar zašepetala. „Ta dva sta bila imbecila. Manj kot neuporabna. Jaz sem tvoj novi mentor."

Temno bitje se je razkrižalo. Zaletelo je nadenj, z zamahom izvedlo polkrog in se dvignilo višje v posodo.

E-Z je nekaj sekund premišljeval, preden je odgovoril. Ti dve bitji sta mu bili zvesti. Pomagala sta mu in skrbela zanj - in kar je najpomembneje, nista pila človeške krvi.

„Ali se lahko o tem pogovorimo?" E-Z je vprašal. Poskušal se je nasmehniti. Ni vedel, kako je videti na drugi strani.

„NE!" je rekla stvar in se pognala bližje k izhodu.

E-Z je opazoval, kako se je dvigala navzgor. Nemočen. Brezupen.

„Počakaj!" je zakričal, stvar je bila napol v posodi in napol zunaj nje. „Naročam ti, da počakaš!" E-Z je rekel, ko se je streha začela zapirati, potem pa se je stvar v trenutku znašla pred njegovim obrazom.

„Y-E-S?" je vprašala.

„Hočem govoriti z vašim šefom o vrnitvi Reikija in Hadza. Sta primernejša za moje, moje preizkuse. Za uspeh poskusov."

„Ti me ne maraš?" je bitje zapiskalo z glasom, ki je bil podoben nohtom na tabli.

„Prenehajte! Prosim!"

„Vrnitev teh dveh idiotov ne pride v poštev," se je stvar zavrtela kot hrček v kolesu.

„Odnehajte! Zaradi tebe se mi vrti glava! Odpelji me od tu!"

„V redu," je rekla, prekrižala roke in mežikala kot ženska v stari televizijski oddaji I Dream of Jeannie.

Silos je izginil, E-Z in njegov stol pa sta ostala na tleh.

„Ahhhhh!" je zavpil.

Nato je izginil njegov invalidski voziček.

Ko je padal naprej, je s pestmi mahal proti bitju nad seboj. Pripravil se je na padec.

„Mimogrede, ime mi je Eriel."

„Arrggghhhhh!" je vzkliknil.

Spet se je vrnil na invalidski voziček in se držal za življenje. Še vedno so padali.

POGLAVJE 18

C RASH!

Skozi streho njegove hiše. Invalidski voziček se je nagnil naprej in ga vrgel na posteljo. Nato se je prevrnil na tla. Oba sta bila v redu. Nič slabše.

Nad njim se je luknja, ki sta jo naredila, popravila.

„O, tukaj si!" Sam je rekel. „Dobrodošli doma."

E-Z ga sploh ni opazil. Dobro je spal na stolu v kotu.

Sam se je pretegnil in zijal. Nato je odkorakal čez sobo, kjer je čakal vrč z vodo. Popil je poln kozarec in nato ponudil skodelico nečaku.

„Kaj pa ta zlobna kreatura Eriel!" Sam je rekel.

E-Z je skoraj izpljunil vodo.

„Kdo? KAJ?"

Sam je nadaljeval. „Ta Eriel je najbolj gnusno, najbolj odvratno, zaraščeno leteče bitje, ki si ga ne upam srečati!" Stisnil je pesti. „Upam, da me slišiš, kjerkoli že si! Ne bojim se te!"

E-Z-jeva čeljust je skoraj padla na tla.

Sam je nadaljeval. „Ta stvar me je imela v kovinski posodi. Zdaj vem, zakaj si imel slabe sanje. Res je bilo kot silos.

Rekel mi je, da mu moram predati tvoje skrbništvo, sicer te bodo ustrelili.“

„Oh, to,“ je rekel E-Z. „Pričakujem, da si videl vse razbito steklo. To je bil otrok, poskušal me je ubiti.“

„Vse vem o tem. Vse sem opazoval iz notranjosti silosa. Ali ste vedeli, da je bil tam velik televizijski zaslon? In dober zvočni sistem.“

„Kaj?“ „Bil sem samo tam in Eriel mi ni rekel ničesar o tebi ali prevzemu skrbništva.“ Prečkal je sobo in pogledal v strop. „Ali je to preizkus, Eriel? Če bom kaj rekel, boš preklicala ponudbo? Daj mi znak.“

„S kom se pogovarjaš? Eriela ni tukaj. Če bi bil, bi njegov smrad začutili na kilometer daleč. Ne, sama sva - čeprav sem proti njemu dvignila pesti. Nisem pričakoval, da me bo slišal.“

„Verjetno ima oči in ušesa povsod.“

„Pravijo, da ima bog oči in ušesa povsod. Če obstaja.“

„Kaj ti je še povedal o meni?“

„Rekel mi je, da bi moral umreti s svojimi starši. On in njegovi sodelavci so te rešili, zdaj pa moraš opraviti vrsto preizkušenj.“

„Tako je. Prisegel sem na molčečnost, zato me zanima, zakaj ti je razkril te informacije.“

„Najprej me je skušal ustrahovati, vendar si se s fantom izvlekel iz te zagate. Pustil me je nazaj tukaj v hiši in nikjer te nisem mogel najti.“

„Ja, ker me je imel v zabojniku.“

„Nekajkrat me je vrgel noter in ven, vendar se nisem hotel odpovedati tvojemu skrbništvu. Po drugem ali tretjem poskusu je rekel, da si zahteval, da mi vse poveš in ...“

„Pripravil sem načrt, da ga bom to vprašal. Nisem mu povedala, za kaj gre - toda on, tako kot večina drugih v zadnjem času, zna brati moje misli."

„Kaj misliš, vsi drugi?"

„Pred Erielom sta bila dva angela, ki sta se imenovala Hadz in Reiki."

„Oh, omenil je dva imbecila. Rekel je, da so ju degradirali za delo v rudnikih diamantov."

„Nebesa imajo rudnike?"

„Dvomim, da je bila tista stvar iz nebes - če kaj takega sploh obstaja."

„Lahko greva v kuhinjo po prigrizek?" E-Z je vprašal. Odpravila sta se po hodniku, Sam je prižgal žar in pripravil kruh s sirom in maslom. „Medtem ko ste spali, sem raziskoval Eriel. Treba je bilo malo kopati, da sem ga našel, a ko sem zožil iskanje, sem naletel na zlato." Obrnil je sendviče na krožnike in jih odnesel na mizo.

„Hvala, komaj čakam, da slišim vse o tem. Lahko se takoj poglobim?"

„Ne, kar naprej." Sam je opazoval, kako je nečak ugriznil štiri grižljaje, potem pa sendviča ni bilo več. Svojega je podal naprej, saj ni čutil lakote. „Iskanje sem začel s tipko Eriel. Nič se ni pojavilo. Zato sem vtipkal nadangeli in ime Uriel je bilo na vrhu strani."

„Misliš, da sta ista?" Še enkrat je ugriznil.

„Najprej sem tako mislil. Potem sem našel seznam nadangelov in ime Radueriel v judovski mitologiji. Ko sem preveril njegov opis, je pisalo, da je lahko ustvaril manjše angele z enim samim izrekom."

„Misliš, kot sta Hadž in Reiki? Počakaj, če jih je ustvaril, jih je verjetno zato lahko poslal v rudnike."

„Točno tako mislim. Torej mislim, da na podlagi teh informacij zdaj vemo, da je Eriel alias Radueriel nadangel."

E-Z je prikimal.

„Nadaljeval sem s kopanjem in našel tole. „Princ, ki gleda v skrivne kraje in skrivne skrivnosti. Tudi velik in svet angel luči in slave."

„Vau, to je popoln badass!

„Prav tako lahko ustvari nekaj iz ničesar, kar manifestira iz zraka."

„Iz tega sklepam, da lahko spreminja svoj videz in tudi videz drugih."

„Tako je. In zapisal sem nekaj besed." Potisnil je list papirja čez mizo. „Vendar jih ne izgovarjaj na glas. Če bi jih, bi ga priklical." Besede na papirju so se glasile:

Ra-Du,EE,El.

„Zapomni si besede na tem listu papirja, če ga boš moral kdaj priklicati k sebi."

„Kako vemo, da bodo delovale?"

„Uporabite jih le, če morate. Ne splača se ga klicati sem - razen v skrajni sili."

„Strinjam se." Ko jih je v mislih ponavljal znova in znova, se je tolažil, ker je vedel, da nadangel ne bere neprestano njegovih misli.

„Eriel je rekel, da ti moram pomagati pri preizkušnjah. Mislim, da je bilo reševanje tiste deklice prva, ki si jo moral opraviti?"

„Do zdaj sem jih opravil več. Prvo, da, deklico. Pri drugem sem rešil letalo pred strmoglavljenjem."

„Vau! Rada bi izvedela več o tem, kako ste to storili. Presenečen sem, da te niso prikazali v novicah."

„Bil sem, vendar niste mogli reči, da sem to jaz. Tretjič sem ustavil strelca na strehi neke stavbe v središču mesta. Četrtič, drugega strelca v nakupovalnem središču s talci in petič, otroka zunaj, ki me je poskušal ubiti.“

Sam je pobral krožnike in jih odnesel v pomivalni stroj. „Ne morem ti povedati, kako ponosen sem nate. Vse to se dogaja, pa nimam pojma.“

„Prisegel sem na molčečnost. Če bi komu povedal, bi...“

„Poskrbeli bi, da ne bi nikoli več videla svojih staršev - ja, mi je rekel. To se mi zdi malo sumljivo. Eriel ni sentimentalen tip; bil je kot velika krogla jeze, ki je čakala na tarčo.“

„Ranila sem ga, ko je mislil, da ga ne maram.“

Sam se je posmehnil. „Predstavljaj si, da ima ta stvar čustva.“ Vstal je. „Želiš kavo?“

„Raje kakav.“ Zijal je. „Dan je bil res dolg.“

„O tem se lahko pogovoriva zjutraj, ampak kaj meniš o roku? V koliko dneh si opravil pet poskusov?“

„Bili so naključni. Ne vem ničesar o trdnem roku.“

„Eriel mi je rekel, da moraš v tridesetih dneh opraviti dvanajst poskusov. Če si že v dveh tednih, potem bodo morali delo pospešiti - in to precej.“

„To slišim prvič.“

„Rekel je, da boš umrl, če jih ne boš opravil pravočasno.“

„Kaj?“

„Tudi, da bodo vsi, ki si jih rešil, umrli. Sam se je ustavil ob misli, da bi ga izgubil zdaj, ko sta šele začela. Njegovo življenje bi bilo spet prazno, samo delo, dom, delo, dom. E-Z ga je gledal in čakal. „Oprostite, samo razmišljal sem o tem, koliko mi pomenite, otročiček. Ampak povedal mi je še nekaj drugega; rekel je, da boš umrl s svojimi starši.

To bi pomenilo, da bi izginilo vse, kar sva naredila, ves čas, ki sva ga preživela skupaj. In ne pravim, da bi lahko ali da bi kdajkoli nadomestil tvoje starše, ampak veš, kaj hočem reči, kajne? Rad te imam, otročiček!"

„Tudi jaz te imam rad," je rekel E-Z. Hotel je objeti Sama in Sam je hotel objeti njega, to je vedel povedati, a sta se vseeno premaknila. Globoko je vdihnil: „To je kruto. Zveni bolj kot Eriel."

„Še nekaj, rekel je, da se ti vsakič, ko opraviš preizkušnjo, poveča duša. Ko boš dosegel dvanajst, bo njena vrednost optimalna. Dušna valuta, ki jo lahko uporabiš, da se spet vidiš in pogovarjaš s svojimi starši."

E-Z-ov stol se je sam umaknil od mize, ko so se vhodna vrata odtrgala s tečajev in se izstrelila v nebo.

„Arrgghhhhhh!" Sam je zakričal izza njega. Prijel se je za stol in nečakova krila kot neuspešen zmajček.

„Drži se!" E-Z je rekel. „Mislim, da kliče Eriel."

Poletela sta naprej.

POGLAVJE 19

VSTOPITE- PRISTAJAMO.“ NJEGOV VOZIČEK se je spustil navzdol.

„ „Želim si, da bi imel tudi jaz varnostni pas!“ Sam je vzkliknil in objel nečaka okoli vratu.

„Ne skrbi, pristanek bo varen.“

„Če se pred tem ne spustim! Arrgghhhh!“

Ko sta se spuščala, je E-Z opazil krog kipov. Ker ni imel kaj početi, jih je preštel - bilo jih je sto z nečim na sredini. Nenavadno, v središču mesta je bil že velikokrat, vendar se te skupine betonskih blokov ni spomnil. Kolesa stola so se dotaknila tal, toda Sam se je še vedno držal za življenje.

„Zdaj je v redu,“ je rekel E-Z. „Lahko odpreš oči.“

Odprl jih je. „Ko ga bom naslednjič videl, bom ubil Eriela!“

„Pšššš. Morda se bo to zgodilo prej, kot si misliš.“ Stvar, ki jo je zagledal na sredini kipov, je bil Eriel v človeški podobi, po telesnih značilnostih, ne pa tudi po velikosti. Še več, sedel je na invalidskem vozičku, ki je lebdel kot čarobni prestol.

Njegovi lasje so bili črni kot curki in so mu plapolali čez ramena ter se spuščali do pasu. Njegove oči so bile kot oglje, njegova polt pa kot alabaster. Njegova brada je bila prekrita z brstjem, kot senca ob šestih, čeprav je bilo bližje poldnevu. Njegove ustnice so bile zelo rdeče, kot bi si jih namazal s svežo šminko. Medtem ko je bil njegov nos videti kot nos nogometaša, ki si ga je večkrat zlomil. Za obleko je nosil belo majico, črne kavbojke, na nogah pa par sandalov Jesus.

E-Z se je obrnil v krogu in si ponovno ogledal sto deset moških. Vsi so bili oblečeni v sodobna oblačila. Večina jih je nosila očala in obleke z močjo. Tedaj je spoznal resnico: Eriel je sto deset živih, dihajočih moških spremenil v kipe.

In to še ni bilo vse. Ugotovil je, da čeprav so bili v osrednjem poslovnem okrožju, ni bilo slišati nobenega od običajnih zvokov. Na običajen dan bi avtomobili, ki bi obtičali v prometu, trobili in izpušni plini bi napolnili zrak.

Tišina je bila moteča, a svež in čist zrak ga je prisilil, da je globlje vdihnil. To ga je pomirilo. Vedel je, da je to tišina pred nevihto.

Pogledal je v nebo. Potniško letalo se je ustavilo v zraku. Ob njem so bile ptice, ki so prenehale leteti. V ozadju so bili oblaki. Nepremični. Nepremični.

Nato se je vse nad njim spremenilo iz modrega v črno.

Nekoč srhljiva tišina se je razblinila.

Zamenjalo jo je stokanje. Stokanje. Kot bi korenine dreves iztrgali iz zemlje. Zrak se je zgostil in se jim ovil okoli grla. Kradel jim je sapo.

Pod njihovimi nogami so se začela tresti tla. Na široko se je razpočila. Potres. Trganje. Trganje.

In sonce, luna in zvezde so zasijali vsi skupaj, a le za trenutek. Potem so se razpočili in razbili na milijon koščkov.

„Zakaj si ljudi spremenil v kipe? In zakaj poskušaš uničiti svet?" E-Z je vprašal. „In zakaj plavaš tam zgoraj na invalidskem vozičku?"

„O ne," je zakričal Sam in v zrak dvignil pesti.

Eriel se je zasmejal: „Skrajni čas je, da prideš. Kako si drzneš govoriti z menoj, mi postavljati vprašanja. Sem velika in mogočna, vendar sem resnična, ne lažna kot Čarovnik iz OZ. Obstajaš samo zato, ker sem se odločil, da te rešim."

„Ko mi je Ophaniel govorila v Angelski knjižnici, te ni niti omenila."

Eriel se je zasmejala in pokazala s kostnim prstom, ki se je raztegnil navzdol in se dotaknil E-Zovega nosu. „Tvoj primer je bil zaupan meni, potem ko sta tista dva idiota, Hadz in Reiki, opustila svoje dolžnosti."

„Ne dotikaj se me!" Prst se je umaknil. „Še enkrat te sprašujem, kaj počneš tukaj na mojem ozemlju - in zakaj si na invalidskem vozičku?"

„Vse bo pojasnjeno," je rekel Eriel. Dvignil je noge in se jim nasmehnil. „Ti čevlji so mi všeč, zelo so udobni."

„To niso čevlji, ampak sandali," je rekel Sam in se približal visečemu stolu.

„Počakaj, stric Sam, stopi za mano."

Eriel je odvrgel glavo nazaj in se zasmejal. „Resnica je pes, ki mora v pesjak" - to je Shakespearov citat, ki pomeni, da je treba vašega strica ukrotiti."

„Zakaj ti!" Sam je zakričal in dvignil pest v zrak.

„ Težko je premagati človeka, ki se nikoli ne preda" - to je citat Babea Rutha, enega najslavnejših igralcev bejzbola vseh časov." E-Z-ov stol se je dvignil s tal in priletel bližje k Eriel.

„Bejzbol je igra ravnotežja," je dejal Eriel. „To je citat pisatelja Stephena Kinga." Eriel se je obotavljal, nato pa se je nasmehnil tako močno, da bi se mu lahko zgrnila lica, ko je E-Z-ov stol padel, kot bi bil narejen iz svinca. „Ups," je rekel Eriel, ko je zarenčal od smeha.

Ni trajalo dolgo, da je E-Z prevzel nadzor nad stolom in ta se je dvignil kot dvigalo. Poskušal je, da bi s svojimi krili prevzel nadzor nad situacijo. Vendar ni bilo časa, saj se je spremenil v vrteči se stolp in se je vrteli v krogu.

„Arrgghhhhhhh!" je zavpil in z nohti zaril v naslonjala za roke stola. Vrtenje se je ustavilo, stol je spet padel kot svinčeni balon, nato pa se je ustavil.

Ponovno je poskušal spraviti krila v pogon. Ta niso hotela sodelovati in naslednje, kar je vedel, je bilo, da se spet vrti. Toda tokrat se je vrtel v nasprotni smeri urinega kazalca.

„Hhhhhgggggrrraaa!" je zavpil.

Eriel se je smejala tako glasno, da je stresla zemljo.

Sam je spodaj pobiral kamenje s pločnika in jih metal v Eriela, ki se je večini izognil in se izmaknil. En velik kamen pa se je dotaknil njegovega nosu. „Izberi nekoga, ki je bližje tvoji starosti!" Sam je zaklical.

Medtem ko mu je po obrazu tekla kri, je Eriel postavil E-Z-ovega strica na njegovo mesto.

„Neeeeeee!" E-Z je kričal, medtem ko se je še naprej vrtel. Ko se je popolnoma ustavil, se z glavo navzdol, kar je videl spodaj, ni mogel zmotiti. Stric Sam je bil zdaj eden od kipov v krogu: tam je stalo sto enajst mož. Bil je tako omotičen, da mu je vseeno prišel na misel citat, in ker je bil vse, kar je imel, ga je zakričal, kolikor je mogel: „„It isn't over 'til it's over!

POP.

POP.

Hadz je sedel na eno od najstnikovih ramen, Reiki pa na drugo.

„To je citat Yogija Berre, to pa je citat mene in strica Sama!"

V rokah je zdaj držal največjo palico na svetu, repliko 54 ouncerja Babea Rutha, ki se je bleščala od diamantnega prahu. Ni si predstavljal, kako težka je ta palica, ko je zamahnil proti Erielu na njegovem invalidskem vozičku in ga poslal na drugo stran. Zapel je: „Pozdravi človeka na luni, ko ga srečaš!"

V daljavi je odmeval Erielov glas: „Poskus je končan!"

Hadz in Reiki sta zaploskala. Prav tako kot sto enajst mož, ki so se vrnili v svojo človeško obliko, vključno s stricem Samom.

„Seveda veste, da se bo vrnil," je rekel Hadz. „In bo zelo jezen!"

„Hvala za pomoč!" E-Z je rekel, ko sta s Samom odletela domov.

Reiki in Hadz sta izbrisala misli sto desetim, nato pa nadaljevala delo v rudnikih in upala, da nihče ne bo opazil, da sta ugotovila, kako pobegniti.

Eriel se je še naprej vrtela brez nadzora, medtem ko je oblikoval načrt za maščevanje.

EPILOG

P O NEKAJ NAPORNIH DNEH se je E-Z končno dobro naspal. Sanjal je o igranju bejzbola in naslednji dan sta prišla Arden in PJ, da bi ga odpeljala na tekmo. „Danes se mi ne ljubi igrati, vendar bom šel zraven zaradi morale,“ je dejal.

„Seveda,“ sta mu odgovorila prijatelja.

Ko so E-Z-a spravili na igrišče, so vztrajali, da igra. Potrebovali so, da bi lovil, in on je privolil. Ko je bil prvič na metu, je želel zadeti sam. Zgrabil je svojo najljubšo palico in se odpravil na igrišče. Prvi met je bil visok in ga je zgrešil. Ker je sedel, je bilo njegovo območje odmetavanja zelo strnjeno.

„Strike 1,“ je zaklical sodnik.

E-Z se je odpeljal stran od ploščadi. Naredil je še nekaj vadbenih zamahov, nato pa se je vrnil nazaj. Pri naslednjem metu je bil povezan z metom, ki je odletel.

„Strike 2,“ je zaklical sodnik.

„Ni batterja, ni batterja,“ so se pogovarjali fantje v polju.

Smohar je vrgel ukrivljeno žogico, E-Z pa se je nagnil k metu in se z njim povezal. Odletela je z igrišča. Preko ograje. Zunaj parka.

„Vzemite met,“ je rekel sodnik. „Zaslužiš si to, fant.“

E-Z se je zavrtel okoli metov in zadržal svoj stol, da ne bi poletel. Ko se je njegov stol dotaknil domače plošče, so se njegovi soigralci z bučnim navijanjem zbrali okoli njega. Užival je, dokler je to trajalo.

Dokler ni spet pristal v kovinski posodi - le da je bil tokrat zvit v kroglo - in je ostal brez stola. Kot novorojenček je globoko dihal, saj je bilo to edino, kar je lahko storil. Počakajte. Dojenčki se lahko obrnejo. Vse, kar je moral storiti, je bilo, da se je osredotočil, se osredotočil.

Da, uspelo mu je. Težava je bila le v tem, da mu ni bilo nič bolje. Še vedno je bil zavit v temo. Zaprt v prostoru brez svetlobe in možnosti, da bi se premikal. Pravzaprav je bila oblika kovinske posode tokrat drugačna. Na enem koncu je bila tanjša, oblikovana kot krogla.

To mu ni pomagalo, saj sta se njegova klavstrofobija in tesnoba razmahnili v višjo prestavo. Spraševal se je, kako dolgo bo lahko še dihal v tem zaprtem prostoru. Ne dolgo. Kmalu bi mu zmanjkalo zraka in umrl bi. Globoko je vdihnil in skušal zmanjšati raven tesnobe.

Eno je bilo gotovo: Eriel se nikakor ni mogel spraviti v to stvar z njim. Razen če bi na široko razprl stene - kar pa morda ne bi bila tako slaba ideja.

E-Z je potrkal po stenah in stropu. Kričal je. Kričal. Spomnil se je na svoj telefon. Ali ga lahko doseže? Ni ga bilo tam. Spravil ga je v športno torbo, da bi upošteval pravilo, da telefoni na igrišču niso dovoljeni.

Zunaj zabojnika so se slišali zaskrbljujoči zvoki. Praskanje. Podgane? Ne, ne podgane. Lahko se je spopadel z marsičem, vendar ne s podganami. „Pustite me ven!" je zakričal.

Zagnal se je motor. Starejše vozilo, podobno tovornjaku. Tla pod njim so se začela tressti in ropotati, ko se je krogla kotalila naprej in poskakovala naokoli.

Zunaj se je zabojnik odbijal od sten. V notranjosti je bil v tako omejenem prostoru, da ni bilo veliko gibanja. To je bila ena od prednosti ujetosti v krogli.

Vozilo je v nekaj trčilo in E-Z-ova glava se je povezala z vrhom te stvari. Zavpil je, vendar je zvok utihnil. Kovinska posoda se je spet premaknila, na stran. V nekaj je udarila, nato pa se je vrnila v prvotni položaj. Od udarca ga je bolela rama.

E-Z je pomislil, ali je to naloga Eriela, vendar se je odločil, da ne more biti. Začel je sklepati, da so ga ugrabili in da je v ujetništvu. Toda zakaj zdaj?

„Hej!" je zakričal, ko se je kovinski predmet zavrtel in pristal na ravnem dnu - tam, kjer je bilo njegovo dno. Zdaj je bila teža bolj enakomerno porazdeljena. Bilo mu je udobno. Ali tako udobno, kot je v danih okoliščinah lahko bilo. Tako je ostal zelo miren, dokler se vozilo ni popolnoma ustavilo in se je prevrnilo na glavo.

Globoko je vdihnil, se umiril in na glas izrekel besede, **„Roch-Ah-Or, A, Ra-Du, EE, El."**

Medtem ko je čakal, je vprašal: „Kje si, Eriel? **Roch-Ah-Or, A, Ra-Du, EE, El?"**

„Ti si me poklical?" Eriel je rekel. Njegov glas je bil jasen in čist, vendar ga ni bilo videti.

„Da, Eriel, mislim, da so me ugrabili. Sem v zabojniku. Ali mi lahko pomagaš?"

„Vedno vem, kje si," je rekel Eriel. „Vprašanje, ki bi si ga moral zastaviti, je, ali ti bom pomagal."

„Nisem vedel, da me nadzorujete 24 ur na dan!" E-Z je vzkliknil in bil iz trenutka v trenutek bolj jezen. Nekajkrat je globoko vdihnil in se pomiril. Potreboval je Erielovo pomoč in nadangel mu tega ne bo olajšal. „Ne vidim voznika te stvari in ne morem raztegniti kril. In kje je moj stol? Tu mi zmanjkuje zraka. Če hočeš, da končam te preizkušnje namesto tebe, potem me raje hitro spravi od tod."

„Najprej me užališ z vprašanjem, ali sem angel ali ne, potem pa me prosiš, naj ti pomagam. Ljudje so res zelo nestanovitna bitja."

„Vem. Žal mi je. Prosim, pomagaj mi."

„Ali si razmislila," je predlagal Eriel. „Da je to preizkušnja? Nekaj, kar moraš premagati sama?"

„Hočeš reči, da je to zagotovo preizkušnja?"

„Ne trdim, da je. In ne pravim, da ni," je Eriel odvrnila s kretnjo.

E-Z se je razburil. Tako zelo je pogrešal Hadza in Reiki.

„Tako žalostno, da še vedno misliš na tista dva idiota. Če bi bila to preizkušnja, kako bi se iz nje izvlekel?"

„Najprej sta mi priskočila na pomoč, ko si skoraj ubil Zemljo. Drugič, to ne more biti preizkušnja, ker ni nikogar, ki bi mi lahko pomagal."

Eriel se je zasmejal. „Se imaš za nikogar?" Eriel se je ustavil. „Danes rešuješ sebe in samo sebe. Uporabi orodja, ki so ti na voljo." Okleval je in se nato znova zasmejal. „Razmišljaj zunaj kovinske posode." Njegov smeh je bil v kovinski posodi tako glasen, da je E-Z-a bolelo v ušesih. Pokril si jih je. Nato Eriela ni več slišal.

E-Z je zaprl oči in se osredotočil. Odločil se je, da bo stisnil pesti in poskušal potisniti stene narazen. Ne glede na to, kako močno se je trudil, se niso premaknile. Načrt B je bil priklicati svoj stol, kar je tudi storil. Predstavljal si je, da ni daleč stran. Je visel nad njim in čakal, da ga E-Z prikliče? Tako zelo se je osredotočil na priklic stola, da ni opazil, da nekdo hodi zunaj. Stopinje na pločniku. Moški, škornji so udarjali po tleh. Moški je obšel vozilo in se pomikal proti zadnjemu delu. Vstavil je ključ. Vrata so se dvignila.

„Tukaj se je valjal,“ je rekel moški.

Smeh. Ne Erielov smeh. Smeh drugega moškega.

Nato krik.

Nato še več krikov.

Nato tek. Beg stran.

Še več krikov.

Nato gibanje. Zabojnik se premika. Dvig v invalidski voziček.

Nato se dvigne, višje in višje. Na varno.

„Hvala,“ je E-Z rekel svojemu vozičku. „Zdaj me odpelji domov k stricu Samu.“

E-Z je vedel, da ga bo stric Sam lahko spravil iz zabojnika. Potreboval bi velikanski odpirač za pločevinke, a če bi ga lahko imel, bi ga stric Sam našel.

Njegov invalidski voziček je odpeljal v nasprotno smer.

DRUGA KNJIGA:

TROJICA

POGLAVJE 1

DALEČSTRAN OD KRAJA, KJER je živel E-Z Dickens, je plesala majhna deklica. Njene ure baleta so potekale v majhnem studiu v osrednjem poslovnem okrožju Nizozemske.

Bila je lep otrok z zlatimi lasmi in vrsto pegic, ki so se ji raztezale po nosu in licih. Njene najbolj nepozabne značilnosti so bile lešnikovo zelene oči. Barva je bila povsem enaka barvi oči njene babice. Njene sanje so bile, da bo nekoč najslavnejša baletna plesalka na Nizozemskem.

Njena rožnata rutica je bila narejena iz tila. To je bila lahka tkanina, podobna mreži, ki so jo oblikovalci uporabljali za profesionalne plesalce. Tutu je zanjo oblikovala in sešila njena varuška. Kostum je bil sam po sebi umetniško delo - tako zelo, da si ga je želel vsak otrok v razredu.

Hannah, Lijina varuška, je prejela veliko prošenj drugih staršev, da bi tudi njihovim hčerkam naredila enak tutu. Otrokom, njihovim staršem, učiteljem in številnim drugim je odločno povedala, da nima časa, da bi se lotila dodatnega dela. Čeprav bi ji denar prišel prav.

Vse, kar je Hannah naredila, je naredila, ker je imela rada svojo varovanko Lio. Lia, ki jo je imenovala kleintje, kar v prevodu pomeni mala.

Ko so se baletne ure skoraj končale, je Lia pospravila svoje čevlje. Drgnila si je boleča stopala.

Vsi baletni plesalci - tudi sedemletniki, kot je bila Lia - so morali trenirati najmanj dvajset ur na teden.

To dodatno delo poleg polnega šolskega programa je zahtevalo predanost in zavzetost. Otrokom, ki so bili sposobni slediti, so takoj pokazali vrata. Ne glede na to, koliko denarja so jim starši ponudili, da bi jih obdržali v programu.

Lia je upala, da bo nekega dne spoznala svojega idola Igona de Jongha, najslavnejšega nizozemskega baletnega plesalca vseh časov. Odkar se je njen idol upokojil, je Lia njene nastope spremljala po televiziji.

Hannah je ob delavnikih skrbela za Lio. Liaina mati Samantha je bila med tednom na službeni poti.

Zunaj plesnega studia sta se Hannah in Lia usedli v avtomobil Volkswagen Golf. Kmalu bosta doma.

„Imaš kakšno domačo nalogo?" Hannah je vprašala.

Lia je prikimala.

„Goed" je v prevodu pomenilo dobro. „Pojdi in začni, ko bom pripravila večerjo," je rekla Hannah.

„Oke", kar pomeni v redu, je odgovorila Lia.

Lia je takoj odšla v svojo sobo, kjer je obesila baletno obleko, nato pa se je lotila dela za mizo.

V šoli so se učili o legendi o drevesu čarovnici. Njihova naloga je bila narisati drevo in o njem ustvariti nekaj čarobnega. S kredo je nameravala narisati obris. Nato naj bi uporabila čistila za korenine, na listih pa bleščice, da bi ustvarila čarobni element.

Čeprav je imela naravno nadarjenost za umetnost, ni uživala v njenem ustvarjanju. Najraje je plesala. Nad nalogami, ki ji niso bile posebej všeč, se ni pritoževala ali jih odklanjala. V njeni naravi ni bilo, da bi bila neposlušna ali moteča.

Čeprav je Lia živela v kraju Zumbert na Nizozemskem, je obiskovala mednarodno šolo. Njena angleščina je bila odlična. Zumbert je bil po vsem svetu znan kot rojstni kraj Vincenta Van Gogha. Lia je vedela vse o Van Goghu, saj sta imela z njim po žilah isto kri.

Ko je opravila domačo nalogo, je odprla računalnik. Vključila je in igrala igro. Doseganje naslednje stopnje bo trajalo le nekaj trenutkov. Hannah jo bo kmalu poklicala na avondeten (večerjo).

Nikomur ni treba vedeti, ji je rekel droben glas v ozadju misli. Lia ga je poslušala, a da bi se prepričala, da nihče ne bo izvedel, je zaprla vrata svoje spalnice.

Ko je s prsti klikala po tipkovnici, je žarnica nad pisalno mizo s pokom ugasnila. Zaprla je prenosni računalnik in spet odprla vrata. Pogledala je po hodniku, kjer so bile rezervne halogenske žarnice. Babica jih je imela na zalogi v omari za perilo na vrhu stopnic. Vse, kar je morala Lia storiti, je bilo, da je odšla ven, prinesla eno, se vrnila in sama zamenjala žarnico. Potem bi imela več časa za svojo igro.

V svoji sobi je ocenila situacijo. Stati je morala na svojem pisarniškem stolu, ki je bil na koleščkih. Trdno ga je pritisnila ob posteljo, da bi ga zavarovala. Da, to bo delovalo.

Stol je pritrdila pod svetilko in se povzpela nanj. Pod brado je držala novo žarnico in odvila staro. Pregorelo žarnico je vrgla na posteljo. Drugo žarnico je vzela izpod brade in jo privila.

PREKLOP!

Nova žarnica je eksplodirala.

Iz nje so se razpršili drobci stekla, večinoma majhne velikosti. V dekličin obraz in oči.

Lia ni takoj zakričala, saj je sobo napolnila modra svetloba, zaradi katere se je čas ustavil. Svetloba jo je obkrožila, ko se je približala njenemu obrazu.

SWISH!

Pojavilo se je drobno angelsko bitje, ki je pregledalo dekličine oči. Nato je presodila, da so poškodovane do skrajnosti, in zašepetala: „Ali boš ena od treh?"

„Ja," je v prevodu pomenilo ‚da', je rekla Lia. in čas se je ustavil.

Prišel je angel, ki mu je bilo ime Haniel. Medtem ko je odstranila steklo, je Lii zapela pomirjujočo uspavanko.

Besedilo pesmi se je v angleščini glasilo:

„Žalostna, žalostna deklica se je usedla

na rečnem bregu.

Deklica je jokala od žalosti

ker sta bila oba njena starša mrtva."

V nizozemščini je bilo besedilo pesmi naslednje:

„Asn d'oever van de snelle vliet

Eeen treurig meisje zat.

Het meisje huilde van verdriet

Omdat zij geen ouders meer had."

Na srečo je mala Lia spala, zato je besede uspavanke niso mogle prestrašiti.

Ko je Haniel končal z zdravljenjem najhujših Lijinih ran, je položil roke na boke in prenehal peti. Naloga je bila skoraj končana, zdaj je morala le še postaviti temelje za nove oči svoje varovanke.

Lijini majhni rokici sta se zvili v kroglice. Tesno stisnjeni pesti. Haniel je s krili nežno pobožala sklenjene prste in jih spodbudila, da so se odprli.

Ko sta bili Lijini dlani odprti, je angel Haniel s kazalcem na obeh dlaneh začrtal obliko očesa. Na prste je narisala po eno samo črto, ki je vodila od dlani do konca prsta. Po opravljeni nalogi je angel Haniel Lio nežno poljubil na čelo, nato pa z

SREČKO!

in izginil.

Čas se je ponovno začel vrteti in naša pogumna mala Lia še vedno ni zakričala. Šok je obrambni mehanizem telesa in z ustavitvijo časa se je ustavila tudi bolečina. Ko je Lia končno zakričala, se ni mogla ustaviti. Tudi ko je prišlo reševalno vozilo. Ali ko so jo na nosilih dvignili v vozilo, v katerem se je sirena pridružila njenemu refrenu krikov. Ali ko so jo na nosilih potisnili v bolnišnico. Ne, ko so ji v obraz posvetili z veliko lučjo, ki jo je čutila, a je ni videla.

Ko so jo uspavali, je nehala kričati. Nato so z najsodobnejšo tehnologijo odstranili preostalo steklo. Vendar je bil vsak košček stekla že odstranjen. Kirurgi so nadaljevali in ji prevezali oči, nato pa so jo odpeljali v njeno sobo, da si opomore.

Po operaciji je prišla Lijina mama Samantha. Iz Londona je priletela z letalom Red eye. Srečala se je s kirurgom, medtem ko je njena hčerka spala naprej.

„Žal mi je, vendar ne bo nikoli več videla," je dejal.

Lijina mati si je stisnila pest v usta in se borila z željo, da bi zavpila.

Zdravnik je rekel: „Lahko se nauči brajeve pisave in obiskuje šolo za slabovidne. Je v odlični starosti za učenje in bo vpijala znanje. V kratkem ji bo pisanje postalo nekaj povsem drugega."

„Toda moja hči želi postati baletna plesalka. Ste že kdaj videli ali slišali za slepo profesionalno plesalko?"

„Alicia Alonso je bila delno slepa. To jo ni oviralo."

Lijina mati je pobožala spečo hčerko po roki. „Hvala, podrobnosti o njej bom poiskala na internetu. Sedem let je veliko premalo, da bi bila prisiljena opustiti sanje."

„Strinjam se. Zdaj pa se tudi ti malo spočij. Lia bi se morala kmalu zbuditi in potrebovala bo, da boš močna zanjo. Ko ji boš povedala. Če bi želela, da sem tudi jaz tukaj, mi povej."

„Hvala, zdravnik, najprej bom poskušal to urediti sam."

Ko so se vrata zaprla, se je Lijina mati dotaknila znamenj na hčerkinem obrazu. Ostanki so bili videti kot jezne dežne kaplje. Nato je pogledala Lijino spečo varuško Hannah. Ko je šla mimo nje po vodo, jo je po naključju namenoma brcnila z levim čevljem, da bi jo zbudila. „Zunaj!" je rekla, ko je Hannah zijala.

Na hodniku je Liaina mati Samantha dala prosto pot svojim čustvom, ne da bi se zadrževala. „Kako si lahko dovolila, da se je to zgodilo mojemu otroku? Kako si lahko!? V enem trenutku sem bila na poslovnem sestanku - v naslednjem sem morala prekiniti službeno potovanje in ujeti prvi let iz Londona! Kaj se je zgodilo? Kako se je to zgodilo?"

„Ravno sva se vrnila z ure baleta. Pripravljal sem večerjo, Lia pa je dokončala domačo nalogo. Žarnica je verjetno pregorela. Iz omare v predsobi je vzela drugo in jo skušala zamenjati sama, a je eksplodirala. Ko je zakričala, sem bil v nekaj sekundah tam in ziekenwagen (reševalno vozilo) je prišel v trenutku. Molil sem, da bi se njene oči uredile in da bi se ji kaj zgodilo.“

„Torej moliš v spanju, kajne?“ Samantha je vprašala, ne da bi čakala na odgovor. „Artsen (zdravniki) pravijo, da ne bo nikoli več videla,“ je dejala Samantha z neprizanesljivo strupenostjo v svojem nastopu.

M EDTEMjeLIA V SANJAH LETELA z angelom. Z rokami ga je objela okoli vratu in se stisnila k njegovim prsim. Gibanje vozička v zraku jo je zibalo in tolažilo.

Nato se ji je zavrtelo v glavi in od zgoraj je gledala kovinsko posodo. Zabojnik je sedel na sedežu invalidskega vozička s krili. Prevažali so ga neznano kam.

Dvignila je desno roko, nato pa še levo, in z njima je videla, da je v njej ujet angel/hlapec. Imel je prijazen obraz z očmi, modrejšimi od neba, z drobci zlata, zaradi katerih so se lesketale, čeprav je bil v temi. Njegovi lasje so bili večinoma svetli, razen nekaj sivih na temenu. Najbolj nenavadna pa je bila črna črta na sredini. Zaradi nje je bil deček videti starejši.

Angel/deček v posodi, ki je vozil na sedežu invalidskega vozička, se je približal deklici v njenih sanjah. Dotaknila se je posode, in ko je to storila, je začutila in slišala utrip srca angela/dečka v njej. Ne samo to, lahko je tudi brala njegove misli in čustva.

Lia se je zbudila in zavpila: „Mama! Hannah! Hitro pridi!"

„Tukaj sem, draga," je rekla njena mati in se vrnila k hčerkini postelji.

Hannah si je obrisala oči in ponovno vstopila v sobo.

„Ni časa, da bi ti mati pripisovala krivdo Hannah. To je bila nesreča. Poleg tega je potrebna naša pomoč. Prosim, poišči mi nekaj papirja in svinčnikov - ZDAJ.“

„Ona je delirična!“ Samantha je vzkliknila. Na čelu svoje hčerke je preverila temperaturo. Zdelo se ji je, da je v redu.

Hannah je iz torbe pobrala zahtevane predmete in jih dala Lii v roke.

Lia je brez oklevanja začela risati. Po papirju je praskala kot navdahnjena umetnica. Samantha in Hannah sta jo radovedno opazovali.

Prva slika, ki jo je narisala, je bil deček v kovinski posodi v obliki krogle. Zabojnik je ležal na sedežu invalidskega vozička, ta pa je imel krila. Angelska krila. Lia je obrnila stran in narisala drugo sliko, na kateri je bil deček/angel v notranjosti iz vseh zornih kotov. Z vseh strani. Po prvi sliki je manično narisala še veliko drugih, nato pa jih je vrgla v zrak.

Slike so, kot bi jih ujel sunek vetra - zaplesale po sobi, se dvignile navzgor, nato navzdol in nato naokoli. Kot da bi bile pod čarobnim urokom. Ena od slik je preganjala varuško, zato je ta s kričanjem stekla iz sobe.

Lia je močno stisnila pesti, nato pa zamrmrala nekaj neslišnih besed.

„Naj pokličem zdravnika?“ jo je vprašala histerična mati. „Moj otrok, o ne, moj ubogi otrok!“

Hannah se je vrnila in s tresenjem opazovala, kako je Lia spet zaspala.

Ženski sta sedeli ob otrokovi postelji. Opazovali sta jo, kako mirno spi, dokler nista tudi sami zaspali.

Lia ni videla z lešnikovimi očmi, s katerimi se je rodila. Nadomestile so jih oči na dlaneh njenih rok.

Njene nove oči, nameščene na dlaneh, so vsebovale vse običajne dele očesa. Kot so zenica, šarenica, beločnica, roženica in solzni kanal. Vsako oko na dlani je imelo veko. Vrh se je začel tam, kjer so se končali prsti. Spodnja se je končala tam, kjer se je začelo zapestje.

Kar zadeva trepalnice, je bila na vsakem prstu vtetovirana lasna linija. Od vrha veke do začetka nohta, tako kot palec.

To je bilo dobro, saj si nobeno mlado dekle ne bi želelo prstov, na katerih bi rasle dlake.

Še posebej ne deklica, kot je bila Lia, ki je upala, da bo nekoč postala odlična baletna plesalka.

POGLAVJE 2

K O SE JE ZBUDILA, SO JO zelo srbele dlani. Pravzaprav so jo srbele bolj kot kdaj koli prej. To jo je spomnilo na nekaj, kar je nekoč rekla njena stara mama. Babica je rekla, da če te srbi desna roka, to pomeni, da boš dobil denar in to veliko denarja. Če te srbi leva roka, pomeni, da boš denar izgubil. Nikoli pa ni povedala, kaj se zgodi, če jo srbita obe dlani hkrati.

Preblisk angela/dečka, ujetega v posodi, jo je vrnil v realnost. Razprla je dlani in se pripravila na praskanje. Namesto tega je bila šokirana, ko je v njih zagledala svoj odsev. Nasmehnila se je, kot bi pozirala za selfi.

Še vedno ni bila stoodstotno prepričana, ali sanja, zato je obe dlani obrnila stran od sebe. Njen namen je bil narediti panoramski pogled na sobo.

Bila je urejena, kot da bi plavala v akvariju. Klovni in zlate ribice so se zavzeto lovili za repi. Še naprej je premikala dlani po sobi, dokler ni našla Hane. Nato je našla svojo mamo. Od veselja je zavpila.

Lijina mama Samantha je skočila pokonci, prav tako kot Hannah.

„Kaj je, otročiček?"

„Mami? Vidim te.“

„Seveda lahko, draga moja.“

„Ali mi verjameš?“

„Da, seveda ti verjamem. Ampak povej mi nekaj, zakaj si prej narisala invalidski voziček s krili? Invalidski vozički nimajo kril.“

Ne vidi mojih novih oči, je pomislila Lia. „Rada te imam, mami, ampak nekateri invalidski vozički imajo krila in nekateri angeli letijo v invalidskih vozičkih s krili.“

„Tudi jaz te imam rada, otročiček,“ je odgovorila. „Kakšen deček/angel? Si imela sanje?“

„Obstaja deček angel,“ je rekla Lia.

„Deček/angel? Kje, otročiček?“

Lia je razprla dlani in pomislila na dečka angela. Tako močno je razmišljala, da ga je lahko videla, slišala in čutila njegovo prisotnost v mislih. „Angel/hlapec prihaja k meni,“ je rekla.

„Tukaj, draga?“ je vprašala njena mati in pogledala v smeri varuške, ki je skomignila z rameni.

„Da, angelski deček potrebuje mojo pomoč. Prišel je k meni kar iz Severne Amerike.“

„Ko si risala slike,“ je vprašala Hannah, “ali si risala po spominu na angela/dečka?“

„Ali iz sanj?“ je vprašala njena mama.

„Najprej so bile to sanje, zdaj pa ga vidim tudi, ko sem budna.“

„Če me lahko vidiš, otrok, kaj nosim?“

„Vidim te, mami, ne pa s svojimi starimi očmi. Ampak z novimi. Oblečena si v rdečo obleko z biseri okoli vratu.“

Starejši pacient, ki je šel mimo njene sobe, se je ustavil, ko je zagledal otroka, ki je pred seboj držal odprte dlani.

To je ona, je pomislil, in da bi to potrdil, mu ni bilo treba dolgo čakati. Kajti Lia, ki je začutila prisotnost druge osebe, je obrnila levo dlan v smeri vrat. Starec je videl, da je njena dlan pomežiknila, nato pa se ji je umaknil izpred oči.

„Ugibava," je predlagala Hannah in obrnila Lijino pozornost stran od vrat.

Prišla je medicinska sestra in Lia, ki je še nikoli prej ni videla, je rekla: „Pozdravljena, medicinska sestra Vinke."

„Ali sva se že srečali?" Vprašala jo je medicinska sestra Heidi Vinke.

Lia se je zahihitala. „Ne, vendar lahko preberem vaše ime."

„Pravi, da vidi s svojimi novimi očmi," je rekla Lijina mama.

„Tako, tako," je odgovorila medicinska sestra Vinke in se namesto deklici posvetila materi. Otrok ni imel nič proti, ko je medicinska sestra Vinke mamo odpeljala ven, da bi se z njo pogovorila na štiri oči.

„Normalno je, da vaša hči v teh okoliščinah uporablja domišljijo, saj je izgubila vid. Čeprav se ji je zgodila strašna stvar, je srečna deklica."

Samantha je prikimala in vrnili sta se k Lii.

„Gotovo si utrujen otrok," je rekla medicinska sestra Vinke in deklici izmerila pulz.

„Nisem," je rekla Lia. „Pravkar sem se zbudila in nočem spet zaspati. Če bom zdaj spala, ga bom morda zamudila."

„Koga?" Vinke je vprašal, ko je deklico položil v posteljo.

„Zakaj, dečka/angela," je dejala Lia. „Zdaj se približuje. Skoraj je tu - in potrebuje mojo pomoč. Komaj čakam, da ga spoznam. Prepotoval je dolgo, dolgo pot, samo da bi me videl."

„Tako, tako, otrok," je Vinke zavzdihnil. V Lijino roko je potisnila iglo, napolnjeno z zdravilom, ki povzroča spanje.

Lia je protestirala, vendar je takoj zaspala.

„Lahko noč, lahko noč, otročiček," je zavpila njena mati.

S TAREJŠI MOŠKI SE JE vrnil v svojo sobo in dvignil telefon. Nato je zahteval zunanjo linijo.

„Tukaj je,“ je zašepetal v telefon. „Sam sem jo videl - tukaj, v bolnišnici, na hodniku pred mojo sobo.“

Nastala je tišina, nato pa se je na drugi strani oglasil klik. Starec se je ulegel v posteljo. Z daljincem je prižgal televizor.

Njegov najljubši program: Zdaj ali Neverland (znan tudi kot Faktor strahu) se je ravno začel. Želel je videti, kaj bodo ti nori norci počeli v tej epizodi ta teden.

POGLAVJE 3

DOKLER NI BIL STISNJEN v srebrni krogli, se E-Z ni več počutil tako osamljenega. V mislih se je namreč pogovarjal z majhno deklico.

Prišla je v njegove misli, spremljala pa sta jo blisk svetlobe in krik. Bila je poškodovana. Opazoval je, kako ji je angel Haniel pomagal. Poslušal je, kako je Haniel deklici pel pesem, medtem ko je odstranjevala steklo.

Kar je sledilo, je bilo nepričakovano. Angel Haniel je na dekličino dlan in prste narisal črte. Haniel je otroku podaril novo vrsto vida. In oči na dlaneh.

Takoj je vedel, da je dekličina usoda povezana z njegovo.

Čeprav jo je sprva videl v mislih, z njo ni mogel komunicirati. Bilo je, kot da bi v mislih gledal televizijski program brez zvoka. Potem pa je, ko je otrok sanjal, prišla k njemu in položila roke na kroglo, v katero je bil ujet. Takrat je vedel, kaj je vedela ona, in ona je vedela, kaj je vedel on, in bila sta povezana.

Prve besede, ki mu jih je izrekla, so bile: „Ne maram teme."

E-Z ji je odgovoril: „Ne boj se. Tukaj sem. Ime mi je E-Z. In kako je tvoje ime?"

„Ime mi je Cecilia," je odgovoril otrok. „Vendar me prijatelji kličejo Lia. Lahko me kličete Lia. Stara sem sedem let. Koliko si stara ti?"

E-Z je mislil, da je otrok mlajši. „Star sem trinajst let," je rekel. „Prihajam iz Severne Amerike."

„Živim na Nizozemskem," je rekla Lia.

Oba sta molčala, ko ga je Lia z očmi dlani pogledala v jekleni krogli.

„Kaj počneš tam?" je vprašala.

E-Z je premislil, preden je odgovoril. Ni želel prestrašiti otroka z resnično zgodbo, da ga je kot preizkušnjo ugrabil nadangel. Želel ji je povedati resnico, vendar ni bil prepričan, da jo bo prenesla, saj je bila tako majhna.

Rekel je: „Nisem povsem prepričan, zakaj sem bil spravljen sem, vendar mislim, da je bilo tako, da sem bil spravljen sem, da bi spoznal tebe." Obotavljal se je, se popraskal po glavi in vprašal: „Ali poznaš Eriel?"

Lia je bila počaščena, da je prišel k njej, vendar je bila zaskrbljena, da je bil tako prepeljan v njeno korist. „Zelo mi je žal, če ste proti svoji volji prisiljeni potovati na to pot, da bi se srečali z mano. In ne, to ime mi ni znano."

E-Z je bil zelo radoveden glede Lije. Ker je dejala, da je Nizozemka, je bil izjemno navdušen nad tem, kako odlična je njena angleščina.

„Čutila sem te, vendar te nisem mogla videti, dokler mi niso zrasle oči, moje nove oči. Pred tem sem lahko brala tvoje misli. Bi lahko ti brala moje? Oh, in hvala za mojo angleščino."

„Videla sem, kaj se ti je zgodilo, nesrečo. Globoko mi je žal, da ste bili poškodovani. Zaradi te stvari vam nisem mogel pomagati." S pestmi je udaril ob stene. Pokrival si je ušesa, saj je odmevalo udarjanje. „Ko si sanjal, si bil z mano. V moji glavi.“

Lia je stisnila desno pest, levo pa pustila odprto in se dotaknila zunanje stene. Njena dlan je pomežiknila in se zaprla, odprla in zaprla. Ničesar ni rekla, le gledala je predse kot oseba, ki je v transu.

E-Z se je odločil, da ji bo povedal svojo zgodbo.

„Moja starša sta umrla v prometni nesreči. In izgubil sem noge.“

Tu se je ustavil. Razmišljal je, koliko naj ji pove.

To omahovanje mu je omogočilo, da se je odločil.

Bila je trdno zaspana.

POGLAVJE 4

V BOLNIŠNICI JE BIL DEŽUREN nov zdravnik. Na kratko je pregledal Lijino kartoteko. Videl je, da Cecelia še vedno spi, in zašepetal njeni materi.

„Vašo hčerko moramo odpeljati v drugo nadstropje, da jo še enkrat pregledamo.“

„Je to nujno?“ Vprašala je Lijina mati. „Tako mirno spi, da bi jo bilo škoda zbuditi.“

Zdravnik, čigar imensko oznako je zakrival ovratnik zdravniške jakne, se je nasmehnil. „Ni potrebe, da bi jo zbujali. Lahko jo vstavimo v aparat, medtem ko spi. Nekaterim pacientom, zlasti mlajšim, je to bolj všeč.“

Samantha je pogledala na uro. „Seveda, grem z njo.“

„Ni potrebe,“ je rekel zdravnik. „Kmalu bodo prišli moji asistenti. Izkoristite čas in si privoščite sendvič ali skodelico kamiličnega čaja - moja žena prisega nanj. Pomaga ji sprostiti se in zaspati.“

„Hvala,“ je dejala Samantha, ko sta prišla dva pomočnika. Moška moška, oblečena v ulična oblačila, sta Lia dvignila s postelje in jo položila na nosila s kolesi. Zdravnik je izpod vozička potegnil odejo in jo položil na Lio. „Oskrbovali jo bomo na toplem in se v kratkem vrnili. Ne pozabite izkoristiti tega časa, da si privoščite čaj ali kavo."

Medtem ko je Hannah spala naprej, je Samantha opazovala oskrbnike in zdravnika, ki so njeno hčerko potiskali po hodniku. Zdaj, ko je čakala na dvigalo, je opazovala še bolj pozorno. Ko so se vrata dvigala zaprla, se je sprehodila po hodniku in ignorirala občutek, ki jo je mučil. Odpravila ga je, si rekla, da je lačna, in se odpravila v jedilnico. Bila je zelo zasedena. Večinoma z osebjem, ki je nosilo delovne obleke.

Ko si je pripravljala in srkala čaj, ji je prišlo na misel, da nihče od osebja ne nosi uličnih oblačil.

„Oprostite," je rekla enemu od zdravnikov. „Kaj je v drugem nadstropju? Ali tam delajo rentgenske posnetke in skeniranje telesa?"

„V drugem nadstropju je porodni oddelek." Zavrtel je z glavo.

Samantha se je dvignila s stola, pri tem pa prevrnila vroč čaj in si ga razlila v naročje. Ko je zakričala, so se z vseh strani zgrnili pomočniki.

„Moja hči!" je zavpila. „Zdravnik z dvema pomočnikoma je na nosilih odpeljal mojo hčerko Lio. Rekli so, da jo peljejo v drugo nadstropje na preiskave. Če je drugo nadstropje namenjeno porodnišnici, zakaj bi jo odpeljali?

Njen izbruh je pritegnil preveč pozornosti. Zato jo je zdravnik, na katerega se je najprej obrnila, pregovoril, naj gre ven.

Vrnili so se v Lijino sobo. Samantha ji je vse podrobneje razložila. Še dobro, da je pogledala na uro, da jim je lahko povedala točen čas, ko se je vse skupaj zgodilo.

„To je resna zadeva," je dejal doktor Brown. „Pustite jo pri meni. Po vsej bolnišnici imamo varnostne kamere. Morda ste napačno slišali o drugem nadstropju? Morda je v sedmem nadstropju, kjer jo prav zdaj pregledujejo. Pustite to meni. Počakajte tukaj in vrnil se vam bom čim prej."

Samantha se je usedla in Hannah vse razložila. Delili sta si sendvič s tuno in se trudili, da ju ne bi skrbelo.

MEDTEM KO JE LIA SPALA, SO moški, ki ni bil pravi zdravnik, in pripravniki, ki niso bili pripravniki, zapustili stavbo. Šli so do čakajočega avtomobila. Nosila so pustili na parkirišču.

Zdravnik Brown je sklical sestanek z upraviteljem. S pomočjo videonadzora so bili priča Lijini ugrabitvi. Opozorili so policijo in navedli opis vozila. Žal kamere niso zabeležile podatkov o registrski tablici.

„Malo počakajmo,“ je rekla Helen Mitchell, upravnica bolnišnice. Čez nekaj dni se je upokojila. „Preden bomo obvestili dekličino mamo. Ne želimo je vznemirjati.“

„Tega ne morem storiti,“ je rekel zdravnik Brown.

„Policija lahko otroka v kratkem času pripelje nazaj.“

„Upam, da imate prav. Vseeno pa je to zaskrbljujoče. Upam, da ne bodo prišli daleč.“

Zazvonil je telefon, to je bila policija. Za deklico so izdali obvestilo o vseh točkah (APB). Prosili so za njeno najnovejšo fotografijo.

„Želijo najnovejšo fotografijo,“ je dejala Helen Mitchell.

„Edini način, da jo dobimo, je, da vprašamo njeno mamo,“ je dejal doktor Brown.

Helen je prikimala, Brown pa se je obrnil in odšel.

„Povejte jim, da jo bomo čim prej poslali po faksu.“

„Poslala bom nekoga iz travmatološke ekipe,“ je rekla Helen. Nato je policiji po telefonu rekla: „Slepa je in stara le sedem let. Zakaj za vraga bi se ti trije moški tako zelo potrudili, da bi jo na tak način odstranili iz bolnišnice?“

„Ne morem reči,“ je dejal policist na drugi strani.

POGLAVJE 5

E-Z JE TAKOJ UGOTOVIL, da z njegovo novo prijateljico Lio nekaj ni v redu. Ta naj bi spala v bolniški postelji, vendar se je njena postelja premikala. Kaj pa?

Razmišljal je, da bi jo zbudil, a kaj bi lahko storila, tudi če bi jo zbudil? Ne, najbolje bo, da spi naprej - dokler je ne bo našel in rešil. Trenutno je zavzeto sanjarila o tem, kako pleše baletni ples. Nikoli prej se ni veliko ukvarjal z baletom, vendar se mu je zdelo, da je ta deklica nadarjena. In plesala je z očmi v rokah, ko se je premikala po odru.

E-Z se je v mislih brez večjega napora prenesel na njeno lokacijo. Tam je bila, trdno zaspana na zadnjem sedežu premikajočega se vozila. Videti je bila tako mirna, ker je v mislih počela nekaj, kar ji je bilo všeč - plesala je.

Razširil je pogled in zagledal tri glave. Tista, ki je vozila, je bila normalne velikosti in postave. Medtem ko sta bila druga dva moška videti kot nogometaša.

„Pospeši!" E-Z je ukazal svojemu stolu, vendar je ta to že storil.

Kako naj bi ji pomagal, ko pa je bil še vedno ujet v srebrni krogli? Moral jo je razbiti na koščke - in to čim prej kot pozneje. Do zdaj mu ni uspelo nobeno prizadevanje, da bi jo razbil.

Spraševal se je, zakaj so jo moški odpeljali. Ali so vedeli za njene moči? Kako bi lahko vedeli? Večina bolnišnic je imela videonadzor, ali so jo lahko opazovali? Vendar to ni imelo nobenega smisla. Bila je sedemletna slepa deklica. Kaj so hoteli od nje?

Medtem ko je E-Z s hitrostjo gorel po nebu, si ni mogel kaj, da se ne bi vprašal, zakaj so jo ugrabili. Ali so nameravali zahtevati odkupnino?

V vsakem primeru se mu je zdelo bolj smiselno, če so hoteli to. Bolje, kot če bi vedeli, da so jo opazili. S posebnimi močmi. Še vedno pa je bila njegova prednostna naloga, da se izvije iz krogle.

Zakričal je. „POMOČ!" kot že velikokrat prej.

POP.

„Pozdravljeni," je rekel Hadz, medtem ko je sedel na E-Z-ovo ramo. „Kaj za vraga počneš tukaj? Ta prostor je premajhen zate." Hadz je zavila z očmi.

E-Z je bil več kot navdušen, da je videl Hadza. Zgrabil je majhno bitje in jo tesno objel na prsih.

„Pazi na krila," je rekel Hadz.

E-Z je spustil bitje. „Hvala, ker ste prišli in se odzvali mojemu klicu. Popolnoma potrebujem, da mi pomagaš ugotoviti, kako se rešiti iz te stvari. Vem, da ste bili odstranjeni iz mojega primera, toda obstaja deklica po imenu Lia, ki je v nevarnosti in me potrebuje. Preprosto moraš pomagati. Prepričan sem, da bo Eriel razumela."

„Oh, torej ne želite biti v tej zadevi?" Hadz je vprašal.

„Ne, nočem biti tukaj. Hočem ven, ampak kako?"

„Preprosto naredi to," je rekel Hadz.

„Poskusil sem že vse. Stranice se ne premaknejo. Poklical sem Eriela, da bi mi pomagal, vendar je rekel, da sem v tem primeru sam."

„Ah, to mu ne bi bilo všeč. Ne smem ti pomagati, vendar ti lahko rečem le eno: upoštevaj svojo okolico."

„To ni nobena pomoč," je rekel E-Z in se trudil, da ne bi popolnoma izgubil živcev. „Prosil sem stol, naj me odpelje k stricu Samu. On bi me zagotovo spravil iz te stvari. Toda stol ni upošteval mojih želja. Zdaj je v težavah majhna deklica, ki potrebuje mojo pomoč. Če ne morem priti ven, potem ne morem pomagati sebi, in če ne morem pomagati sebi, potem ne morem pomagati njej. Prosim. Povej mi, kako naj se rešim od tu. Odpelji me ven ali kaj podobnega."

Bitje je zmajalo z glavo in odletelo na vrh krogle. Dotaknilo se je konice. „Upoštevaj fiziko. Če si znotraj krogle, ki ji je ta stvar podobna, potem moraš biti izstreljen. Izstreljen. Prav?"

E-Z je razmislil o svojih možnostih. Lahko bi rekel stolu, naj ga spusti in ga odnese proti tlom. Zemlja bi prekinila njegov padec. Ali bi se krogla razpočila? Odločil se je, da je vredno tvegati. „Okej," je rekel E-Z, "stol mora spustiti, da me spusti, kajne?"

Bitje se je zasmejalo. „Smešen si, E-Z. Če bi padel s te višine, bi se ta stvar zagozdila v tla. Pod pogojem, da ob trku ne bi eksplodirala. In s teboj v njej." Spet se je zasmejala. „Ali pa ne bi umrl pri padcu. Če bi umrl, ne bi mogel rešiti deklice. O kateri deklici sploh govoriš?"

„Ime ji je Cecelia, Lia, in je na Nizozemskem, nedaleč od kraja, kjer sva zdaj."

Hadz je začutil konico posode, ki je E-Z ni videl in je tudi ni mogel doseči. Bitje jo je potisnilo. Valj se je sprostil in se razprl kot tulipan. Hadz je pomagal E-Z iz tulca in kmalu je sedel na stolu, stvar pa je držal v naročju. E-Z-jeva krila so se odprla. Dobro se je počutil, ko jih je raztegnil.

E-Z je odletel po nebu in nosil valj, ki ga je spustil v Severno morje.

Trojica, E-Z, stol in Hadz, je z veliko hitrostjo poletela proti Severni Holandiji, kjer se je peljal avto.

„Hvala,“ je rekel E-Z.

„Ni kaj,“ je odgovoril Hadz. „Ostal bom v bližini, če me boste potrebovali.“

„Super!“

POGLAVJE 6

E-Z JE DOHITEVAL AVTO, ki se je že bližal Zaandamu. Preveril je, da Lia še vedno spi na zadnjem sedežu. Vendar ni več sanjala, zato ga je skrbelo, da se bo kmalu zbudila.

Njegov voziček je spremenil smer, pospešil in se usmeril proti avtomobilu, nato pa obvisel nad njim. Lažni zdravnik, ki je vozil, je v stranskem ogledalu opazil invalidski voziček za njima.

„Wat is dat vliegende contraptie?" je vprašal. (V prevodu: „Voziček je bil na invalidskem vozičku: (Kaj je ta leteči pripomoček?)"

Zločinca sta obrnila glavi.

Eden je rekel: „Ik weet het niet, maar versnel het!" (V prevodu: „Ne vidim ga, ampak ga peljem!"): (Ne vem, ampak pospešite!)"

Drugi nasilnež se je zasmejal, nato pa iz armaturne plošče potegnil pištolo. (V prevodu: predal za rokavice.) Preveril je, ali ima naboje. Zaklenil jo je in zaskočil zapah.

E-Z-ov invalidski voziček je s škripcem pristal na strehi avtomobila.

Voznik je močno zaviral, zaradi česar je invalidski voziček zdrsnil naprej. Drsel je po vetrobranskem steklu, obrnjenem naprej, nato pa po pokrovu motorja.

E-Z se je dvignil, obvisel in se obrnil proti njim.

„Kaj pa?" je zakričal voznik, ko je izgubil nadzor nad avtomobilom, zaradi česar je ta zdrsnil in začel cikcakati.

E-Z in invalidski voziček sta se dvignila, se umaknila in prijela za odbijač avtomobila, ki se je popolnoma ustavil.

V trenutku se je potnik odprl in zaslišali so se streli.

Na zadnjem sedežu je Lia smrčala naprej.

Zločinec s pištolo se je odkotalil skozi vrata, nato pa se na kolenih pripravil, da bo izstrelil strel na E-Z.

Od nikoder se je pojavil Hadz in roparju izbil pištolo iz rok. Nato mu je zvezala roke za hrbtom in noge za hrbtom, kot bi bil tele na rodeu.

Drugi nasilnež je šel naravnost proti E-Z-u, ki ga je s pasom prijel za laso. Ta se je prevrnil, tako da mu je lahko z lahkoto ovil jermen okoli nog.

Fant je poskušal odskočiti, vendar ni prišel daleč. Zdaj, ko je bil ustavljen, sta se z uporabo mehanizma za zapiranje v kletke na stolu spravila še na zdravnika. Zdravnika so ujeli in ga imobilizirali.

Lia je vse skupaj prespala, tudi ko jo je Hadz dvignil iz vozila in odnesel na varno.

E-Z je tri moške namestil enega poleg drugega na zadnji sedež avtomobila.

„Za koga delate?" je zahteval.

Hadz je odvrnil: „Ne razumejo angleško." Moškim je prevedla E-Z-ovo vprašanje. Ko je lažni zdravnik odgovoril, je Hadz prevedla. „Pravi, da ne vedo, za koga delajo."

„To je smešno. Iz bolnišnice so ugrabili otroka. Vprašaj jih, kam so jo potem peljali? In kako so izvedeli zanjo?"

Hadz je prevedel. Lažni zdravnik je znova odgovoril: „Rekli so nam, naj jo odpeljemo v pristanišče in da jo bo tam nekdo čakal. To je vse, kar vemo."

E-Z jima ni verjel, vendar je Hadz potrdil, da sta res govorila resnico. „Kaj želite storiti z njima?" je vprašala.

„Ali jim lahko izbrišeš misli? In um tistih, s katerimi so povezani, Ti trije so kolesca v stroju. Želimo izbrisati um osebe v pristanišču. Tako bodo vsi pozabili nanjo - za vedno."

„Končano," je rekla.

„Vau, hitra si!"

E-Z in Hadz v fotelju sta se vrnila v bolnišnico, ravno ko se je Lia začela prebujati. Premaknila je glavo, začutila, kako ji veter razmiga lase, in se stisnila k E-Z-ovim prsim. Odprla je desno dlan in pogledala svojega prijatelja, dečka/angela. Zasmejala se je in ga močno objela. Ko je na E-Z-jevi rami opazila majhno pravljično bitje, je z očmi svoje dlani pogledala nanjo.

„Tako si majhen in ljubek," je rekla.

„V veselje mi je," je rekel Hadž. „In hvala."

Odleteli so proti bolnišnici.

„Zdaj si na varnem," je rekel E-Z.

„In nisi več v tisti stvari," je rekla Lia.

„Hadz mi je pomagal priti ven," je rekel E-Z in zamahnil s krili.

„Kje si jih dobil?" Lia je vprašala. „Lahko jih dobim?"

E-Z se je nasmehnil. Ni bil prepričan, koliko naj ji pove. Skrbelo ga je, kaj bi rekel Eriel, če bi razkril preveč. „Dobil sem jih po smrti staršev."

„Zakaj?“ je vprašala mala Lia.

„Začel sem reševati ljudi,“ je dejal E-Z.

„Hočeš reči, da nisem prva oseba, ki si jo rešil?“

„Ne, nisi.“

Hadz je razkužila grlo, kar je bil znak, da E-Z neha govoriti.

Poletela sta v tišini. Deklica je objemala E-Z-ov prsni koš. Invalidski voziček je vedel, kam mora iti. Hadz se je spet počutila potrebno.

E-Z je bil zatopljen v svoje misli. Spraševal se je, ali je bila glavna preizkušnja reševanje Lije. Ali pa je bila naloga končana s tem, da se je rešil krogle. Morda sta bila dva za enega! Koliko bi jih bilo potem? Moral si jih je zapisati, da bi imel pregled nad njimi. To je počel v svojem dnevniku, vendar v zadnjem času ni imel veliko časa za zapisovanje.

„Slišim, kako razmišljaš,“ je rekla Lia. Obe dlani je imela odprti. Opazovala je E-Z-jevo zunanjost in hkrati poslušala, kaj razmišlja v svoji notranjosti. „Želim vedeti več o teh poskusih. In hočem vedeti, zakaj lahko vidim z rokami namesto z očmi. Ali misliš, da bo ta Eriel to vedel?“

POP

Hadz ni čakal na odgovor.

„Bolnišnica je spodaj,“ je rekel E-Z.

Stol se je počasi spustil in vstopili so v notranjost bolnišnice. E-Z in krila stola so izginila. Hadz je potiskal po hodniku in našel Lijino sobo. Tam je čakala njena mati.

„Aretirajte tega fanta,“ je zakričala Lijina mati.

E-Z je bil osupel. Zakaj bi želela, da ga aretirajo? Pravkar je rešil njeno hčerko.

„Ampak mama,“ je začela Lia.

Prišla je policija. Segla sta za E-Z in mu zapognila roke v manšete.

Preden so jih zaprli, je Lia zakričala. Nato je razprla dlani in jih iztegnila pred seboj. Iz njenih dlani je izšla oslepljujoča bela svetloba, zaradi katere so se vsi v sobi, razen nje in E-Z, pravočasno ustavili. Mala Lia je ustavila čas.

„Super! Kako si to naredila?" E-Z je vzkliknil, ko so se okovi s škripcem spustili na tla.

„Jaz, ne vem. Želela sem te zaščititi. Rešiti te." Ustavila se je in prisluhnila. „Nekdo prihaja, moraš se umakniti od tu. Čutim, da prihaja nekdo drug, in ti moraš oditi."

„Nekdo?" E-Z je vprašal. „Ali veš kdo?"

„Ne vem. Vem le to, da prihaja nekdo drug in da moraš oditi - takoj."

„Ali boš, v redu? Ali te bodo poškodovali?"

„Vse bo v redu, prihajajo po tebe, ne po mene. Pojdi od tu, takoj."

„Kdaj te bom spet videl?" E-Z je vprašal, ko je razbil okno bolnišnice in odletel ven ter čakal, da mu odgovori.

„Vedno me boš videl, E-Z. Povezana sva. Smo prijatelji. Ti se umakni od tu, jaz pa bom poskrbel za vse ostalo." Poljubila ga je.

Lia se je ulegla v posteljo, potegnila odejo do vratu in se pretvarjala, da trdno spi, preden je svet znova spravila v gibanje.

„Kaj se je zgodilo?" jo je vprašala mama.

Vse je bilo spet v redu. Lia je bila v postelji nepoškodovana.

Svet se je nadaljeval tako kot prej, medtem ko je E-Z spet krmaril nazaj domov.

„Hvala, Hadz, da si pomagala," je dejal E-Z, čeprav je že odšla. Nekako je vedel, da ga sliši, kjerkoli že je.

POGLAVJE 7

K oje E-Z LETEL PO NEBU, je ugotovil, da je lačen. Pod njim je bil Big Ben. Odločil se je, da bo pristal in si privoščil angleško ribo s čipsom.

Ko se je spuščal, je opazil bel kombi, ki se je hitro premikal po cesti. Bil je vzporedno s šolo. Videl je starše v vozilih in pešce, ki so čakali, da prevzamejo svoje otroke.

Ko je kombi zavil za vogal, je povečal hitrost.

Njegov invalidski voziček se je pomaknil naprej in se za vozilom zagozdil. Ko se je bližal šoli, je bila vožnja vse bolj brezobzirna. Iz šole so začeli prihajati otroci.

E-Z se je prijel za zadnji del kombija. Z vso močjo ga je s piskom potegnil do popolne zaustavitve.

Voznik je pritisnil na plin in se skušal umakniti. Nič mu ni uspelo. Nista mogla videti, kaj ali kdo ju je zadrževal.

E-Z je zlomil ključavnico na prtljažniku, segel v notranjost in izvlekel kable za odskok. Stol se je pomaknil naprej in pristal na strehi vozila. E-Z je s kabli povezal vrata kabine. Voznik ni mogel izstopiti.

Zrak so napolnili zvoki siren.

E-Z je vzletel in opazil, da ga več ljudi fotografira na svoje telefone, in letel vedno višje.

V želodcu mu je zakrulilo in spomnil se je na ribe s čipsom. Ker ni imel britanske valute, jih tako ali tako ni mogel plačati, zato se je odpravil domov.

Ob misli na strica, ki se sprašuje, kje je, je pomislil, da bi pustil sporočilo, in začel to početi: „Sem na poti domov.“

Kliknite.

„Kje si?“ je vprašal stric Sam.

E-Z je bil vesel, da to ni bilo sporočilo!

„Pravkar preletavam Britanijo. Danes je prijeten dan za letenje, se vam ne zdi?“

„Kaj? Kako?“

„To je dolga zgodba, razložil bom, ko se vrnem.“

„Ste v letalu?“

„Ne, samo jaz in moj stol.“

Spodaj je E-Z videl ljudi, ki so ga fotografirali. Ko je zagledal, da se proti njemu približuje lokalni prevoznik 747, je ugotovil, da je v težavah. Še preden je imel priložnost poleteti višje, so ga kamere fotografirale in objavljale po vseh družbenih omrežjih.

„Oprosti, Eriel,“ je rekel in se dvignil višje. „Poznate rek, da je vsaka publiciteta dobra publiciteta? No...“ E-Z se je zasmejal. Če ga je Eriel lahko videl vsak dan in vsako uro, zakaj ga je moral poklicati na pomoč? Nekaj se ni povsem ujemalo. Arhangeli niso želeli, da bi končal preizkušnje.

Prešel ga je mraz, ko se je nebo spremenilo, saj so se črni oblaki vrteli in pulzirali okoli njega. Letel je naprej in skušal pospešiti hitrost, toda potem so se začele pojavljati strele, ki se jim je moral izogibati. Potem se je spomnil na letalo. Videl je, da je uspešno pristalo in da so ljudje nepoškodovani. Nadaljeval je proti domu.

Po nevihti so se pokazale zvezde. Njegov stol je ves čas mahal s krili, medtem ko je E-Z zadremal.

„E-Z?" Lia mu je govorila v glavi. „Si tam?"

Prebudil se je, pozabil, da je na stolu, in padel. Začel je padati, vendar so se njegova krila sprožila in kmalu je bil spet na stolu.

„Je vse v redu, mali?" je vprašal.

„Da. Mislijo, da so bile to sanje, ko sem se pogovarjal s teboj. Risal sem slike o tebi. Mama pozna resnico, vendar se z njo ne želi soočiti."

„Oh, te to skrbi?"

„Ne. Moje moči se povečujejo. Čutim jih in vem, da nekaj prihaja. Nekaj, pri čemer boš potrebovala mojo pomoč. Kmalu se bom vrnil domov. Mamo bom vprašala, ali te lahko obiščemo. Kmalu."

„Kaj? Naj tvoja mama pokliče mojega strica Sama in se pogovorita?"

„Da, to je pametna zamisel. Mama je videla fotografije in tebe je že srečala, vendar se te ne spomni. Zdi se, kot da je bil njen um očiščen ali pa so njeni spomini nate zaspani."

„Si prepričan, da je to prav?"

„Prepričan sem. Moram biti tam, kjer si ti. Moram ti pomagati."

E-Z-jev um je postal prazen. Lia je izginila.

Najstnik je pomislil na Lio, ki je prišla v Severno Ameriko. Bila je majhna deklica, ki je videla z rokami, da, toda kako bi mu lahko pomagala? Pomagala mu je pobegniti, vendar ga je njena vpletenost zmotila. Ni je želel spraviti v nevarnost. Ponovno je poklical Eriel. Priklical je spev, vendar se ni zgodilo nič.

Ogledal si je pokrajino in za trenutek odvrnil misli od deklice. Bil je že skoraj doma. Hvala bogu, da je bil njegov stol modificiran in je lahko potoval F-A-S-T!

POGLAVJE 8

Tik pred nami je E-Z opazil obalo. Oddahnil si je, dokler ni opazil velikega ptiča, ki se je usmeril naravnost proti njemu. Ko se mu je približala, je ugotovil, da je to labod. Vendar ne običajne velikosti. Bil je ogromen, prav tako tudi razpon njegovih kril, ki ga je ocenil na več kot sto petdeset centimetrov. To je bil isti labod, ki mu je govoril pred tem. In ne samo to, opazil je tudi svetlo rdečo svetlobo, ki je utripala na ptičji rami.

Labod se je odvrnil in nato močno pristal na njegovih ramenih. Bil je v avtostopu.

„Pozdravljen," je rekel E-Z in pogledal čudovito bitje, medtem ko se je umirjalo.

„Hoo-hoo," je rekel labod. Nato je stresel z glavo, odprl kljun in rekel: „Pozdravljen, E-Z."

„Mislim, da se ti moram zahvaliti," je rekel.

„Ni kaj. In upam, da te ne moti, da sem se peljal z vami," je rekel labod in si razmršil perje.

„Ni problema," je odgovoril E-Z.

„To je moj mentor Ariel," je rekel labod.

WHOOPEE

Rdečo luč je zamenjal angel.

„Pozdravljena," je rekla in sedla na E-Z-ovo koleno.

„Lepo te je spoznati," je rekel.

„Kako vam lahko pomagam?" je vprašal.

„Upam, da bosta z mojim prijateljem labodom lahko sklenila partnerstvo."

„Kako?" je vprašal.

„Moj varovanec je doživel veliko. Ko se bo počutil pripravljenega, vas bo lahko seznanil s podrobnostmi, za zdaj pa potrebujem, da mu pomagate tako, da mu dovolite, da vam pomaga pri preizkušnjah. Lahko vam pomagam, da?"

„Po mojem vedenju," je rekel in se obrnil na Ariela. Nato je rekel labodu: „Nič proti tebi, prijatelj." Zdaj pa Ariel: „Gre za to, da mi nihče ne more pomagati pri mojih preizkušnjah. To sta mi povedala Eriel in Ophaniel."

„To sem z njima razčistil. Torej, če je to tvoj edini ugovor," se je ustavila in nato

WHOOPEE

in izginila je.

Nato sta E-Z in labod nadaljevala pot čez Atlantski ocean in naprej v Severno Ameriko. Ker si je vedno želel videti Veliki kanjon. To si bo moral ogledati kdaj drugič. Labod je smrčal in se stisnil k E-Z-ovemu vratu.

E-Z je segel v žep in izvlekel telefon. Z labodom je naredil selfie. Telefon je držal v roki in nameraval posneti laboda, ko bo naslednjič spregovoril. Potreboval je dokaz, da ni izgubil pameti.

Nekaj kasneje je E-Z usmeril pogled na svojo hišo. Bil je šolski dan, vendar je bil preveč utrujen, da bi šel v šolo. Ko se je stol začel spuščati, se je labod zbudil. „Smo že tam?"

„Da, pri mojem domu smo," je rekel E-Z in pritisnil gumb za snemanje na svojem telefonu. „Želiš, da te kje odložim?"

„Ne, hvala. Ostal bom pri tebi," je rekel labod in podaljšal vrat, da bi si ogledal hišo, v kateri bo ostal. „Ti in jaz se morava pogovoriti."

E-Z je pritisnil na gumb za predvajanje, vendar je bilo v zraku mrtvo. Laboda ni bilo mogoče posneti. Nenavadno.

Pristala sta pri vhodnih vratih. E-Z je vstavil ključ v ključavnico, a še preden jo je odprl, je bil tam stric Sam. Svojega nečaka je močno objel in rekel: „Dobrodošli doma." Pobrskal se je po bradi in bil nekoliko zaskrbljen, ko je zagledal E-Z-ovega spremljevalca, izjemno velikega laboda.

„Vesel sem, da sem se vrnil," je dejal E-Z in se odpravil v notranjost.

Labod mu je sledil z mrežastimi nogami, ki so se podile za njim.

„In kdo je tvoj... pernati prijatelj?" je vprašal stric Sam.

E-Z se je zavedel, da ne pozna niti labodovega imena.

Labod je rekel: „Alfred, ime mi je Alfred."

E-Z se je uradno predstavil.

Labod je nato odplaval po hodniku v E-Z-ovo sobo, kjer je priletel na njegovo posteljo in zasluženo zadremal.

E-Z je odšel v kuhinjo s stricem Samom na kolesih.

„Kaj za vraga počne ta labod tukaj?" Ustavil se je in iz hladilnika vzel mleko. Nalil je nečaku poln kozarec. „Ne more ostati tukaj. Morali bi ga dati v kad. Če se prilega. Je največji labod, kar sem jih kdaj videl. Kje si ga našel in zakaj si ga prinesel sem?"

E-Z je požrl mleko. Obrisal si je mlečne muce. „Nisem ga našel jaz, ampak on mene. In zna govoriti. Bil je tam, ko sem rešil tisto deklico in ko sem rešil tisto letalo. Pravi, da se morava pogovoriti.“

Stric Sam je brez odgovora odšel po hodniku. E-Z mu je tesno sledil, ne da bi spregovoril.

„Govori!“ Stric Sam je zahteval.

Labod Alfred je odprl oči, zijal in nato spet zaspal, ne da bi izdal kakšen zvok.

„Rekel sem, spregovori,“ je rekel stric Sam in še enkrat poskusil.

Labod Alfred je odprl kljun in zaječal.

„Vse je v redu, Alfred,“ je rekel E-Z. „To je moj stric Sam.“

„On me ne razume. In mislim, da ga nikoli ne bo mogel razumeti. Tukaj sem samo in samo zate,“ je rekel labod Alfred. Zašepetal je, se zleknil v odejo in spet zaspal.

Stric Sam je gledal, medtem ko je bil labod živahen in je pozorno opazoval E-Z.

S stricem Samom sta na poti ven zaprla vrata in se vrnila v kuhinjo, da bi se pogovorila.

E-Z je bil tako utrujen, da je komaj držal odprte oči.

„Ali to ne more počakati do jutra?“ je vprašal.

Sam je zmajal z glavo.

„Okej, gremo na to. Najprej sem udaril bejzbolsko žogico iz parka. Nato sem tekel ali se vrteli po metu. Potem sem bil ujet v zabojniku v obliki krogle, iz katerega ni bilo izhoda. Potem sem se lahko pogovarjal z majhno deklico na Nizozemskem. Šel sem jo rešit. Ime ji je Lia in njena mama vas bo poklicala. V Londonu v Angliji sem preprečil, da bi vozilo poškodovalo otroke. Potem sem spoznal laboda trobentača Alfreda. In zdaj ste na tekočem - ali lahko grem, prosim, spat?“

„Kaj naj rečem, ko me bo poklicala?" Sam je vprašal. „Teh ljudi sploh ne poznamo, pa bi jim morali dovoliti, da ostanejo tukaj v hiši z nami. Mi in labod Alfred?"

„Da, prosim, privolite v to. Tu je na delu načrt in še ne poznam vseh podrobnosti. Lia ima moči, oči v dlaneh in lahko bere moje misli ter ustavi čas. Tudi labod Alfred ima moči, bere moje misli in lahko govori. Mislim, da smo mi trije na neki način povezani, morda zaradi preizkušenj. Ne vem. Z Erielom, ki me 24 ur na dan spremlja, se lahko zgodi karkoli," je dejal E-Z.

Ko so prihajali po hodniku, so slišali udarce labodjih nog, ki so se sprehajale po hodniku. „Preveč sem lačen, da bi spal," je rekel labod Alfred.

„Kaj vse ješ?"

„Koruza je dobra, lahko pa me pustite zadaj in si naberem nekaj trave."

„Ali imamo kaj koruze?" E-Z je vprašal.

„Samo zamrznjeno," je rekel stric Sam. „Vendar lahko zrna potopim pod toplo vodo in bodo takoj pripravljena."

„Reci mu hvala," je rekel labod Alfred. „To je zelo prijazno od njega."

Stric Sam je dal koruzo na krožnik in Alfred je pojedel, kar mu je bilo ponujeno. Vendar je bil še vedno lačen in moral je iti izpraznit mehur, zato je prosil, da gre vendarle ven. Medtem ko je bil zunaj, se je poslužil trate.

E-Z in stric Sam sta nekaj sekund opazovala laboda.

„Upam, da sosedova čivava ne bo prišla na obisk," je rekel stric Sam. „Ta labod je tako velik, da ga bo prestrašil do smrti."

E-Z se je zasmejal. „Predstavljajte si, kaj bi naredil, če bi ga pes razumel tako kot jaz?"

Labod Alfred se je počutil kot doma. Bil je prepričan, da bo tu srečen.

POGLAVJE 9

N ATO JE LABOD ALFRED zaprosil za zasebni pogovor z E-Z.

„Tukaj lahko poveš karkoli,“ je rekel E-Z. „Stric Sam te ne razume, se spomniš?“

„Ja, vem. Ampak to je stvar vljudnosti. Človek se ne pogovarja z osebo, ko je prisoten drug človek, še posebej, če je gost v domu drugega. To bi bilo, no, precej nevljudno. Pravzaprav zelo nevljudno.“

E-Z je šele zdaj ugotovil, da je labod Alfred govoril z britanskim naglasom.

„Ali me lahko opravičite?“ E-Z je vprašal.

Stric Sam je prikimal in E-Z je odšel v svojo sobo, labod Alfred pa mu je sledil.

„Dobro,“ je rekel E-Z. „Povej mi, zakaj te je Ariel poslal sem in kaj točno nameravaš storiti, da bi mi pomagal?“

Ko je bil E-Z v svoji postelji, se je labod obračal naokoli, medtem ko se je gnetel v odejo in se skušal udobno namestiti.

„Lahko spiš na dnu postelje,“ je rekel E-Z in tja vrgel blazino.

„Hvala," je rekel labod Alfred. Priplazil se je na blazino in jo brcal s svojimi pajčevinastimi nogami, dokler mu ni bilo udobno. Nato se je sključil.

„Začnimo," je rekel Alfred.

E-Z, ki je bil zdaj oblečen v pižamo, je poslušal Alfredovo zgodbo.

„Nekoč sem bil človek."

E-Z je zavzdihnil.

„Najbolje je, da ne prekinjaš, dokler ne končam," mu je zabičal labod. „Drugače bo moja zgodba trajala in trajala in nihče od naju ne bo zaspal."

„Oprostite," je rekel E-Z.

Labod je nadaljeval. „Živel sem z ženo in dvema otrokoma. Bili smo neverjetno srečni, dokler se ni razbesnela nevihta, ki je podrla našo hišo in jih vse ubila. Preživel sem, vendar brez njih nisem hotel. Potem je k meni prišel angel, Ariel, ki ste jo spoznali, in mi rekel, da jih lahko še enkrat vse vidim, če se strinjam, da bom pomagal drugim. Rad pomagam drugim in to bi mi dalo smisel. Poleg tega nisem imel drugih možnosti, zato sem privolil."

„Imate preizkušnje?" E-Z je vprašal. Zmotno je domneval, da je Alfredova zgodba končana.

„Moja zgodba se še ni končala," je precej hudomušno dejal labod Alfred. Nato je nadaljeval. „To je bistvo moje zgodbe. Nimam preizkušenj, ker nisem angel v urjenju. Moja krila niso takšna kot tvoja. Sem labod, čeprav večji od običajnega. Ime moje pasme je Cygnus Falconeri, ki je znan tudi kot velikanski labod. Moja vrsta je že zdavnaj izumrla. Moj namen je bil nedoločen. Obtičal sem v vmesnem času, ki je plul skozi čas, ker sem naredil napako. Vendar o tem zdaj ne želim govoriti. Ko sem videla, da si rešil tisto deklico, sem poklicala Ariela in ga vprašala, ali ti lahko pomagam. Ona me je okarala, ker sem pobegnil, in poslala me je nazaj v vmesni prostor. Od tam sem spet pobegnil in vam pomagal z letalom, Ariel pa je prosila Ophaniela, naj mi da še eno priložnost. Zdaj imam namen - pomagati ti."

„In Ophaniel se je strinjal? Kaj pa Eriel?"

„Sprva nista. To je bilo zato, ker sta me Hadz in Reiki prijavila, da sem ti pomagal tako, da sem priklical svoje ptičje prijatelje. Ko sem slišal, da sta bila poslana v rudnike in da sta spet pobegnila, je Ariel predlagal moj primer in Ophaniel se je strinjal. Ne vem, kako je z Eriel. Je tvoj mentor?"

„Da, zamenjal je Hadza in Reikija. Vstopala sta in izstopala, on pa pravi, da vedno vidi, kje sem in kaj počnem."

„To se sliši kot pretiravanje. Kljub temu bi ga rada nekoč spoznala. Za zdaj smo ekipa. Lahko ti pomagam, da bom nekega dne tudi jaz spet s svojo družino. Torej, kamor greš ti, E-Z, grem tudi jaz."

E-Z je položil glavo na vzglavnik in zaprl oči. Bil je hvaležen za vsako pomoč. Navsezadnje mu je labod v preteklosti pomagal z letalom.

„Ne bom ti stal na poti," je rekel labod Alfred. „Vem, misliš, da sva nelogičen par, in ko bo prišla Lia, bova še bolj nelogična trojica, ampak ..."

„Počakaj," je rekel E-Z. „Ti veš za Lio? Kako?"

„Oh, ja, vem vse o tebi in vem vse o njej, vem pa tudi več. Da smo mi trije povezani. Predvideno je, da bomo delali skupaj." Raztegnil je čeljusti, ki so bile videti, kot da skuša zjokati. „Preveč sem utrujen, da bi se nocoj še pogovarjal." Kmalu je Alfred začel smrčati.

E-Z je v mislih pregledal vse, kar je vedel o labodih. Kar ni bilo veliko. Zjutraj bo opravil nekaj raziskav o Alfredovi vrsti.

Spraševal se je, kako se bosta PJ in Arden počutila glede Alfreda. Ali jima je moral predstaviti Alfreda ali pa je lahko Alfred ostal skrivnost?

S pestmi si je nadihal vzglavnik in se pripravil na spanje.

Prebudil je Alfreda in ta je bil zaradi tega razdražljiv.

„Ali moraš to storiti?" Alfred je vprašal.

„Oprosti," je rekel E-Z.

POGLAVJE 10

NASLEDNJE JUTRO SE JE E-Z zbudil, ko je na njegova vrata potrkal stric Sam. „Zbudite se, E-Z! PJ in Arden sta že na poti, da te odpeljeta v šolo.“

E-Z je zijal in se pretegnil. Oblekel se je in se namestil na stol. Ker je Alfred še spal, se je po šoli prikradel k njemu.

„Brez mene ne moreš nikamor!“ Alfred je rekel. Vse je stresel s perjem in skočil na tla.

„Ne moreš iti z mano v šolo. Hišni ljubljenčki niso dovoljeni.“

„E-Z, daj no, fant!“ Stric Sam je zakričal iz kuhinje. „Drugače boš zamudil zajtrk.“

E-Z-ov želodec je zakrulil, ko je v njegovo smer zavel vonj po toastu. „Prihajam!“

E-Z ni imel časa za prepir, zato je odprl vrata. V kuhinjo je prišel ravno takrat, ko sta prišla Arden in PJ. Zunaj je zaslišal trobljenje, ki mu je dalo vedeti, da sta tam.

„Dobro, dobro!“ E-Z je zaklical, ko je vzel kos toasta. Odpravil se je po hodniku, njegov novi spremljevalec s pajkovimi nogami pa mu je sledil iz ozadja.

PJ je izstopil iz avtomobila, da bi pomagal E-Z-ju vstopiti, in pritrdil njegov invalidski voziček v prtljažnik. Ko ga je zapiral, je opazil Alfreda, ki je poskušal vstopiti v vozilo.

„Ta stvar ne more v avto," je zakričal PJ.

Arden je spustil okno.

„Kaj za vraga je to? Ali sem spregledal obvestilo, da bomo danes imeli prireditev „ Pokaži in povej"?" Pri tem se je nasmehnil.

„Je to labod?" Vprašala ga je mati gospe Handle PJ.

„Ali pa je to predsednik tvojega fan kluba?" PJ je vprašal z nasmeškom.

Ko je bil E-Z v avtu, je odgovoril. „Prestar sva za razkazovanje in pripovedovanje," se je zasmejal. „Labod je moj projekt. Eksperiment, kot je pes za slepega človeka. Je moj spremljevalec na invalidskem vozičku." Pripel je Alfreda z varnostnim pasom.

PJ je šel sedet spredaj poleg svoje matere.

Alfred je rekel: „Ali me ne boš predstavil?"

Gospa Handle je izstopila iz avtomobila in odpravila sta se na pot v šolo.

„Alfred," E-Z je pogledal svoje prijatelje, "spoznajte gospo Handle. In moja dva najboljša prijatelja PJ in Arden. Vsi, to je Alfred, labod trobentač." E-Z je prekrižal roke.

Alfred je rekel: „Hoo-hoo." E-Z je rekel: „Izjemno sem vesel, da vas spoznavam. Lahko mi prevajate."

„Kako veš, kako mu je ime?" PJ je vprašal.

„Ne boš postal, kako mu je bilo ime, fant, ki se je lahko pogovarjal z živalmi, kajne, E-Z? Prosim, povej mi, da nisi. Čeprav bi se to lahko spremenilo v pravo molzno kravo. Lahko bi tržili tvoj talent. Postavite vprašanja in objavite odgovore na našem kanalu na YouTubu. Lahko bi ga poimenovali E-Z Dickens, šepetalec labodov."

„Odlična ideja!" PJ je rekel, ko se je njegova mati ustavila na prehodu za pešce. „Pred nekaj leti bi na spletu verjetno zaslužili milijone. Danes je zaslužek na spletu težaven. Resnično so ga omejili."

„Ne bodi nesramen," je rekla gospa Handle in se odpeljala naprej.

„Oseba, ki jo omenja, je doktor Dolittle," je ponudil Alfred. „To je bila serija romanov v dvanajstih knjigah, ki jih je napisal Hugh Lofting. Prva knjiga je izšla leta 1920, druge pa so sledile vse do leta 1952. Hugh Lofting je umrl leta 1947. Bil je tudi Britanec. Rojen in vzgojen v Berkshiru."

„Vem, koga imajo v mislih," je E-Z rekel Alfredu. „In ne, nisem."

Arden je rekel: „Upam, da nam tvoj labodji spremljevalec danes ne bo ukradel vseh deklet. Saj veš, kako imajo dekleta rada pernate stvari."

Gospa Handle si je oddahnila.

„V svojih časih sem bil precejšen morilec žensk," je dejal Alfred in še enkrat rekel: ‚Hura!', kar je usmeril v PJ in Ardena.

PJ je rekel: „Tvoj spremljevalec labod me res spravlja v smeh."

Arden je vprašal: „Kateri ptičji film je dobil oskarja?"

PJ je odgovoril: „Gospodar kril."

Arden je vprašal: „Kam ptice vlagajo svoj denar?"

PJ je odgovoril: „Na trgu štorkelj!"

„Tvoji prijatelji se zlahka zabavajo," je rekel Alfred. „To sta dva piflarja, ki sta iz istega testa. Razumem, zakaj sta ti všeč. Meni je všeč gospa Handle. Je tiha in odlična voznica."

E-Z se je zasmejal.

„Veseli me, da uživaš v jutranjem humorju,“ je rekel PJ.

„Pravzaprav ne,“ je rekel Alfred. „Poleg tega sta vi dva prava plonkerja.“

Arden in PJ sta se dvakrat zamislila.

Tudi E-Z se je dvakrat zamislil nad njunimi dvojnimi prijemi. „Kaj?“

„Ali tega niste slišali?“ sta rekla v en glas. „Labod zna govoriti - in to z britanskim naglasom. Joj, punce ga bodo res vzljubile.“

Gospa Handle je zmajala z glavo. „Ne igrajte se neumnih beračev!“

E-Z je pogledal laboda Alfreda, ki je bil videti zmeden.

Alfred je poskusil s svojo šalo, da bi videl, ali ga res razumejo. „Zakaj kolibri brenčijo?“ je vprašal.

Trije fantje so ga opazovali, jasno je bilo, da ga Arden in PJ zdaj razumeta.

Alfred je povedal poanto: „Seveda zato, ker ne poznajo besed.“

PJ in Arden sta se nekako zasmejala, vendar sta bila predvsem prestrašena.

„Kako to, da te zdaj tudi oni razumejo?“ E-Z je vprašal. „Najprej niso mogli, zdaj pa lahko. Mislil sem, da si rekel, da sem to samo jaz. In zakaj te stric Sam ni mogel razumeti?“

Zdaj, ko so ga razumeli, se je Alfred počutil nesamozavestno. E-Z-u je zašepetal: „Resnično ne vem. Razen če je to, zaradi česar sem tukaj, povezano tudi z njimi.“

„In ne vključuje strica Sama? Ali gospa Handle?“

„Morda ne,“ je odgovoril Alfred.

„In kje ste našli tega govorečega laboda?" Arden je vprašal.

„In zakaj si ga prinesel v šolo?" PJ je vprašal.

Gospa Handle je odvrnila. „Vsi ste zelo neumni. E-Z pravi, da je spremljevalni labod. Ne zna govoriti."

„Prvič, on ni le labod, je Cygnus Falconeri. Znan tudi kot velikanski labod in vrsta, ki je izumrla že pred stoletji."

„V resničnem življenju nisem videl veliko labodov," je rekel Arden. „Tisti, ki sem jih videl na naravoslovnem kanalu, se mi niso zdeli tako veliki, kot je on. Njegove noge so ogromne! In kaj se zgodi, če mora na stranišče?"

„Povprečen labod velikan je imel od ključka do repa med 190 in 210 centimetri," je ponudil Alfred. „In če bo, bom uporabil travo - športno igrišče bi mi moralo nuditi dovolj prostora za hranjenje in opravljanje svojih poslov, če in ko bo to potrebno."

„Hočeš reči, da poješ travo in potem greš na travo?" PJ je rekel.

„Fuj!" Arden je rekel.

Zdaj so bili strašno blizu šole, zato je E-Z razložil. „Ne morem vam povedati podrobnosti, ker jih ne poznam zares. Vse, kar vem zagotovo, je, da je Alfred tukaj, da mi pomaga, in da ga boš velikokrat videla."

„Mislim, da ga ne bodo spustili v šolo," je rekel Arden.

„To ne bo težava, saj sem tvoj spremljevalec," je dejal Alfred.

PJ, Arden in Alfred so se smejali, ko se je avto ustavil pred šolo.

„Pokliči me, če želiš, da te poiščem po šoli," je rekla gospa Handle.

„Hvala," so odgovorili.

Ko so iz prtljažnika vzeli E-Z-ov stol, se je gospa Handle odpeljala od robnika.

Prijatelji so mu pomagali, da je sedel vanj, medtem ko je Alfred priletel in mu sedel na ramo. Odpravili so se proti vhodu v šolo, kjer je ravnatelj Pearson učence usmerjal v notranjost.

„Dobro jutro, fantje," je rekel z velikim nasmehom na obrazu. Dokler ni opazil laboda Alfreda. „Kaj je to?" je vprašal.

„To je labod spremljevalec," je rekel E-Z.

„Cygnus Falconerie, če smo natančni," je rekel Arden.

„Je z nami," je rekel PJ.

Direktor Pearson je prekrižal roke. „Ta stvar, Cygnusov kakopak ne pride sem!"

Alfred je rekel: „Vse je v redu, E-Z. Ne delajmo scen. Prišel bom, ko se bodo končale vaše ure. Se vidimo pozneje." Alfred je poletel in pristal na strehi stavbe. Ogledal si je razgled, preden je poletel na nogometno igrišče. Tam je bilo veliko trave za grizljanje. Ko se bo nasitil, bo poiskal senčni kotiček pod drevesom in zadremal.

Direktor Pearson je zmajal z glavo, nato pa E-Z-u in njegovim prijateljem pridržal vrata. Znotraj se je oglasil petminutni opozorilni zvonec.

Ta šolski dan je bil za E-Z-a in njegove prijatelje neugoden.

Eriel se še vedno ni oglasil z novimi preizkusi.

POGLAVJE 11

ALFRED SE JE USTALIL v svoji novi rutini. Otroci v šoli so ga spoznali, čeprav so le E-Z in njegovi prijatelji vedeli, da zna govoriti.

Tega dne je Alfred pred šolo čakal na E-Z-a in ga vprašal: „Ali se lahko pogovarjava?"

E-Z se je ozrl naokoli; še vedno ni želel, da bi drugi učenci slišali, kako se pogovarja z labodom. Zašepetal je: „Ali lahko to počaka, dokler ne pridemo domov?"

„Aha, razumem," je rekel Alfred. „Še vedno se počutiš nesamozavestno, ko se pogovarjamo. To je razumljivo, vendar me imajo otroci tukaj radi. Postavijo se v vrsto, da me pobožajo, da me nahranijo. Poleg tega, ali ne bo stric Sam doma? Moram se s teboj pogovoriti sam."

„Ker te še vedno ne razume, se z mano pogovarjaš sam, tudi ko sva doma."

„Toda to je zadeva, ki me nekoliko skrbi, in je časovno precej občutljiva," je dejal Alfred.

PJ je pripeljal na robnik poleg njiju. Arden ju je vprašal, ali želita odvoz domov.

„Uh, fantje. Oprostite, ampak danes bom šel z Alfredom peš domov. Ima nekaj pomembnih informacij, ki mi jih mora posredovati."

PJ in Arden sta zmajala z glavo. Arden je rekel: „Pričakovala sva, da naju bo nekega dne vrglo zaradi dekleta - ne zaradi ptice." Pri tem se je nasmehnil.

„Kaj pa igra?" Arden je vprašal.

„Danes je danes, igra pa bo šele jutri. Oprostite, fantje." E-Z je pospešil korak. Avtomobil se je priplazil ob njem, nato pa se je s piskanjem gum oddaljil.

„Plonkerji," je rekel Alfred.

„Mislijo dobro. Kaj je tako pomembno?"

„Ali si v zadnjem času kaj slišal o Lii? Skrbi me zanjo." Alfred se je sprehajal ob E-Z in med potjo odščipnil glavico regrata.

„Zakaj te skrbi? Nobena novica ni dobra novica, kajne?"

„Pravzaprav se mi je oglasila in prišlo je do, no, no, do zapletene novosti."

E-Z se je ustavil. „Povej mi več."

„Hodi naprej," je rekel Alfred, ki je zdaj odščipnil glavico marjetice. „Lia in njena mati sta že na poti sem. Morala bi prispeti nekje jutri."

„Zakaj se tako mudi? Mislim, da, to je presenečenje. Vedeli smo, da bosta kmalu prišla. Kaj je na tem motečega?"

„To ni najbolj moteče."

„Nehaj zavlačevati in to izpljuni!"

„Lia ni več stara sedem let - zdaj je stara deset let."

„Kaj? To je nemogoče."

„Misliš, da bi lagala?"

„Ne, ne mislim, da bi lagala, ampak - to je popolnoma nesmiselno. Ljudje ne zrastejo od sedem do deset let v nekaj tednih.“

„Rekla je, da je šla spat. Naslednje jutro je vstopila v kuhinjo po zajtrk in njena varuška je začela kričati. Tako je ugotovila, da se je čez noč postarala za tri leta.“

„Vau!“ E-Z je vzkliknil.

„In še več.“

„Še več. Ničesar več si ne morem predstavljati.“

„Uspelo ji je prepričati mamo, da ji ni treba ostati tukaj ves čas obiska. Je zaposlena poslovna ženska. Potrebovala je kar nekaj prepričevanja. Lia je rekla, da bi ji bilo bolje glede na Samove izkušnje s tabo in preizkusi. Njena mati se je pod nekaj pogoji strinjala.“

„Na primer?“

„Da ima rada strica Sama.“

„Vsi imajo radi strica Sama.“

„Tudi, da ji razložiš, kako se je lahko njena hči čez noč tako postarala.“

„In kako naj to storim?“

„Če sem iskren,“ je rekel Alfred, “nimam pojma. Zato sem se želel pogovoriti z vami na samem. Saj stric Sam ve, da prihaja Lia, kajne?“

E-Z je prikimal: „Mislim, da ja, če so na poti.“

„Ampak on pričakuje sedemletno deklico, ko se bo na njegovem pragu pojavila desetletnica.“

E-Z se je spet ustavil. Stric Sam. Niti pomislil ni na to, da bi se moral stric Sam ukvarjati z desetletno deklico. „Nisem prepričan, da sem mu kdaj omenil Lijino starost!“

Alfred je nadaljeval. „Slišal sem, da se ljudje hitro starajo. Obstaja bolezen, ki se imenuje progerija. Gre za genetsko bolezen, ki je precej redka in smrtonosna. Večina otrok ne preživi več kot trinajst let, Lia pa je stara že deset, zato moramo to ugotoviti."

„Kako je s tem, kar si rekel?"

„Progerija."

„Ja, progerija, kako se to zgodi?" E-Z je vprašal.

„Po mojem vedenju se to zgodi v prvih nekaj letih. In otroci so običajno iznakaženi."

„Lia je iznakažena zaradi stekla, ne zaradi bolezni. Ali obstaja zdravilo?"

„Ni zdravila. Ampak E-Z, obstaja še nekaj drugega. To je povezano z očmi v njenih rokah. Te so nove in bolezen je nova. Preveč veliko naključje, se ti ne zdi?"

E-Z je to premislil in sklenil, da ima Alfred prav. Bilo je preveč naključij. Toda kaj naj bi storil glede tega? Naj pokliče Eriela? „Ali poznaš Eriela?"

Alfred je upočasnil korak in tudi E-Z je upočasnil korak. Bila sta že skoraj doma in morala sta se o tem pogovoriti, preden sta se srečala s stricem Samom. „Da, slišal sem zanj. Toda kot veš, Eriel ni moj angel. Spoznal si mojo mentorico Ariel in ona je angel narave, zato sem v stanju redkega laboda. Morda mi bo lahko pomagala, vendar bomo morali za to počakati na njen naslednji nastop."

„Hočete reči, da je ne morete priklicati?"

Alfred je prikimal. „Ali lahko Eriel prikličeš po svoji volji?"

E-Z se je zasmejal. „Ne ravno po svoji volji, vendar je dosegljiv. Čeprav je bolečina v veš kaj o tem in ne mara, da ga kličejo ali prikličejo." E-Z je tiho razmišljal in Alfred prav tako. Njihova hiša je bila zdaj na vidiku in stric Sam je bil doma, saj je bil njegov avto parkiran na dovozu. „Mislim, da bi morali počakati in videti, kaj se bo zgodilo z Lio."

„Strinjam se," je rekel Alfred, stopil s poti, iz zemlje potegnil nekaj trave in jo prežvečil. E-Z ga je opazoval. „Raje ne jem preveč trave; mislim na travo. To je tisto, kar jem ves dan, ko ste v šoli - razen tistih nekaj cvetlic, ki jih najdem. Zdaj pa se mi zdi, da bi si privoščil nekaj mokrega, ki raste pod vodo. Je bolj sveža in sočna."

„To popolnoma razumem," je rekel E-Z. „Rad jem solato, ko je sveža in hrustljava. Ni mi tako všeč, če je na voljo v vrečkah in je edini način, da jo spravim dol, ta, da jo prelijem s solatnim prelivom."

„Pogrešam človeško hrano."

„Kaj najbolj pogrešate?"

„Nedvomno cheeseburgerje in krompirček. Oh, in kečap. Kako rada sem imela to gosto, rdečo, lepljivo omako, ki gre na vse."

„Mogoče ne bi bilo tako slabo, če bi bila na travi?" E-Z se je zasmejal, vendar je Alfred razmišljal o tem.

„Pripravljen bi bil poskusiti."

„Dajmo to na tvoj seznam," je rekel E-Z.

„Kaj je seznam?" Alfred je vprašal.

POGLAVJE 12

E-Z JE RAZMIŠLJAL O Alfredovem vprašanju. Alfred ni vedel, kaj je seznam vedra ... in ta besedna zveza je bila skovana leta 2007. V istoimenskem filmu Nicholson/Freeman. Razložil je, ne da bi se spuščal v podrobnosti.

„To je res zanimiva zamisel," je dejal Alfred in si nadihal perje. „Toda kakšen je smisel vodenja seznama vedrih misli? Zagotovo bi se spomnil vsega, kar bi si zares želel narediti?"

„Veš, Alfred, nisem ravno prepričan. Mislim, da je to morda povezano s starostjo. S staranjem in izgubo spomina."

„To je smiselno."

Nadaljevala sta pot in prispela domov. Ko se je E-Z zapeljal po rampi, je Alfred vskočil. Labod je zamahnil s krili, da bi pomagal pri vzpenjanju. Na vrhu, ko je E-Z odprl vrata, sta zaslišala neznan glas.

„O ne, že so tukaj!" Alfred je rekel.

„Lahko bi me opozorili!" E-Z je odgovoril in med potjo v dnevno sobo na kljuko pospravil torbo.

„Očitno bi, če bi vedel!"

Lia je vstala.

Desetletna Lia se je E-Z-u zdela presenetljivo drugačna, dokler ni dvignila odprtih dlani.

Lia je zapiskala, stekla k njemu in ga močno objela. Nato je objela še Alfreda in dejala, da je neverjetno srečna, da ga je končno spoznala.

Tudi Liaina mama Samantha je stala in opazovala, kako njena hči objema fanta, ki ji je rešil življenje. Angel/hlapec na invalidskem vozičku. Njena hči je omenila Alfreda, vendar ne tega, da je bil velikanski labod.

Stric Sam je vstal in rekel: „Oh, E-Z! Hvala bogu, da si doma!" Približal se je nečaku. Nato je nerodno predlagal, naj gresta v kuhinjo po okrepčilo.

„V redu smo," je rekla Samantha.

Sam je vseeno vztrajal, da gresta v kuhinjo.

„Uh," se je zaiskril E-Z. „Rad bi pijačo."

Sam je zavzdihnila.

„Ne delaj nam težav," je rekla Samantha.

„Nič težav," je rekel Sam in potisnil E-Z-jev stol proti izhodu iz dnevne sobe.

„Lia, zelo si lepa," je rekel Alfred in sklonil glavo, da ga je lahko pobožala.

„Hvala," je z rdečico rekla Lia. Ko sta zapuščala sobo, je pogledala v E-Z-ovo smer, vendar je ta ni opazil, saj so bile njegove oči uprte v strica.

Ko sta bila v kuhinji, je Sam parkiral svojega nečaka. Odprl je hladilnik in ga spet zaprl. Odšel je do omare, odprl vrata in jih spet zaprl.

„Kaj je narobe?" E-Z je vprašal.

„Jaz, nisem jih pričakoval tako kmalu in kaj sploh jedo in pijejo ljudje z Nizozemske? Mislim, da v hiši nimam ničesar primernega. Naj grem ven in kupim kaj posebnega?"

„To so ljudje kot mi, prepričan sem, da bodo poskusili vse, kar imaš. Ne razmišljaj preveč."

„Pomagaj mi, otročiček. Kaj naj postrežemo? Sir in krekerji? Nekaj vročega, sendviče s sirom na žaru? Imamo vodo, sok in brezalkoholne pijače."

„Okej, zaenkrat bomo ponudili sir in krekerje. Poglejmo, kako nam bo šlo. In pladenj različnih pijač."

Sam je vzdihnil in vse skupaj zložil na pladenj. „Oh, prtički!" je rekel in iz predala vzel kupček prtičkov.

„Vse pripravljeno?" E-Z je vprašal.

„Hvala, otrok," je rekel Sam in vzel pladenj, poln hrane in pijače. Odpravil se je v dnevno sobo, nečak pa mu je sledil. Sam je vse postavil na mizo, nato pa skočil pokonci in rekel: „Stranski krožniki!" ter zapustil sobo in se kmalu zatem vrnil z omenjenimi predmeti.

E-Z je pogledal v Lijino smer, ko je srkal pijačo. Še vedno jo je videl kot majhno deklico, čeprav to ni bila več. Imela je daljše lase.

Lijina mama je bila videti še bolj neprijetno kot stric Sam. Poigravala se je s krekerjem, vendar ga ni ugriznila. Kozarec s pijačo je premikala sem in tja, vendar iz njega ni pila. Tu in tam je pogledala v smeri strica Sama, vendar ne za dolgo. Nato je zelo glasno zavzdihnila in se spet začela igrati s hrano.

„Kakšen je bil polet?" E-Z je vprašal.

„V primerjavi z letenjem s teboj je bilo enostavno," je rekla Lia. Zasmejala se je in brezalkoholna pijača ji je skoraj prišla iz nosu. Kmalu so se vsi smejali in se počutili bolj sproščeno.

Alfred je prosto klepetal, saj je vedel, da ga razumeta le Lia in E-Z. „Zdaj smo skupaj, *trije*. Kot je bilo mišljeno.“

Lia in E-Z sta si izmenjala poglede.

Alfred je nadaljeval. „Še vedno se sprašujem, zakaj smo bili združeni. E-Z lahko rešuješ ljudi in si super-duper močan, poleg tega znaš leteti in tvoj stol tudi. Lia, tvoje moči so v tvojem pogledu. Lahko bereš misli. Po tem, kar mi je povedal E-Z, imaš moč svetlobe in lahko ustaviš čas.

„Jaz, jaz lahko potujem, letim po nebu in včasih lahko povem, kdaj se bodo stvari zgodile, še preden se zgodijo. Prav tako lahko berem misli, vendar ne ves čas. Poleg tega ima večina ljudi rada labode. Nekateri pravijo, da smo angelski. Nekateri celo verjamejo, da imajo labodi moč spreminjati ljudi v angele. Ne vem, ali je to res. Sam lahko pomagam vsem živim, dihajočim stvarem, da se same pozdravijo.“

Zadnji del je bil za E-Z novost. Želel je izvedeti več.

Alfred je prostovoljno rekel: „Prvi korak je prepustiti se.“

E-Z in Lia sta bila ob Alfredovem priznanju v mislih.

„Kaj bomo storili zdaj?“ Lia je vprašala.

„Vsaka ekipa potrebuje vodjo, poveljnika. Imenujem E-Z,“ je dejal Alfred.

„Podpiram njegovo imenovanje,“ je dejala Lia.

Lia in Alfred sta dvignila kozarce za E-Z. Stric Sam in Lijina mama Samantha sta se pridružila nazdravljanju. Čeprav nista imela pojma, za kaj so nazdravljali.

E-Z se je vsem zahvalil. Toda v sebi se je spraševal, kako bo vse skupaj potekalo. Kako naj bi vodil majhno deklico in laboda trobentača? Kako ju bo ohranil na varnem in ju obvaroval pred nevarnostjo?

Stric Sam in Samantha sta se ponudila, da bosta pospravila, medtem ko se je trojica vrnila v dnevno sobo.

„To bo dobra priložnost, da se malo bolje spoznata," je dejal Alfred.

„Da, mama še nikoli ni bila tako živčna. Pri svojem delu srečuje veliko ljudi in z njimi, tudi s popolnimi neznanci, se pogovarja, kot bi jih že od nekdaj poznala. Mislim, da je to ena od skrivnosti njenega uspeha. S Samom pa je tiha kot miška in nervozna."

„Mogoče je to zaradi jetlag," je predlagal E-Z.

Alfred se je zasmejal. „Ne, privlačita se drug k drugemu. Oba sta premlada, da bi to opazila, a v zraku je bilo čutiti neko vibracijo."

„Res, moja mama je zaljubljena v Sama?"

„Tudi stric Sam je bil neroden - vendar dandanes ne srečuje veliko deklet, saj dela od doma in večino časa pomaga meni. Glasujem, da spremenimo temo."

„Tudi jaz," je rekla Lia.

„Vi dva nista zabavna."

„Mislim, da je morda čas, da pokličemo Eriela," je rekel E-Z. „Gotovo je on tisti, ki nas je vse združil. Seznaniti nas mora z načrtom. Vedeti, kaj se od nas pričakuje in kdaj."

„Kdo je Eriel?" Lia je vprašala. „Spomnim se, da si me prej vprašala, ali ga poznam."

„On je nadangel in je bil mentor mojih poskusov. No, vsaj zadnjih nekaj."

„Mojemu angelu, ki mi je dal dar ročnega vida, je ime Haniel. Tudi ona je nadangel. Je skrbnica zemlje."

To je presenetilo E-Z. Če so vsi delali vsak za svojega angela, zakaj so jih potem zbrali skupaj? Ali je bil eden od angelov močnejši od drugega? Kdo je bil glavni angel? Kdo je komu odgovarjal?

„Vsekakor bi rad vedel, kaj se dogaja," je rekel Alfred.

„Vse, kar vem," je rekla Lia, "je, da so me po nesreči vprašali, ali bi bila ena od treh. In zdaj, voila, smo tukaj."

V sobo sta vstopila stric Sam in Samantha. Še nekaj časa sta klepetala skupaj, dokler ni Samantha, ki je bila utrujena od poleta, odšla v svojo sobo. Tudi stric Sam je šel v svojo sobo.

„Pojdimo v mojo sobo in se pogovorimo," je rekel E-Z.

Lia in Alfred sta mu sledila. Po nekaj urah pogovora je trojica ugotovila, da ima veliko vprašanj, a malo odgovorov. Lia je odšla v svojo sobo, ki si jo je delila z mamo. Alfred je spal na robu E-Z-ove postelje. E-Z je smrčal. Jutri je bil še en dan - takrat bodo vse ugotovili.

POGLAVJE 13

N ASLEDNJE JUTRO JE LIA NA VRT odnesla sklede z žitaricami. Sonce se je vzpenjalo na nebu, dan je bil brez oblačka in bližala se je deseta ura dopoldne.

Lia je E-Z-u podala njegovo skledo, nato se je usedla pod senčnik na terasi in vzela žlico koruznih kosmičev.

„Severnoameriški koruzni kosmiči imajo drugačen okus kot tisti, ki jih imamo na Nizozemskem.“

„V čem je razlika?“ E-Z je vprašal.

„Tukaj je vse bolj sladko.“

„Slišal sem, da v različnih državah uporabljajo različne recepte. Želiš še kaj drugega?“ S tresenjem glave je zavrnila. „Sinoči nisem mogel spati,“ je rekel E-Z in vzel še eno žlico Captain Crunch.

„Oprostite, ali sem preveč smrčal?“ Alfred je vprašal, ko je potisnil obraz v rosno travo.

„Ne, vse je bilo v redu. Imel sem veliko misli. Mislim, vsi smo tukaj. Vsi trije - in že dolgo nisem imel sojenja... Odkar sta bila Hadž in Reiki degradirana, ne vem, kaj se dogaja. Po zadnji bitki z Erielom - v kateri sem, mimogrede, zmagal - od njega nisem slišal ničesar. To me spravlja v nervozo. Sprašujem se, kaj si je izmislil, da bi mi grenil življenje.“

Alfred je odkorakal naprej po vrtu, ko je na travi pristal enorog.

„V vašo pomoč," je rekla mala Dorrit.

Enorožec se je stisnil k Lii, ona pa je vstala in ga poljubila na čelo.

Nad njima se je začela modra črta na nebu. V njej so bile zapisane besede:

BESEDILO JE PISALO: SLEDUJTE ME.

E-Z-ov stol se je dvignil. „Gremo!" je zaklical.

Mala Dorrit se je sklonila in dovolila Lii, da se je usedla nanjo.

Alfred je zamahnil s krili in se pridružil drugim.

„Ali veste, kam smo namenjeni?" Alfred je vprašal.

„Vem le, da moramo pohiteti! Vibracije se povečujejo, zato moramo biti blizu."

„Poglej naprej," je zaklicala Lia. „Mislim, da nas potrebujejo v zabaviščnem parku."

Takoj je bilo E-Z-u jasno, kako jih potrebujejo. Tobogan je iztiril. Vagončki so napol viseli na tirih, napol z njih. Potniki vseh starosti so kričali. Neki otrok je z nogami tako nevarno visel čez stranico vozička, da je bilo jasno, da bo prvi padel.

„Pograbila bova otroka," je dejala Lia in se odpeljala. Skupaj z Malo Dorrit sta šli naravnost proti dečku. Ta je popustil, se spustil in varno pristal pred Lio na samorogu.

„Hvala," je rekel deček. „Ali je to res samorog ali se mi le sanja?"

„Res je," je rekla Lia. „Ime mu je Mala Dorrit."

„Moja mama ima knjigo s tem imenom. Mislim, da jo je napisal Charles Dickens."

„Tako je," je rekla Lia.

„Ali so v Mali Dorrit enorogi? Če da, jo bom morala prebrati!"

„Ne morem reči z gotovostjo," je dejala Lia. „Ampak če boš to ugotovila, mi sporoči."

E-Z je enega za drugim pograbil viseče avtomobile. Potreboval je nekaj truda, da ga je uravnovesil, saj je bil na začetku ves nagnjen v eno smer, malo podoben slinčku. Toda izkušnje z letalom so mu pomagale in ga navdihovale, ko je dvigoval vagone nazaj na tire. Držal jih je stabilno, dokler niso bili vsi potniki varno v notranjosti.

Zahvaljujoč Alfredovi pomoči je postopek potekal gladko. Alfred jih je s svojimi krili, kljunom in velikostjo spravil na varno.

„Je z vsemi vse v redu?" E-Z je poklical vse potnike in požel bučen aplavz.

Alfred je uspešno opravil nalogo in odletel do Lije in drugih. To je bila odlična lokacija za opazovanje.

„Ali lahko zdaj odpeljemo fanta dol?" Lia je vprašala.

E-Z ji je dvignil palec.

Spodaj so pripeljali žerjav, da bi ga dvignili za reševanje. Še zdaleč ni bil pripravljen. Opazoval je, kako so se delavci v rumenih trdih pokrivalih prerivali naokoli.

E-Z je žvižgal človeku, ki je upravljal tobogan, naj ga zažene.

Upravljavec tobogana je ponovno zagnal motor. Vozički so najprej malo poskakovali naprej, nato pa se ustavili. Potniki so kričali, saj so se bali, da bo vlak spet iztiril. Nekateri so se držali za vratove, ki so si jih v prvotnem dogodku poškodovali.

E-Z je postavil svoj invalidski voziček na sprednji del vagonov in opazoval, da se njihov položaj ni spremenil.

Opazil je, da se je dvignil veter, saj so se v vagonih razmigali lasje potnikov. Nek starejši moški je izgubil svojo bejzbolsko kapo LA Dodgers. Vsi so opazovali, kako je padla na tla.

„Poskusi še enkrat," je zaklical E-Z in upal na najboljše, a si za vsak primer zamislil načrt B.

Operater je pognal motor. Tobogan se je znova premaknil naprej. Tokrat še malo dlje, vendar se je spet popolnoma ustavil.

E-Z je zaklical ukaze Mali Dorrit: „Prosim, postavite Lio na tla. Nato zgrabi nekaj verižnikov s kavljem na obeh koncih in jih pripelji do mene."

Enorožec je prikimal in se spustil ob „ooh" in „ah" množice, ki se je zbrala spodaj. Neki fant jo je skušal zgrabiti in ujeti, ona ga je odrinila z nosom, policija pa se je premaknila, da bi ogradila območje.

„Tukaj!" je rekel gradbeni delavec. Slišal je, kaj je zahteval E-Z. Del verige je dal Mali Dorrit v usta, preostanek pa ji je obkrožil okoli vratu.

„Ni pretežka?" je vprašal, ko se je mala Dorrit brez težav dvignila in s krili odletela do mesta, kjer je Alfred zdaj čakal ob strani E-Z-a.

Alfred je s kljunom vstavil kavelj v sprednji del vagona tobogana. Pritrdil ga je na svoje mesto in ga pritrdil na E-Z-ov invalidski voziček.

„Prosimo, da ostanete na svojih mestih," je pozval E-Z. „Počasi, a zanesljivo vas bom spravil dol. Poskusite se ne premikati preveč, rad bi, da je teža enakomerno razporejena. Na tri, gremo," je rekel. „Ena, dva, tri." Potegnil je, dal vse od sebe in avto se je kotalil skupaj z njim. Spuščanje je bilo enostavno, pri vzpenjanju pa je moral poskrbeti, da voziček ni nabral prevelike hitrosti in se spet premaknil. Mala Dorrit in Alfred sta letela ob vozu, pripravljena ukrepati, če bi šlo kaj narobe.

Lia je bila tako prestrašena, živčna in vznemirjena.

„Zmoreš, E-Z!" je zakričala in pozabila, da bi lahko besede izgovarjala v mislih in on bi jih slišal.

„Hvala," je rekel in ohranil počasen in enakomeren tempo. Čeprav je bil E-Z utrujen, je moral dokončati nalogo, ki je bila pred njim. Ko je avto zavil za vogal in se popolnoma ustavil, se je vrnil v predor. Nazaj, kjer se je njegova pot prvič začela.

„Hvala!" je poklical operater.

Gasilci, reševalci in medicinske sestre so se pripravili na napad potnikov. ki so se izkrcali istočasno.

„E-Z! E-Z! E-Z!" je skandirala množica z dvignjenimi telefoni, ki so snemali celotno dogajanje.

„Misliš, da imamo čas, da vzamemo še kakšno sladkorno nitko?" Lia je vprašala.

„In karamelno koruzo?" Alfred je dejal. „Nisem prepričan, ali mi bo všeč, vendar sem pripravljen poskusiti!"

„Seveda," je rekel E-Z, „brez skrbi ti priskrbim oboje! Morda si bom kupil celo sladko jabolko."

Ko je šel kupovat, je opazil, da so prišli novinarji. Bili so zbrani okoli nekoga, ki je bil zelo visok in je imel črne lase. Pred seboj je držal klobuk in bil podoben Abrahamu Lincolnu. Ko si ga je podrobneje ogledal, je ugotovil, da gre za Eriela v preobleki. Približal se je, da bi prisluhnil.

„Da, jaz sem tista, ki je združila to dinamično trojico. Vodja je E-Z Dickens, star trinajst let in je superzvezdnik. Poleg tega, da je najbolj izkušen član *Trojke*, je tudi vodja. Kot ste gotovo opazili, lahko upravlja skoraj vse. Je odličen otrok!"

E-Z je začutil, kako se mu ogrevajo lica.

„Kaj pa deklica in enorožec?" je poklical novinar.

„Ime ji je Lia in to je bil njen prvi podvig v svetu superjunakov. Njen enorog je Mala Dorrit in sta neverjetna ekipa. Rešila je tistega fanta," je zgrabil dečka. Postavil ga je pred kamere in v središče.

Ko so bile vse oči uprte vanj, je dokončal stavek. „Z lahkoto. Lia in Mala Dorrit sta čudoviti okrepitvi ekipe in bosta E-Z-u v veliko pomoč pri vseh njegovih prihodnjih prizadevanjih."

„Kako je bilo?" je fanta vprašal novinar.

„Lia je bila zelo prijazna," je dejal mladenič.

Temnopolta postava je fanta odrinila. Odprl si je prah.

„Labodu trobentaču je ime Alfred. To je bila njegova prva priložnost, da pomaga E-Z. Pogumno se je izpostavil tveganju. Alfred je še en odličen član te ekipe superjunakov *Trojke*. V prihodnosti jih boste še veliko videli." Obotavljal se je: „Oh, in moje ime je Eriel, če me boste želeli citirati v svojem članku."

Zdaj si je E-Z želel, da ne bi privolil v zbiranje pustnih dobrot. Umaknil se je stran in upal, da ga ne bodo opazili.

„Tam je!" je nekdo zakričal.

Drugi, ki so bili v vrsti za njim, so ga potisnili proti začetku vrste.

„To je na hiši," je rekel prodajalec in mu izročil enega od vsega.

„Hvala," je rekel, ko se je dvignil.

„To je on! Fant na invalidskem vozičku! Naš junak!" je nekdo zakričal pod njim.

„Tam je, vzemite njegovo fotografijo."

„Prosim, vrnite se za selfi!"

E-Z je pogledal proti mestu, kjer je bil Eriel, toda zdaj, ko so ga opazili, se zanj ni zanimal nihče. Nato se je zavedel, da je Eriel izginil.

„Pojdimo od tu!" E-Z je vzkliknil in se spraševal, kam naj gredo. Če bi šli do njegove hiše, bi jim novinarji in oboževalci najverjetneje sledili. Na neki način je pogrešal dneve, ko sta Hadz in Reiki vsem vpletenim zbrisala pamet - to je vsekakor olajšalo stvari.

Na poti nazaj si E-Z ni mogel kaj, da ne bi razmišljal, kaj počne Eriel. Navsezadnje naj nihče ne bi vedel za njegove preizkušnje. Bilo je zelo čudno - vendar je bil preveč izčrpan, da bi o tem govoril s prijatelji. Namesto tega se je spraševal, zakaj ni več pomembno, da so njegove preizkušnje skrite - in kako se bodo stvari zaradi tega spremenile. Dobro je bilo, da mu krila niso več gorela in da se njegov stol ni zdel zainteresiran za pitje krvi.

„No, to je bilo precej enostavno," je rekel Alfred.

Lia se je zasmejala: „In bilo je kar zabavno videti tebe v akciji E-Z."

„Hej, kaj pa jaz, tudi jaz sem pomagal!"

„Zagotovo si pomagal," je rekel E-Z. „In Mala Dorrit, hvala! Brez tebe tega ne bi zmogel!"

Mala Dorrit se je zasmejala. „Vesel sem, da sem lahko pomagal."

„Bila si neverjetna!" Lia jo je pobožala po vratu.

Toda nekaj ju je vznemirjalo. Očitno je bilo, da bi E-Z vse to lahko opravil sam. Ni potreboval pomoči.

Še posebej Alfred je menil, da je kot trobentasti labod naredil vse, kar je lahko. Toda pri tovrstnem reševanju ni bil v veliko pomoč. Ne tako, kot bi lahko pomagal nekdo, ki je imel roke. Potrudil se je po svojih najboljših močeh, toda ali je bilo to dovolj? Je bil najboljša izbira za člana *Trojke*?

Lia je razmišljala, da bi Mala Dorrit lahko pristala pod dečkom in ga rešila, ne da bi bila ona na njegovem hrbtu. Enorožec je bil pameten in bi lahko sledil E-Z-ovemu vodstvu in navodilom. Zdelo se ji je, da je prehodila vso to pot, pa za kaj? Pravzaprav ni imelo nobenega smisla.

Spet sta se vrnila domov. Čeprav so skupaj dosegli nekaj čudovitega, so bili slabe volje.

Mala Dorrit je odšla in odšla tja, kjer je živela, ko je niso potrebovali.

E-Z je takoj odšel v svojo pisarno, kjer je malo delal na svoji knjigi. Želel je posodobiti seznam preizkušenj, da bi videl, kje se nahaja. Odločil se je, da jih bo še enkrat vnesel vse od začetka:

1/ rešil deklico

2/ rešil letalo pred strmoglavljenjem

3/ ustavil strelca na strehi

4/ ustavil dekle v trgovini

5/ ustavil strelca pred njegovo hišo

6/ se pomeril z Erielom

7. se rešil iz te krogle

8/ rešil Lia

9/ vrnil tobogan na pravo pot.

Ni bil prepričan, ali je bilo reševanje strica Sama preizkušnja ali ne. Hadz in Reiki sta mu izbrisala misli. E-Z je imel občutek, da reševanje strica Sama ni bila preizkušnja.

Usedel se je nazaj na stol. Razmišljal je o bližajočem se roku. V omejenem času je moral opraviti še tri preizkuse. Po eni strani si je želel, da bi jih opravil in končal. Po drugi strani pa ga je bilo strah, da bo končal z obveznostmi.

Medtem se je Alfred odločil, da bo zaplaval v jezeru. Lia in njena mati pa sta šli na sprehod.

✳✳✳

KAKO JE BILO?" S AMANTHA JE vprašala.

" „Bilo je zelo razburljivo in hkrati strašljivo. E-Z je izjemen. Brez strahu," je pojasnila Lia.

„In kakšen je bil tvoj prispevek?"

Zavili sta za vogal in se usedli na klop v parku. Otroci so se igrali, tekali gor in dol ter kričali. Tako mati kot hči sta se spomnili, kako se je Lia tako brezskrbno igrala, ko je bila stara sedem let. Zdaj, ko je bila stara deset let, se je njeno zanimanje za igro zelo zmanjšalo.

„Ali ti manjka?" Samantha je vprašala.

Lia se je nasmehnila. „Vedno veš, kaj mislim. V resnici ne, vendar bi nekega dne kmalu spet rada poskusila plesati. Da bi videla, kako in ali se lahko prilagodim."

Sedela sta skupaj in gledala, ne da bi kaj rekla.

„Kar se tiče mojega prispevka, je neki deček visel z avtomobila in bi brez pomoči Male Dorrit lahko padel."

„Morda bi?"

„Da, mislim, da bi ga E-Z rešil, nato pa bi obvladal še vse ostalo, če ne bi bilo naju. Navajen je, da sam opravlja preizkušnje."

„Misliš, da tebe in Alfreda nismo potrebovali?"

„To, da sva bila tam zaradi moralne podpore, je bilo koristno, ne vem. Nadangeli so se zelo potrudili, da so nas spravili skupaj. Da so nas prepeljali vse od Nizozemske, našega doma. Ko na podlagi tega preizkusa menim, da nismo potrebni."

Samantha je vzela hčerkino roko v svojo, vstali sta s klopi in se obrnili nazaj proti domu.

„Mislim, da je imeti ekipo, rezervno, dobra stvar, in prepričana sem, da E-Z to ve in ceni. Ni videti, da bi bil samski. Igral je bejzbol, še vedno ga igra, kot mi je povedal Sam. Ve, da ekipe dobro sodelujejo in gradijo na prednostih vsakega igralca. Kar zadeva tebe, me ne bi skrbelo, da nisi bil najpomembnejši dejavnik v tem procesu. In nikoli ne podcenjuj svoje vrednosti."

„Hvala, mama," je rekla Lia, ko sta zavili za vogal njihove ulice. „Zdaj pa se pogovorimo o Samu. Res ga imaš rada, kajne?"

Samantha se je nasmehnila, vendar ni odgovorila.

$$\ast\ast\ast$$

STO ČASNO JE SAM PREVERJAL E-Z. „Je vse v redu?" je vprašal in z glavo vstopil v nečakovo pisarno.

„Nisem prepričan. Se lahko pogovoriva?"

„Seveda, fantek."

„Zapri vrata, prosim."

„Kaj se dogaja? Ali ni šlo dobro s prvim preizkusom ekipe?"

„Najprej bi te rad vprašal, kaj se dogaja s tabo in Lijino mamo?"

Sam je premešal noge in si očistil očala. „Ne govorimo o meni in Samanti. To je med nama."

„Aha, torej gre za ZDA?" se je nasmehnil.

„Spremeni temo," je rekel Sam.

„Okej, karkoli že rečeš. Kar se tiče sojenja, je šlo dobro in ne misli nič slabega o meni. Tega ne govorim zato, ker bi bil velik glava, ampak bi jo lahko opravil tudi brez ostalih."

„Povej mi, kaj točno se je zgodilo. Kakšna je bila tvoja naloga? In moram reči, da me to preseneča, saj ste bili vedno timski igralec."

„Vem. To je tisto, kar moti tudi mene. Bilo je v zabaviščnem parku. S proge je zletel tobogan. Sprednji del je visel z roba in potniki so se razleteli po njem. Le eden je bil v resni nevarnosti - otrok, ki ga je Lia ujela s pomočjo enoroga Little Dorrit.“

„Zdi se, da je bilo reševanje koristno.“

„Bilo je, ker je bil otrok na času, jaz pa sem bil tam in bi ga lahko rešil. Potem sem voz postavil nazaj na pot in pomagal ostalim v notranjost. Zame je bilo, kot da bi se čas ustavil - tako da bi zlahka rešil to situacijo brez pomoči kogar koli.“

„Zdi se, da vam Alfred ni bil v veliko pomoč. Ali namiguješ, da bi lahko shajali brez njega?“

E-Z si je s prsti pogladil temno sredino las. Občutek ščetinjenja ga je nekako razbremenil.

„Alfred je pomagal. Vendar sem iskal načine, kako bi lahko pomagal tudi on. Tako zelo se trudi. Tako zelo si želiva pomagati, a iskreno povedano, je dovolj pameten, da ve, da sem mu naredil delo. Torej bi lahko pomagal, a se zaradi tega ne počutim dobro.“

„To je tisto, kar počnejo ekipni igralci. Poskrbijo drug za drugega. Pomagajo drug drugemu.“

„Vem, ampak ko so na kocki življenja, moram jaz poskrbeti, da nihče ne umre. Če drugim iščem naloge, da bi se počutili potrebne, je to ovira, ne pomoč.“ Globoko je zavzdihnil in s prsti kliknil po tipkovnici. Osramočen se je izogibal očesnemu stiku s stricem.

Po nekaj minutah tišine se je E-Z vrnil k delu na svoji knjigi, da bi stric lahko premislil. Pregledal je podrobnosti o dogodkih tega dne.

Ko je poročal o dogodkih. Razčlenil je stvari. Razčlenil je sojenje in ga spet sestavil, in tako je prišel do razodetja. To je bilo nekaj, česar še nikoli ni počel. O tem bi se lahko pogovoril s svojo ekipo. Lahko bi mu povedali, kako mu je šlo, mu dali predloge, da bi se lahko izboljšal. Da, biti eden od treh je imelo veliko prednosti. Ob tem spoznanju se je počutil sproščenega in srečnejšega.

„Mislim, da bi morali tej situaciji v ekipi dati več časa, preden se odločite za kar koli. Gotovo ti koristi, da veš, da imajo vsak svoje posebne moči, da ti lahko pomagajo. V tej situaciji so bile v ospredju vaše sposobnosti. To ne pomeni, da bo vedno tako. Pri naslednji nalogi se lahko stvari spremenijo. Vse se zgodi z razlogom.“

„Razmišljaš v isti smeri kot jaz zdaj. Vse je vedno boljše, če se ti ni treba s tem soočiti sam. Tega si me naučil.“

„Je še kdo v tej hiši lačen?“ Alfred je poklical, ko se je sprehajal po hodniku.

E-Z je odrinil stol in odgovoril: „Jaz!“

Sam je rekel: „Kaj ti?“

„Alfred je vprašal, ali je kdo lačen.“

„Tudi jaz!“ Sam je poklical.

„Jaz sem,“ je rekla Lia. „Kaj bo za večerjo?“

Samantha je predlagala, naj naročijo pico. Vsi so se razveselili, razen Alfreda. Ni bil ljubitelj žilavega sira.

Večer so preživeli skupaj, si polnili obraze in gledali serijo o zombijih.

„Ni ti preveč strašljivo, kajne, Lia?“ E-Z je vprašal,

„Zame je preveč strašljivo!“ Samantha je odgovorila. Sam jo je objel z roko, Lia pa se je hihitala in držala mamo za roko.

POGLAVJE 14

KMALU NASLEDNJE JUTRO SE JE Alfred zbudil s krikom. Če še nikoli niste slišali kričanja laboda, imate srečo. Bil je tako glasen, da je zbudil vse.

E-Z je poskušal Alfreda pomiriti. Labod je le še bolj zamahnil s perutmi in povzročil grozljiv zvok. Zdelo se je, kot da ga mučijo. Ali to ali pa je bilo konec sveta!

Stric Sam je prišel preverit, kaj se dogaja.

„To je Alfred, vendar ne skrbite. Jaz to obvladam," je dejal E-Z.

Kmalu sta prišli Lia in Samantha, da bi raziskali. Lia je Samantho prepričala, da je šla spet spat.

Lia je ostala, da bi pomagala E-Z potolažiti Alfreda. Ta je takoj odšel do okna, ga odprl s kljunom in odletel v noč.

Nad njima sta E-Z in Lia poslušala, kako Alfredove pajčevinaste noge udarjajo po strehi.

„Na kaj čakate!" je zakričal. „Moramo iti - ZDAJ!"

Lia je splezala skozi okno in se tresoče postavila na polico. Počakala je, da se je E-Z lahko usedel v svoj invalidski voziček in ga vklenil v lebdeči položaj.

„Počakaj, mislim, da je enorožec končno na poti," je rekel Alfred. „Zato sem tukaj zgoraj. Da bi videl, ali prihaja."

Mala Dorrit je pristala, potisnila nos pod Lio in jo vrgla na hrbet.

Odletela sta z Alfredom na čelu.

„Upočasni!" E-Z je zakričal. Alfred ga ni upošteval. Nadaljeval je z nabiranjem višine in hitrosti. E-Z-jeva stolna krila so začela plapolati, prav tako kot njegova angelska krila. Delati je moral hitro, da je Alfreda obdržal v vidnem polju.

Lia se je zdrznila. „Želim si, da bi imela s seboj pulover."

„Stisni se k mojemu vratu," je rekla mala Dorrit. „Toplo ti bo."

E-Z je povečal hitrost in se približal, potem pa ugotovil, da Alfred upočasnjuje. Tako se mu je vsaj zdelo. Namesto tega je zagledal prizor, ki se mu ne bo nikoli izbrisal iz spomina. Alfred je bil zamrznjen v zraku z iztegnjenimi krili in nogami. Kot da bi bil modeliran kot X.

Nato se je celotno njegovo telo začelo tresti, kar je preraslo v tresenje. Videti je bilo, kot da ga je udaril električni tok. In njegov obraz, na katerem je bil izraz neznosne bolečine, je prijateljem priklical solze v oči.

„Kaj se mu dogaja?" Lia je vprašala. „Ne morem ga več gledati. Preprosto ne morem," je jokala.

„Zdi se, kot da bi bil v šoku. Kdo bi kaj takega storil?" Ko je to izrekel, je vedel. Samo Eriel bi bil lahko tako krut. Eriel jih je priklical. S to tehniko elektrošokov jih je prisilila, da so sledili svojemu prijatelju Alfredu. Le kaj, če ne bi preživel elektrošokov? Ko je to rekel, se je peščica Alfredovih peres ločila od njegovega telesa in lebdela v zraku. Prenehal se je tresti in začel leteti. Čez ramo je rekel: „Daj, dohitevaj, preden me spet zadane."

„Si v redu?" Lia je vprašala.

„To je bil že tretji in vsakič je slabše. Hitro moramo priti tja, kamor želijo, da pridemo. Ne vem, ali bom preživela še enega - ne hujšega od prejšnjega. Bilo je hudo.“

Poletela sta naprej in se med potjo pogovarjala.

„Žal mi je, da sem vse zbudil,“ je rekel Alfred, ko so se pretresi ustavili.

„To ni bila tvoja krivda.“ E-Z je rekel. „Prepričan sem, da vem, kdo je kriv - in ko ga bomo videli, mu bom dal prav.“

„Kaj misliš?“ Lia je vprašala in se stisnila k vratu Male Dorrit. Bilo je tako temno in mrzlo, da se ni mogla nehati tresti.

Alfred je rekel: „Priklicali so nas tako, da so po mojem telesu poslali električne sunke. Bilo je, kot da bi mi perje gorelo od znotraj navzven. Tako nesramno. Tako zelo nesramno in za trenutek sem pomislil, da sem se spet vrnil v vmesni prostor.“

Ob tem se mu je celotno labodje telo treslo. „Tistemu, ki je to storil, bom dal, kar si zasluži, ko ga bom videl!“

Alfred je še naprej letel za drugimi. „Prej mi je Ariel zašepetala na uho, da bi me zbudila. Potem sva se skupaj pogovorila o načrtu. To je počela tudi takrat, ko sem bil v vmesnem položaju. Vedno je bila do mene nežna in prijazna. Ta poziv je bil drugačen.“

„Sliši se, kot da je to storila Eriel,“ je priznal E-Z. „Ni preveč taktičen in zna biti malce melodramatičen in precej neobčutljiv. Da ne omenjam, da ima bolan smisel za humor.“

„Malce melodramatičen, to še ne pomeni, da je to le površina,“ je dejal Alfred.

„O tem medklicu nam boš moral kdaj pa kdaj povedati kaj več. Ime se sliši simpatično, vendar imam občutek, da gre za oksimoron," je dejal E-Z.

„Ne maram govoriti o tem," je odgovoril Alfred.

„Resnično se veselim, da bom spoznal to osebo Eriel. NE." Lia je priznala. „To je tako, kot da bi se veselila srečanja z Voldemortom. Njegov sloves ga prehiteva."

„Ah, torej oboževalka Harryja Potterja?" Alfred je rekel.

„Vsekakor," je priznala Lia.

Zvezde na nebu nad njo so oddajale namišljeno toploto. Kljub temu sta se v nočnem zraku nepripravljena zdrznila.

„Smo že skoraj tam?" E-Z je vprašal.

„Ne vem zagotovo," je rekel Alfred. „Šok ni povedal, kam smo bili poklicani, in v zraku ne zaznavam nobenih vibracij. Edina stvar, ki bo pokazala, da ne delamo, kar se od nas pričakuje, je še en šok. Na žalost."

„Tega si ne želimo. Povečajmo hitrost."

„Zdi se, da se približujemo." Alfred se je ustavil sredi zraka; krila so bila popolnoma iztegnjena. „O ne!" je zašepetal in čakal na nov šok. Čakal je in čakal, vendar se ni zgodilo nič. „Mislim, da smo skoraj ..."

Labodovo telo se tokrat ni le treslo in drhtelo. Alfredovo telo se je znova in znova prevračalo. Kot da bi na nebu izvajal salte.

Okoli njega je letelo razpuščeno perje in plesalo v vetru, ko je labod prešel v prosti pad.

E-Z je priletel pod laboda trobentača in ga ujel. „Alfred? Alfred?" Ubogi labod je omedlel. „Eriel! Ti! Veliki kosmati grif!" E-Z je zakričal in dvignil pest proti nebu. „Ni ti treba ubiti Alfreda. Povej nam, kje si, in prišli bomo tja, vendar le, če se strinjaš, da ga boš utišal z električnimi naboji. To je barbarsko. Je lebdeč labod, zaradi usmiljenja. Dajte mu mir."

„Kar je rekel," je odgovorila Lia z odprtimi dlanmi, obrnjenimi proti nebu.

Za trenutek so obvisele, še vedno na mestu.

Nato je voziček zadel šok. Nato je udaril še po Dorrit, enorogu. In vsi so padli v prosti pad.

Erielov smeh je napolnil zrak okoli njih. Svet je bil njegov Sensurround in on se je norčeval iz *Treh*, kot nihče drug ne bi mogel. Ali pa ne bi mogel.

POGLAVJE 15

Š E KAR NEKAJ ČASA so padali. Nihče od njih ni imel nadzora nad svojimi posebnimi močmi ali atributi.

Napol sta pričakovala, da se bosta njuni telesi raztreščili po pločniku pod njima. Pločnik se je dvignil, da bi jih pozdravil.

Nenadoma se je spust končal. Zdelo se je, kot da bi bili vsi privezani na nevidnega lutkarja.

Po nekaj sekundah se je gibanje ponovno začelo, vendar je bilo tokrat nežno.

Vodil jih je, dokler se niso varno spustili k nogam nadangelov Eriela, Ariela in Haniela.

„Ste se imeli lepo?" Eriel je vprašal. Od smeha se je razjokal. Njegovi spremljevalci so ga gledali, ne da bi se smejali ali govorili.

Alfred, ki se je zdaj prebudil, je poletel in pristal, za njim pa je enorožec Mali Dorrit, ki je nosil Lio.

Enorožec se je poklonil drugim gostom in se umaknil na drugo stran sobe.

Eriel je bil najvišji od preostalih treh in je stal z rokami na bokih, da ne bi bilo dvoma o tem, kdo je glavni.

Ariel je bil v nasprotju s tem pravljično podoben.

Haniel je bil postaven in je izžareval lepoto.

Eriel je stopil naprej in se dvignil od tal, tako da je bil nad njimi. Zavpil je: „Dolgo ste potrebovali, da ste prišli sem! V prihodnosti, ko vam bom ukazal, da ste tukaj, boste prišli v hipu!"

Haniel se je približal Alfredu. Dotaknila se ga je čela. Nato se je obrnila k E-Z in storila enako. Nasmehnila se je. „Vesela, da vas spoznavam." Obrnila se je k Lii. Lia je odprla dlan in izmenjala sta si dotike s prsti odprtih dlani. Lia se je vrgla Hanielu v naročje. Haniel jo je objela s krili in si ogledala videz nove desetletnice.

Ariel se je približala E-Z. Pomežiknila mu je in se nasmehnila Lia. Priletela je do Alfreda in mu olajšala bolečino.

„Dovolj je razburjanja!" Eriel je ukazal s tako glasnim glasom, da se je E-Z bal, da bo dvignil streho.

„Počakajte trenutek," je rekel Alfred in hodil z zvokom svojih pajčevinastih nog, ki so plapolale po betonskih tleh. „Skoraj me je udaril električni tok in rad bi se opravičil."

Eriel je na široko razprl krila, širše, tako široko, kot so lahko šla. Vzpenjal se je nad Alfreda, ki se je zdrznil, vendar se je držal na tleh. Njune oči so se ujele.

E-Z je menil, da je labod trobentač Alfred bodisi zelo pogumen bodisi zelo neumen. V vsakem primeru je potreboval pomoč.

E-Z se je zavihtel naprej in postavil svoj stol med njiju. „Kar se je zgodilo, se je zgodilo." Alfreda je nagovoril: „Umakni se." Alfred je to storil. Nato se je obrnil na Eriela: „Vem, da si nasilnež in da je bilo to, kar si storil našemu prijatelju, neodpustljivo in kruto. Zdaj je sredi noči, zato preidite k bistvu - povejte nam, zakaj smo tukaj? V čem je velika nevarnost?"

Eriel je pristal in njegova krila so se zložila za njegovim telesom. Zapretil je: „Moji poskusi, da bi vas osebno dosegel moj varovanec, so ostali brez odgovora. Ne glede na to, kaj sem storil, si se zaradi smrčanja ne mogel zbuditi. Haniel sem poslal po Lio, vendar je ni mogel prebuditi, ne da bi vznemiril njeno mater, ki je spala poleg nje. Zato smo poklicali Alfreda, ki se prav tako ni odzval kar nekaj časa. Njegova mentorica se mu je poskušala približati v svojem običajnem slogu - vendar njeno šepetanje ni bilo dovolj močno, da bi ga prebudilo."

„Skrbelo me je zate," je rekla Ariel.

„Žal mi je," je rekel Alfred. „E-Z-jeva postelja je čudovito udobna, a precej glasno smrči. Že dolgo nisem več spal v pravi postelji."

„TIŠINA!" Eriel je zavpil.

Alfred se je umaknil, medtem ko je E-Z svoj stol premaknil še bližje k bitju.

Eriel je znižal glas. „Haniel je mislil, da si mrtev, labod. Zato sem to priložnost izkoristil za oceno naše najnovejše tehnologije."

„Na ljudeh je še niso izvajali," je priznal Haniel.

„Mislili smo, da bi bilo najbolje poskusiti na nekom, ki ni človek - Alfred, ti si ustrezal in delovalo je kot čar. Res je, da ste vsi zamujali s prihodom, vendar ste prišli. Kot pravijo, bolje pozno kot nikoli."

„Ste me uporabili kot poskusnega zajčka?" Alfred je zamahnil z vratom sem in tja, s široko odprtim kljunom, in napredoval po tleh.

E-Z se je ponovno postavil na invalidski voziček med njiju. „Umaknite se," je rekel Alfredu.

Eriel, Haniel in Ariel so se postavili v polkrog okoli trojice.

„Imaš prav, E-Z. Kar je bilo storjeno, je storjeno. Bolje, da so to poskusili na meni, kot na vas dveh. Zdaj pa se lotite tega," je zahteval Alfred.

„Da, Eriel," je rekel E-Z, "še enkrat sprašujem, zakaj smo tukaj?"

„Najprej," je zavpil nadangel, "načrt je bil, da vi trije tvorite nekakšno trojko."

„To smo že ugotovili sami," je rekla Lia. Držala je odprte dlani, da je lahko v celoti videla tri nadangele hkrati. Občasno se je ozrla tudi po sobi, da bi si ogledala njihovo okolico. Izgledala je znano, s kovinskimi stenami, kakršne so bile tiste, v katerih je prvič srečala E-Z. Le da je bila veliko bolj prostorna.

E-Z se je ozrl naokoli in pogledal Lio. Razmišljal je enako. Bolj ko je gledal stene, bolj se mu je zdelo, da se približujejo. Počutil se je hladno in klavstrofobično, čeprav je bil prostor ogromen. Želel si je, da bi imel njegov invalidski voziček gumb, kot je v nekaterih avtomobilih, s katerim bi lahko ogreval sedež.

„Tišina!" Eriel je zakričal. Ker so bili vsi tiho, se mu je zdelo, da to ni na mestu. Seveda niso upoštevali, da lahko bere tudi njihove misli.

Alfred se je zasmejal.

Eriel je zaprl vrzel med njima in Alfred se je umaknil. Eriel je spet zaprl razdaljo. In tako naprej in tako naprej, dokler Alfred ni bil prislonjen ob steno. Alfred je vzletel. Eriel ga je dvignil s svojimi krempljem podobnimi nogami. Držal ga je nad drugimi.

„Eriel, prosim," je rekel Ariel. „Alfred je dobra duša."

Eriel ga je položil na tla in dvignil pesti. Iz njih so poletele strele in se odbile od kovinskega stropa zabojnika. Vsi razen Eriela so se igrali dodgem z letečimi električnimi naboji. Eriel jih je opazoval. Smejal se je. Dokler se ni naveličal zabave.

Samozavest*trojke*je bila na preizkušnji.

Eriel je ujel preostale strele. To je pokazal, ko jih je pospravil v žepe.

„Zdaj pa," je rekel s hudomušnim nasmeškom. „Čaka vas nova preizkušnja. Danes. Eden od vas bo umrl."

E-Z se je dvignil na svojem stolu. Alfred je nehote zakričal „Huhuhu!", Lia pa je zakričala kot majhna deklica.

Eriel je nadaljeval, ne da bi upošteval njune reakcije. „Tukaj ste, da izberete. Kdo od vas bo danes umrl? Ko se boste odločili, vam bom razložila posledice, ki vas čakajo zaradi te smrti." Eriel je odletel nekaj metrov stran, druga dva angela pa sta bila ob njem, po eden na vsaki strani.

Najprej je Ariel opisal Alfredovo smrt:

„Ne morem vam povedati nobenih podrobnosti za to sojenje. Vse, kar vam lahko povem, je, da Alfred, če danes umrete, ne boste izpolnili svojega pogodbenega dogovora. Zato ne boš več videl svoje družine, ne zdaj ne nikoli več. Vendar bi bila vaša smrt lepa. Tako kot v življenju je tudi smrt laboda vedno lepa. Veličastna. Ko labod umre, namreč postane angel. Vaša preobrazba bi bila za vas nov začetek. Vaš namen bi bil izboljšati življenje ljudi in živali. Dobili bi novo ime in nov namen. Bili bi resnično cenjeni v vseh pogledih. In tvoja duša bi se vrnila na svoje večno počivališče."

Alfredovemu labodu trobentaču so po licih tekle solze. Ariel ga je potolažila tako, da je s svojimi krili objela njegova krila.

Drugič, Haniel je povedal o Lijini smrti:

„Otrok, ki bo kmalu postal ženska, tako kot Ariel, ti ne morem povedati nobenih informacij o nalogi, ki je pred teboj. Vse, kar ti lahko povem, draga Cecelia, znana tudi kot Lia, je, da če bi danes umrla, te ne bi bilo več. V nobeni obliki. Tvoja smrt bo samo to, smrt. Končno. Bilo bo tako, kot bi bilo, ko je eksplodirala žarnica, umrla bi. Vaše ubogo življenje bi se takrat končalo. Pa vendar ste zdaj tukaj in lahko svetu veliko ponudite. Niste se niti dotaknili površine moči, ki so vam na voljo. Če bi danes umrli, bi te moči ostale neizkoriščene. Šli bi v zemljo, prah v prah. Zgolj spomin za tiste, ki so vas poznali in ljubili. Toda tudi tvoja duša bi se vrnila na svoje večno počivališče.“

Lia je sklenila roke, da bi zadržala solze, ki so ji padale iz njih. Tudi iz oči so se usule. Iz njenih starih oči. Njeno telo se je treslo, ko je jokala. Bila je preveč preplavljena s čustvi, da bi lahko govorila.

Mala Dorrit se je približala in deklico potrepljala po rami. Tudi Haniel jo je poskušal potolažiti s poljubom na čelo.

Potem pa je Eriel začela pripovedovati zgodbo E-Z:

„E-Z, odkar so tvoji starši umrli, si dosegla veliko stvari. Dobili ste preizkušnje. Včasih so bile to za človeka pogosto nepremagljive naloge. Vendar si jih uspešno premagal. Rešil si življenja. Nisi me razočaral. Vendar pa čutimo.“ Obotavljajoče je pogledala s strani na stran. „Zlasti čutim, da ste onemogočili svoje moči. Včasih si jih celo zanikala. Čas, ki smo vam ga dali, da bi svet naredili boljši, ste izkoristili in ga zapravili.“

E-Z je odprl usta, da bi spregovoril.

„Tiho!" Eriel je zakričal. „Ne poskušaj se opravičiti. Opazovali smo te, kako igraš bejzbol in zapravljaš čas s prijatelji, kot da bi imel ves čas na svetu za opravljanje svojih nalog. No, čas je potekel. Če umreš danes, bodo tvoje preizkušnje nedokončane."

E-Z je dobro vedel, kaj bo sledilo, vendar je moral počakati, da je to povedal Eriel. Da bo izgovorila besede, ki bodo resnične.

Kot je predvideval, Eriel še ni končala. „Pustila nas je z nedokončanimi preizkušnjami, zaradi katerih je bilo rešeno tvoje življenje. To bi bilo neodpustljivo. Če bi danes umrl, bi izgubil krila. To je za začetek. Tiste preizkušnje, ki jih še nisi dobil - nikoli ne bi bile. Kajti vi ste bili edini, ki ste lahko opravili te naloge. Naše edino upanje.

„Zato tistih, ki bi jih ti rešil, ne bi rešil nihče in nikoli. Umrli bodo zaradi tebe. Vsi, ki si jih kdajkoli rešil med svojimi preizkušnjami, bi umrli.

„Bilo bi tako, kot da te nikoli ne bi bilo. Njihova smrt bi bila dokončna. Popolna. Nobene možnosti za posmrtno življenje za nikogar od njih. Celo pošiljanje v vmesni svet ne bi bilo mogoče. Tvoja smrt bi potem E-Z povzročila opustošenje in kaos na svetu. Kot na dan, ko sva se pomerila. Se spomniš, kakšen je bil svet tistega dne? Takšna bi bila Zemlja - vsak dan." Eriel je obrnil hrbet. Opazovali so ga, kako je razširil krila, kot da se pripravlja na odhod.

Vsi so bili tiho. Razmišljali so o svoji usodi.

Čez nekaj časa je Eriel prekinil tišino. „Ariel, Haniel in jaz vas bomo za zdaj zapustili. Lahko se pogovorite med seboj in se odločite. Vendar se hitro odločite. Nimamo na voljo celega dneva.“

Trojica nadangelov je izginila skozi strop.

POGLAVJE 16

K OSO NADANGELI ODŠLI, SO BILI *trije* preveč osupli, da bi lahko karkoli rekli. Dokler E-Z ni prekinil tišine.

„Ne zdi se mi smiselno, da so nas vse skupaj pripeljali sem. Da mučijo Alfreda. Da nas pripeljejo sem. Potem nam povedo, da mora eden od nas umreti. In mi moramo izbrati, kdo bo umrl. To je barbarsko - celo za Eriel."

Lia je hodila s stisnjenimi pestmi. Bila je preveč jezna, da bi govorila, in bilo ji je vseeno, če se bo v kaj zaletela. Pravzaprav je, ko se je zaletela, to odrinila.

Alfred se je oglasil. „Če mora kdo umreti, sem to jaz. Moje moči so zelo omejene. Glede na zapletenost preizkušenj bi se najverjetneje spremenil v labodjo juho. Tako kot pri zadnjem poskusu. Vem, da si mi pomagal E-Z. Bilo je prijazno od tebe, vendar sem vedel, da sem ti v breme."

E-Z ga je skušal prekiniti, vendar je Alfred nadaljeval. „Da ne omenjam, da bi se lahko zapletel. Ogrozil enega od vas. Živel sem žalostno in osamljeno življenje, odkar so mi vzeli družino. Nekoč je osamljenost vseobsegajoča. Članstvo v *Trojki* mi je pomagalo, vendar...

„Tudi kot labod sem lahko mislil nanje. Spominjati se jih, ljubiti jih. Že samo zavedanje, da so umrli skupaj in da so nekje skupaj, mi daje mir. Tudi če nisem z njimi, Vendar bom danes, če bom jaz tisti, ki bo umrl. Pripravljen sem sprejeti to tveganje. Poleg tega, ko bom odšel, me ne bo nihče na svetu pogrešal.“

„Pogrešali te bomo!“ Lia je rekla.

„Seveda, pogrešali te bomo!“ E-Z se je strinjal, ko je prečkal tla in opazil mizo, ki se je pred tem zlila s steno. Približal se ji je in na njej odkril kup papirjev, ki jih je prelistal.

„Cenim vaše občutke,“ je dejal Alfred. „Hej, kaj počneš, E-Z? Od kod ta miza?“

Lia je iztegnila obe roki pred seboj, tako da je lahko hkrati videla E-Z in Alfreda.

E-Z je še naprej listal strani. Kmalu so letele po vsej sobi. Vrteli so se v zraku, kot bi jih ujelo oko tornada.

Trije so se združili in opazovali vrtinčenje papirja. Nato so naenkrat padli na pločnik.

Lia je zgrabila enega od njih in ga prebrala, medtem ko sta ga E-Z in Alfred opazovala.

„Kaj je to?“ je vzkliknila. „Na njem so napisana naša imena. Govori o naših zgodbah. Naše zgodbe. O naših smrtih.“

„Piše, da smo že mrtvi!“ E-Z je prebral enega od papirjev, ki jih je zasačil.

„Oh,“ je rekla Lia in po licu ji je stekla solza. „Prav tako piše, da je moja mati mrtva, prav tako tvoj stric Sam.“

E-Z je zmajal z glavo. „To ne more biti res. Ni res. Igrajo se z nami.“ Ozrl se je naokoli. Nekaj v sobi se je spremenilo. Stene. Zdaj so bile rdeče. „Smo prišli v drugo dimenzijo ali kaj podobnega? Poglej stene? Ali smo nekje drugje, kjer je prihodnost že preteklost?“

Alfred je dvignil še eno od odpadlih strani. Na njej je pisalo o smrti njegove žene, njegovih otrok in o njegovi smrti. In vendar je bil, ko se je pogledal in začutil, živ, s perjem: labod trobentač. „Hočem ven,“ je rekel.

Lia se je nasmehnila. „Ali misliš iz te sobe ali iz tega življenja? Tudi jaz hočem ven, mislim iz te grozljive kovinske posode, vendar nočem umreti. Videti svet skozi dlani je čudno in hkrati super. Tudi to, da lahko berem misli, je super. Ko sem ustavil čas, je bilo super. Predstavljajte si, da bi lahko priklical to moč, na primer če bi bil kdo v nevarnosti ali če bi se zgodila nesreča. Predstavljajte si, koliko življenj bi lahko rešili? In zdaj sem star deset let in kdo ve, kakšne moči me še čakajo.“

„Kot bog,“ je rekel E-Z. „Vem, kako si se počutila, Lia. Tako sem se počutil tudi jaz, ko sem rešil tisto prvo deklico, ko sem rešil druge in ko sem rešil tebe.“

Vsi trije so se ponovno združili v krog in sklenili roke, medtem ko so recitirali besede: „Imamo moč. Danes nihče ne bo umrl. Ne glede na to, kaj bodo rekli.“ Obračali so se okoli in okoli ter ponavljali svojo novo mantro. Dokler niso bili pripravljeni ponovno priklicati nadangele.

POGLAVJE 17

RVI JE PRIŠEL ERIEL z dvignjenimi obrvmi in posmehljivo ukrivljenimi ustnicami. Nato sta prišla Ariel in Haniel. Ostala sta za njim v senci njegovih ogromnih kril. Eriel je prekrižal roke, medtem ko sta se druga dva nadangela premaknila navzgor. Obstala sta na nasprotnih straneh njegovih ramen.

„Odločili smo se," je dejal E-Z. „Danes ne bo nihče umrl."

Erielov smeh je odmeval po kovinskem ograjenem prostoru. Dvignil se je v zrak in prekrižal roke na prsih. Ariel in Haniel sta molčala, medtem ko je Erielov smeh postajal vse glasnejši, tako visok, da je Alfreda bolel v ušesih.

Alfred je omedlel, vendar si je hitro opomogel. Lia in E-Z sta mu pomagala vstati. Držala sta ga, dokler ni priletela Mala Dorrit. Nekaj trenutkov pozneje je Alfred sedel visoko nad njimi na enorogu. Bil je iz oči v oči z Erielom.

„Hvala, prijatelj," je rekel Alfred.

„Vesel sem, da sem lahko pomagal," je rekla Mala Dorrit.

„Dovolj!" Eriel je zakričal in se premaknil višje nad njimi. Zastraševal jih je s svojo velikostjo, morbidnostjo in gromkim glasom. „Misliš, da lahko spremeniš, kar bo? Povedal sem vam, kaj se mora zgoditi, in nimate druge izbire, kot da me ubogate. To ni bila anketa. Niti demokracija. To je bila gotovost. Kajti zapisano je...“

Nato je opazil, da so tla prekrita s papirji. Poletel je dol in enega vzel v roke. Nato se je dvignil, tako da je bil iz oči v oči z Alfredom. V roki je držal Alfredovo zgodbo.

„Vidim, da si prebral prihodnost. Zdaj veš resnico, da živiš v vzporednem vesolju. Kar se zgodi tukaj, se razširi po drugih vesoljih. V krajih, kjer obstajata tako prihodnost kot preteklost.“

Lia je spustila desno roko in dvignila levo. Njene roke niso bile močne, saj se je še vedno navadila, da jih mora držati pokonci.

Eriel je poletel čez sobo do rdečega kavča, na katerega se je usedel. Ostali angeli so se mu pridružili, po eden na vsaki roki. Eriel je udobno sedel, krila pa niso bila ne v celoti dvignjena ne spuščena.

Ko se je udobno namestil, je nadaljeval. „V enem od svetov ste vsi trije že mrtvi. Prebrali ste resnico. V tem svetu še vedno obstaja upanje. Upanje obstaja zaradi nas, torej mene, Ariela, Haniela in Ophaniela. Izbrali smo vas tri ljudi, da sodelujete z nami. Dali smo vam cilje in vam pomagali, kjer in kadar smo lahko. Medtem ko smo z vami, samo mi omogočamo, da se vaš obstoj nadaljuje. Samo mi dajemo vašemu življenju smisel. Če zavrnete pot, ki smo jo izbrali za vas, tudi vi ne boste več obstajali tukaj na tem svetu. Izbrisani boste, kot nikoli niste bili in nikoli ne boste.“

E-Z je stisnil pesti in njegov stol se je pomaknil naprej. „V dokumentu, dokumentu o mojem drugem življenju, je pisalo, da je mrtev tudi stric Sam. Ni ga bilo v nesreči z mojimi starši. Ni del tega dogovora. Ali si ga ubil, Eriel, da bi me obdržal tukaj?“

Ne da bi čakala na odgovor, se je oglasila Lia. „V moji listini piše, da je moja mati mrtva. Kako je to lahko res? Prosim, povej mi, da to ni res!"

Alfred, ki se je zdaj počutil bolje, je skočil s hrbta Male Dorrit. Približal se je kavču in se spet soočil z Eriel.

E-Z je ponosno gledal svojega prijatelja Alfreda, neustrašnega laboda trobentača.

„In v dokumentih so moje molitve uslišane. Jaz sem že mrtev. Umrl sem s svojo družino, kot bi moralo biti. Raje bi bil ostal mrtev. Da bi umrl z njimi, namesto da bi se reinkarniral v laboda trobentača. To je po tem, ko me je Haniel rešil iz vmes in med."

Eriel je Alfreda odrinil. „Ah, ja, med in med. Pozabila sem, da si bil poslan tja. Ni ti bilo tako všeč, kajne?"

Alfred je premaknil vrat in se s kljunom zasmrčal. Izpostavil je majhne, nazobčane zobe, kot da bi želel ugrizniti Eriela.

„Umakni se," je rekel E-Z, ko se je pripeljal do kavča.

Alfred je zaprl kljun. Lia se je približala. Zdaj so *vsi trije* skupaj stali pred Erielom. Čakali so, da bo nadangel nekaj rekel, karkoli. Za enkrat so bili brez besed.

E-Z je izkoristil priložnost, da se je lotil situacije.

„V časopisih je pisalo, da je stric Sam umrl v nesreči, v kateri so bili moja mama, moj oče in jaz. Ni ga bilo v avtu z nami, da bi se to zgodilo, bi moral biti posajen v vozilo z nami. S kakšnim namenom? Razložite nam, tako imenovani nadangeli. Zakaj bi spreminjali zgodovino v skladu s svojimi nameni? Kje je pri vsem tem Bog? Rad bi govoril z njim."

„Jaz tudi!" Lia je vzkliknila.

„Tudi jaz!" Alfred se je pridružil.

Eriel je prekrižal noge in razprl krila. Položil si je roko na brado in odgovoril: „Bog nima ničesar opraviti z nami ali vami - ne več." Zijal je, kot da ga je ta naloga dolgočasila.

„Kaj pa, če bi vam rekel, da vaša hiša pravkar gori? Kaj če bi ti rekel, da ne stric Sam ne tvoja mati Samantha, Lia ne bosta dočakala naslednjega dne?"

„Ti b-b-bastard!" E-Z je vzkliknil.

„Ditto!" Lia je odvrnila.

„Daj no," je Eriel odvrnil. „Tu smo vsi prijatelji. Prijatelji, kajne? Vaša hiša bi lahko zagorela, karkoli bi se lahko zgodilo, medtem ko smo tu, na tem mestu, suspendirani v času. Dlje ko odlašate z izbiro, več kaosa ustvarjate v svetu." Vstal je in razširil krila, zaradi česar je trojica naredila nekaj korakov nazaj.

Nadaljeval je: „E-Z bi tvegal svoje življenje za strica Sama, kajne?" Prikimal je. „Seveda bi. In Lia, ti bi tvegal svoje življenje, da bi rešil življenje svoje matere, da?" Lia je prikimala.

„In Alfred, moj dragi mali trobentasti labod. Moj pernati prijatelj. Katerega od njiju bi rešila. Če bi lahko rešila samo enega?" Eriel se je nasmehnil, ponosen na svoje rime.

„Obe bi rešil," je rekel Alfred. „Tvegal bi svoje življenje ali pa umrl, če bi poskušal."

„Ti imaš čudno željo po smrti, moj pernati prijatelj."

Alfred je zapeljal proti Erielu.

„Y-o-u a-r-e n-o-t m-y f-r-i-e-n-d! Nehaj se igrati z nami. Ti si nas združil. Zakaj? Da bi se nam posmehoval. Da bi spravil majhno deklico v jok. Nič drugega nisi kot, ampak velik nasilnež."

„Da," je rekla Lia. „Nehaj nas ustrahovati."

„To, kar so rekli," je dodal E-Z.

Eriel se je zdaj besen spremenil iz črne v rdečo, iz črne v rdečo. Poletel je čez sobo in s pestmi udaril po mizi.

„Hočete resnico? Resnice ne zmoreš!" Nasmehnil se je. „Nekoliko ob strani, všeč mi je igra Jacka Nicholsona v filmu *Nekaj dobrih mož.*"

Eriel in E-Z sta se strinjala, da je to ena od stvari, s katero sta se strinjala. Nicholsonova igra v tem filmu je bila brezhibna.

„Prenehajte z melodramatičnostjo in nam povejte, kaj želite od nas."

„To smo že storili," je rekel Eriel. „Rekel sem vam, da mora eden od vas danes umreti. Povedala sem vam, da izberete, kateri bo umrl. Zapisano je, da mora eden od vas umreti. Izbrati morate. Zdaj."

Alfred je stopil naprej z iztegnjenim labodjim vratom. „Potem bom to jaz."

Alfred je pokleknil, njegovo telo pa se je treslo. Spustil je glavo, kot bi pričakoval, da mu jo bo nadangel odsekal.

Namesto tega so vsi trije nadangeli zaploskali. Sprehodili so se po sobi. Piskali so, kot da so najeti klovni, ki nastopajo na otroški rojstnodnevni zabavi.

Po nekaj minutah popolne norosti so se nadangeli ustavili.

„Končano je," je rekel Eriel.

In potem so izginili.

POGLAVJE 18

Z E-Z NA INVALIDSKEM VOZIČKU, Lio v filmu Little Dorrit in labodom Alfredom, ki *je* še vedno letel po nebu. Nadaljevali so še nekaj kilometrov, dokler pod seboj niso opazili ogromnega kovinskega mostu.

Na robu je bil mladenič, ki je dajal vse znamenja, da bo skočil.

E-Z je izvlekel telefon in hotel poklicati policijo, medtem ko je Alfred brez oklevanja poletel k moškemu. Odložil je telefon in z Lio sta mu sledila.

Alfred je visel v bližini moškega in ni mogel govoriti, da bi ga ta razumel, lahko je rekel le: „Hoo-hoo!"

„Umakni se od mene!" je zakričal moški in mahnil z roko ubogemu Alfredu, ki je le skušal pomagati.

Moški se je približal robu, si sezul čevlje in opazoval, kako padajo v reko pod njim. Gledal je, kako ju je voda prehitela in z lačnimi usti potegnila čevlje pod vodo. Ker je želel videti več, si je slekel majico, na kateri je ironično pisalo „Konec".

Mladenič je opazoval, kako se njegova najljubša majica ziblje in pleše na poti navzdol. Ko jo je voda pogoltnila, je moški začel peti:

„Tukaj grem okoli grma murve.

„Morušev grm, morušev grm".

Tu se vrtim okoli murvinega grma,

vse na, na sončno, jutro."

Alfred je slišal njegovo petje. Ta rima mu je bila znana. Počakal je, da je moški zapel še en verz. Pravzaprav si je želel, da bi zapel še več. Vendar se je bal, da bi ga motil. Moški ga ne bi razumel, tudi če bi se z njim poskušal pogovarjati.

V tem času je E-Z čakal na Alfredov znak. Končno ga je dobil - Alfred je njemu in Lii rekel, naj se ne približujeta.

Alfred si je želel, da bi ga mladenič razumel. Če bi se približal, bi ga lahko ujel? Približal se je in razširil svoja krila do konca.

Mladenič ga je videl. „Labod," je rekel. Nato je skočil.

Labod trobentač je bil večji od povprečnega laboda. Vendar ne dovolj velik, da bi ujel odraslega moškega. Kljub temu je poskušal prekiniti njegov padec. Ogrozil je svoje življenje, da bi ga rešil. Toda ne glede na to, kaj je storil, je moški še vedno padel kot svinčen balon. V lačno ustje reke.

Alfred je brez pomisleka nase skočil za njim. Nihče ni vedel, kako ga je nameraval izvleči. Nekateri pravijo, da je pomembna misel. V tem primeru je Alfreda pod vodo potegnila njegova teža.

V tem času je E-Z lebdel nad vodo in iskal, da bi se moški ali Alfred dvignila na površje, da bi jima lahko pomagal. Ne Lia ne Mala Dorrit nista znali plavati. In E-Z ju ni mogel potopiti s stolom ali brez njega.

Razburjen je poletel proti obali in iskal kakršen koli znak življenja. Končno ga je zagledal, nekaj, kar se je zibalo na drugi strani. Pohitel je, ga odnesel do mesta, kjer je čakala

Lia, in ko je odkašljal, je šel iskat kakršne koli znake laboda Alfreda.

Potem ga je zagledal. Napol v vodi in napol iz nje. Plaval je s plimo in oseko.

„Alfred!" je zaklical, ko je dvignil labodovo glavo in takoj opazil, da ima zlomljen vrat. Alfred, labod trobentač, njegov prijatelj ni bil več. Erielovo dejanje je bilo opravljeno.

Lia, ki je opazovala vsak E-Z-ov korak, je zagledala Alfredov vrat in zakričala: „Neeeeeeeee!"

E-Z je labodovo mrtvo telo dvignil na svoj invalidski voziček in ga držal. Tudi on je začel jokati.

Za njima je poklical moški, ki ga je Alfred rešil,

„Nisem mrtev! To sem jaz, Alfred."

POGLAVJE 19

Z EMLJA PAUZA.

Ptice so se ustavile sredi leta. Tudi letala so se ustavila. In drugi leteči predmeti, kot so baloni in brezpilotna letala. Krogle so prenehale streljati, ko so zapustile nabojnik. Voda je prenehala teči čez Niagarske slapove. Hrošči niso več brenčali. Zrak se je ustavil.

Poleg Eriel, Ariel in Haniela se je pojavil Ophaniel. Z rokami na bokih in brado, potisnjeno naprej, je bilo več kot očitno, da je razdražena.

Namesto da bi spregovorila, se je obrnila v smeri E-Z.

Ta je bil zamrznjen, z odprtimi usti. Njegova zadnja izrečena beseda je bila: „NEOOOOOOOOOOOOOOOOOOOO!"

Zdaj je opazovala Lio. Dekle je imelo na licu zamrznjeno solzo. Tekla je iz njenega starega očesa.

Zdaj pa nazaj k E-Z. Nosil je truplo. Truplo mrtvega laboda.

Zdaj pa k Alfredu, ki ni bil več labod. Imel je podobo moškega. Utopljenega človeka.

Človeka, ki naj bi ga nadomestil v filmu *Trije*.

„Kaj je narobe s to sliko?" Ophaniel, vladar lune zvezd, je vprašal.

Nihče si ni upal spregovoriti.

„Eriel, ti si tukaj glavni. Najprej si pokvaril test povezovanja z E-Z in Samom, tako da si se, oprostite izrazu - izstrelil iz parka.

„Zdaj je zaradi tvoje neumnosti labod Alfred prevzel človeško telo. Telo osebe, za katero sem vam povedal, da bi morala biti članica *Trojke*.

„Veš, proti čemu smo se spopadli. Razumeš, kaj nas čaka v prihodnosti, če stvari ne bomo spravili v red. Ti veš!"

Eriel se je poklonil Ophanielovim nogam, nato se je dvignil s tal, preden je spregovoril. „Izrekel sem besede, to se je zgodilo."

„Da, izrekel si besede in nato nisi poskrbel, da bi bila naloga opravljena, ti imbecil!"

Obstala je v bližini novega Alfreda. „Žal mi je, ampak to zapleta stvari, celo za nas. Tudi z našimi močmi ga spraviti iz tega človeškega telesa nazaj v njegovo labodjo obliko ne bo tako preprosto. Morda ga bomo morali poslati nazaj v vmesni svet! In tega si ne zasluži. Pravzaprav..."

Ariel je priletela k Ophanielu in ga vprašala: „Lahko govorim?"

„Lahko, če imaš kakršen koli vpogled v Alfreda, ki bi nam lahko pomagal iz te zmešnjave."

„Alfreda poznam bolje kot kdorkoli tukaj. Strinjal se je, da bo tisti, ki se bo žrtvoval. To bi brez oklevanja storil še enkrat - tudi če ne bi bilo ničesar zanj. To je velika žrtev za vsako živo bitje, da da svoje življenje, da bi rešil drugega. Prav tako bi bilo treba upoštevati, koliko je Alfred moral trpeti, tako v svojem človeškem obstoju kot tudi kot labod.

Je izjemna duša in moral bi dobiti drugo priložnost, in tretjo, in še več!"

Eriel se je posmehnila: „Moral bi oditi, nazaj v med in med za vse večne čase. Ni vreden..."

„Nisem ti dovolila, da prekinjaš!" Ophaniel je zakričala. Da bi mu preprečila, da bi ga v prihodnje prekinil, mu je zapognila ustnice.

„To, kar govoriš, je res, Ariel," je rekel Ophaniel. „Alfred dobro sodeluje z Lio in E-Z. V tem novem telesu mu moramo dati drugo priložnost. Ni mu bilo usojeno, da bi bil v vmesnem prostoru. To je bilo odvisno od Hadza in Reikija. Po tem bi ju takoj pregnali v rudnike. Namesto tega smo jima dali še eno priložnost z E-Z.

„Kljub temu ju je Eriel poslal v rudnike. Tako da je vse dobro, kar se dobro konča. Morda si Alfred zasluži še eno priložnost. Poglejmo, kaj se bo zgodilo, kot pravijo ljudje, igrajmo po posluhu. Če se bo izšlo, bo v redu. Če ne, lahko to telo recikliramo, saj je duh že zapustil stavbo."

„Hvala," je rekel Ariel in se priklonil Ophanielu. „Najlepša hvala. Spremljala bom situacijo. Alfred te ne bo pustil na cedilu."

Ophaniel je prikimal, se dvignil in izrekel besede:
ZEMLJA SE ZAVZEMA.
Čas je začel teči in svet se je vrnil v prejšnje stanje.
Ophaniel je izginil prvi, drugi trije so počakali nekaj sekund, preden so mu sledili.

POGLAVJE 20

„**Nikakor**!" E-Z je vzkliknil in se približal novemu Alfredu. „Alfred, si to ti? Je to res lahko ti?"

Lii ni bilo treba vprašati, ker je že vedela. Stekla je k Alfredu in ga objela.

Alfred je z angleškim naglasom rekel: „Eriel je moral narediti preklop."

Alfred, ki je bil oblečen le v kavbojke, se je zdrznil. „Čeprav me zebe, je vsekakor dober občutek, da sem spet v telesu." Napenjal je mišice in tekel na mestu, da bi se ogrel. Nato je naredil nekaj kolovratov po travniku, medtem ko sta ga E-Z in Lia opazovala z odprtimi usti.

„Kakšen izvidnik!" Mala Dorrit je rekla.

Alfred, ki jo je pravkar opazil, je pristopil k njej in ji z roko segel v kožuh. Bila je tako mehka in topla, da se je stisnil k njej.

„To je precej nenavaden razplet dogodkov," je dejal E-Z in se približal. „Ne vem, kaj naj si o tem mislim."

„Tudi jaz ne vem," je rekel Alfred. „Toda ali se lahko o tem pogovorimo, ko bomo jedli? Sem lačen in cheeseburger s kečapom in čebulo z velikanskim krompirčkom bi zagotovo prišel prav."

„Počakajte trenutek," je rekel E-Z. „Če si ta tip, ta tip, katerega imena sploh ne poznamo - kaj pa, če te kdo prepozna?"

Alfred se je sklonil in se dotaknil prstov na nogah. Občutil je kožo na obrazu. Njegovi lasje. „Ta most bomo prečkali, ko bomo prišli do njega." Nasmehnil se je, dvignil glavo proti nebu in rekel: „Hvala, Eriel, kjerkoli že si."

Letalo nad njunima glavama je napisalo te besede:

Še enkrat v prelom, dragi prijatelji.

„To je precej nenavadna fraza za napis na nebu," je opazila Lia. „Ali kdo od vas ve, kaj pomeni?"

E-Z je zmajal z glavo: „Lahko ga poiščem v Googlu." Izvlekel je svoj telefon.

„Ni potrebe," je rekel Alfred. „To je iz Shakespeara, pripisuje se kralju Henriku. Dobesedno pomeni: 'Poskusimo še enkrat'. Mislim, da je bila izrečena med bitko. Torej predvidevam, da je to sporočilo mojega Ariela, ki mi sporoča, da sem dobil še eno priložnost." V njegovih očeh so se pojavile solze.

E-Z je bil sumničav glede te spremembe dogodkov. Vesel je bil, da je Alfred še vedno z njimi, vendar se je spraševal, za kakšno ceno. „Skrbi me," je priznal E-Z.

Lia je dejala, da je tudi ona zaskrbljena.

„Ah, ne skrbi. Če mi je Ariel poslala to sporočilo, potem je na naši strani. Poleg tega človek, v čigar telesu sem, tega ni več hotel. Poskušal sem ga rešiti, a je vseeno skočil. Morda je to usoda, da ti pomagam pri tvojih preizkušnjah E-Z. Karkoli že je, bom to sprejel. Dal bom vse od sebe. Ko bom oblečen v srajco in čevlje."

„Sprašujem se, kakšne so zdaj tvoje moči, Alfred. Mislim, če jih še imaš ali pa imaš druge moči. Ali nobene. Odkar si spet človek," je vprašala Lia.

Alfred se je popraskal po svetlolasi glavi. „Uh, ne vem. Edina stvar, ki jo je tukaj treba zdraviti, je moje nekdanje labodje telo. Nočem tvegati, da bom, če ga ozdravim, spet pristal v njem."

„Pravično," je rekla Lia. „Toda tvojega starega labodjega telesa ne moremo pustiti tam, kajne? Pokopati ga moramo."

Ko sta pogledala mrtvo telo, je izginilo v zraku.

„No, s tem je problem rešen," je rekel E-Z.

„Zdi se mi, da bi moral povedati nekaj besed ob odhodu svojega starega telesa. Ali ima kdo kaj proti?"

E-Z in Lia sta sklonila glavi.

Alfred je recitiral odlomek iz pesmi lorda Alfreda Tennysona z naslovom:

The Dying Swan (Umirajoči labod):
Ravnina je bila travnata, divja in gola,
široka, divja in odprta za zrak,
ki se je vsepovsod dvigal
pod streho sive barve.
Z notranjim glasom je tekla reka,
po njej je plaval umirajoči labod,
in glasno je žaloval.
Tu je Alfred hupal in hupal, dokler niso ob nadaljevanju pesmi solze napolnile vseh oči:
Bilo je sredi dneva.
Vedno znova je pihal utrujen veter,
in ob tem odnašal vrhove trstičja.
Skupaj so stali v trenutku tišine.

Potem je Lia rekla: „Zdaj si priskrbimo sveža in suha oblačila, potem pa gremo vsi v restavracijo z burgerji. Tudi jaz sem lačna in žejna."

E-Z je zmajal z glavo. „Nekaj hrane bi bilo dobro, vendar sem še vedno sumničav do Eriela. Nekaj se tu ne ujema."

„To bomo ugotovili - ko bomo jedli! Peljite me v nebesa cheeseburgerjev."

Začela sta se pomikati po promenadi ob obali. Nekaj časa sta hodila. Preden sta ugotovila, da sta se izgubila.

„Jaz sem odlična navigatorka," je dejala enorožka Mala Dorrit, ko ju je priletela pozdravit. „Vkrcajte se na krov Alfreda in Lia. E-Z mi lahko sledite."

Alfred je segel v žep kavbojk in izvlekel denarnico. V njej je našel nekaj bankovcev in identifikacijo telesa, v katerem je zdaj bival. Mladeniču je bilo ime David, James Parker, star štiriindvajset let. V rokah je držal vozniško dovoljenje.

„Lepa fotografija," je rekla Lia.

„Da, precej lep sem."

„Oh, brat," je rekel E-Z in se podal naprej.

V zrak, v zrak so poleteli potniki male Dorrit. E-Z jim je sledil, dokler ni vedel, kje je. Odločil se je, da bo zahteval, da se njegovemu invalidskemu vozičku doda GPS. Škoda, da niso pomislili na to, ko so ga modificirali.

Po spustu je sledil hiter izlet v trgovino z rabljenim blagom. Alfred je zdaj nosil novo majico, kavbojke, tekaške copate in nogavice. Sledila je kratka vrsta, preden se je začelo naročanje hrane.

Mala Dorrit se je trudila, medtem ko se je trojica lotila hrane. Vsi so bili zelo lačni.

Alfred je izdal preveč zvokov, da bi jih lahko podrobneje opisali. Ko so končali s hrano, so smeti odlagali v ustrezne koše. In se odpravili domov.

Ko so bili že skoraj tam, je Alfred poklical E-Z-a: „Morava se pogovoriti!"

„Ali to ne more počakati do pristanka?" Mala Dorrit je vprašala. „Ko končam tukaj, moram iti še kam in videti ljudi."

„Kako nesramno," je rekel E-Z. „Nadaljuj, Alfred ali David ali kako ti je že ime."

„O tem sem hotel govoriti s teboj," je rekel Alfred. „Kako boš stricu Samu in Samanti razložil mojo preobrazbo? Uh, stric Sam in Samantha, rad bi vam predstavil Alfreda, laboda trobentača. Njegovo ime je zdaj David James Parker. Zahvaljujoč telesu, v katerega je vstopil in v katerem trenutno prebiva. Ker je mladenič, ki je bil prejšnji lastnik telesa, storil samomor. Na mostu Jones Street Bridge."

„Joj," je rekel E-Z. „To je stoodstotna resnica, kot jo poznamo, vendar jim ne moremo povedati resnice."

„Moja mama bi omedlela, če bi to povedali. Zakaj jim ne povemo, da je labod Alfred odletel na jug? V bolj sončno vreme. Ali da je spoznal partnerja? Potem lahko Alfreda predstavimo kot D. J., kar se sliši veliko bolj prijazno kot David James."

„Genialen si," je rekel E-Z. „Čeprav bi se, ker se moj prijatelj imenuje PJ, lahko z DJ-jem in PJ-jem stvari malce zapletle. Kaj meniš, Alfred? Ali imaš kakšno željo?"

„Ni mi všeč DJ. Sliši se preveč običajno. Raje bi se imenoval Parker. Komornik Parker je bil eden od mojih najljubših likov v seriji Thunderbirds."

„Torej Parker," je zaključil E-Z, ko je Lia zavpila in Alfred je omedlel - njunega doma ni bilo več. Zgorel do tal.

POGLAVJE 21

OH NE!" E-Z JE zavpil, ko je stekel proti gorečim ostankom. „Poiskati moram strica Sama in Samantho. Preprosto moram.“

Njegov stol je lebdel nad ostanki; vsi so bili črno zogleneli. Nerazpoznavna gmota uničenja brez znakov človeškega življenja. Posamezni predmeti so bili prepojeni z vodo. Med ugaslimi žari so se tu in tam dvigali občasni dimni signali.

E-Z je dvignil pesti v zrak. „Pridi sem, Eriel, ti gargantua...“

„Leteči neumnež!“ Parker je dokončal žalitev.

Lia je poskušala vse pomiriti.

„Zakaj si moral to storiti? Zakaj? Zakaj?“ E-Z je zavpil.

Lia je padla na tla. Glavo je položila na E-Z-ovo koleno, Parker pa jo je objel, ravno ko se je za njima ustavil avto.

Dvoja vrata so se odprla: Sam in Samantha.

Tekli sta in se stiskali skupaj; kot da ne bi pričakovali, da se bosta še kdaj videli. Vsak je potočil solzo ali dve, preden sta se razšla. Ko so spoznali, da je v skupinskem objemu tudi moški, ki ga niso poznali.

Neznanec je bil visok moški, ki bi brez težav dobil mesto v ekipi Raptors. Od glave do peta je bil oblečen v temno črno pikčasto obleko z ujemajočimi se čevlji.

Odpeti gumbi njegovega suknjiča so razkrili črno obleko s svetlečo tkanino, verjetno svilo. Njegove črne oči in vetrovni lasje so bili v kontrastu z njegovo bršljanovo poltjo. Bil je podoben križancu med pogrebnikom in čarovnikom.

Iztegnil je roko: „Pozdravljeni, jaz sem Samov zavarovalničar.“

Stric Sam je pojasnil, da sta s Samantho odšla ven, da bi nekaj pojedla. Ko je videl E-Z-jev izraz, je to utemeljil: „Zaradi jet laga ni mogla spati.“ Samantha in Sam sta si izmenjala poglede in prikimala. „Samantha in jaz...“

„O, mami!“

„Samantha in stric Sam sedita na drevesu - k-i-s-s-s-i-n-g.“

„Ustavi se,“ je rekel Parker. „Spravljaš ju v zadrego.“

Vse oči so bile uprte v zavarovalničarja. Ime mu je bilo Reginald Oxworthy. Govoril je po telefonu. Kričal je. „Kaj misliš, da ni upravičen?“

„O, ne!“ Sam je rekel.

„Že leta je naša stranka, najprej, ko je živel v drugi državi, potem pa se je preselil sem. Zaščiten je, o tem sem prepričan.“ Sledil je premor. „Pa poglej še enkrat!“ Zaprl je telefon. „Žal mi je za vse to.“

Sam je stopil bližje in vsi ostali so mu sledili. „V čem je problem?“

„Oh, tako rekoč ni problema.“

„Meni se je zdelo, da je problem,“ je dejala Samantha. Ostali so prikimali.

Oxworthy je odmahnil z grlom. „Rekel sem jim, naj še enkrat preverijo vašo politiko. Dajte mi,“ zazvonil mu je telefon. „Sekundo,“ je rekel in se oddaljil od njih. Sledili so mu kot skupina nogometašev, ki se je zbrala in poslušala vsako njegovo besedo. „Uh, ja. Prav. Potem so to potrdili. Ni problema, to se zgodi.“

Nasmehnil se je v Samovo smer in mu pokazal dvignjen palec. Oddaljil se je od spremstva in nadaljeval pogovor.

Stali so v gruči in si ogledovali, kaj je ostalo od njihovega doma. Dom, v katerem je E-Z živel vse svoje življenje. Kaj se bo zgodilo zdaj? Ali bodo morali na tem mestu graditi na novo? Nova hiša brez zgodovine in pomena. Novo hišo, ki zanj nikoli ne bo dom. Nikoli ne bo kraj, kjer bi ga lahko obiskovali duhovi njegovih staršev, če bi ti obstajali.

Oxworthy se je odpravil proti njim. „No, zdaj. Opravičujem se za zamudo. Vendar so vaše hotelske rezervacije potrjene. Lahko gremo. Nastanite se, ko boste pripravljeni.“

„Hvala,“ je rekel Sam. „Ali že veste, kaj je bil vzrok požara?“

„Po predhodni preiskavi so devetdesetodstotno prepričani, da je eksplozijo povzročilo uhajanje plina. Toda zdaj ne skrbite za to. Vaša polica krije vse stroške bivanja v hotelu. Rezerviral sem vam tri sobe. To bi moralo zadostovati, kajne?“

„To bi moralo biti v redu,“ je rekel Sam. „Hvala, Reg.“

„Vaša polica krije tudi stroške za nadomestne predmete, nujne potrebščine, hrano. V hotelu vam ne bo treba plačati niti centa. Za vse nakupe mi pošljite račune. Naredite kopije, izvirnike obdržite. Poskrbel bom, da boste dobili povrnjene stroške.“

Sam in Oxworthy sta si podala roko.

„Potrebuje kdo prevoz do hotela?“ Oxworthy je vprašal, Lia in Samantha pa sta se povzpeli na zadnji sedež njegovega črnega mercedesa.

E-Z in Parker sta vstopila v avto strica Sama.

„Mislim, da se še nisva predstavila," je dejal stric Sam in iztegnil roko Parkerju, ki je sedel na zadnjem sedežu.

„Vesel sem, da te spoznavam," je rekel Parker.

„Aha, tudi ti si Britanec," je rekel stric Sam. „Ko smo že pri tem, kje je Alfred?"

E-Z je zmajal z glavo. „Razložil bom zjutraj. Vi pa lahko nadaljujete s tem, kar ste nam nameravali povedati o vas in Samanti."

„V redu," je rekel Sam in pogledal v vzvratno ogledalo, da bi videl, da Parker trdno spi. Vklopil je avto in se odpeljal.

„Vsi smo imeli precej naporen dan," je dejal E-Z.

„To mi govoriš."

Oprosti, Eriel, da sem za to krivil tebe, je pomislil E-Z. Čeprav mu je slutnja v ozadju misli namigovala, da je porota še vedno odločena.

POGLAVJE 22

K osovsi prispeli v hotel, so se namestili v svoje sobe in se dogovorili, da se ob 18. uri srečajo na večerji.

Stric Sam je imel sobo zase, med njegovo in nečakovo sobo pa so bila sosednja vrata. Parker je bil prav tako nastanjen v E-Z-jevi sobi, medtem ko sta si Lia in njena mati delili sobo nekaj vrat nižje.

Ko sta se namestili, sta se Lia in Samantha odločili, da bosta nakupili najnujnejše stvari. Najpomembnejša prednostna naloga so bila nova oblačila, saj je bilo vse, kar sta prinesli s seboj, izgubljeno v požaru.

„Kaj pa najini potni listi?" Lia je vprašala.

„Še dobro, da jih imam vedno s seboj v torbici."

„Fuj!" Vstopila sta v trgovino z modnimi oblikovalci in takoj začela pomerjati najnovejšo severnoameriško modo.

„To bo še posebej zabavno, saj zavarovalnica plača vse!" Samantha je prek stene vzkliknila hčerki v sosednji previjalnici.

„Ničesar ne obožujemo bolj kot nakupovanje!" Lia je dejala. „Vsekakor bom dobila to, to in to in to."

V HOTELU JE PARKER SMRČAL na postelji. E-Z je hodil po sobi in razmišljal o svojem izgubljenem računalniku. Še dobro, da pri svojem romanu Tattoo Angel ni prišel predaleč, a najbolj so mu šle po glavi stvari njegovih staršev. Ni mogel verjeti, da so vse te stvari - izginile. Nič ni pomagalo, da jih ni pogledal že zelo dolgo. Toda zakaj je krivil sebe? Zavarovalnica je rekla, da je bil vzrok uhajanje plina. Rekli so, da so o tem prepričani v devetdesetih odstotkih. Zakaj je imel še vedno občutek, da je za vse kriv on, saj bi lahko to preprečil, ustavil Eriela, ko je imel priložnost.

Sam je z glavo vstopil v sobo. „Ste v redu?"

Parker se je pretegnil.

„Ja, v redu sva. Vstopite."

„Odhajam v trgovino po nekaj osnovnih stvari. Ali mi želite dati seznam, kaj potrebujete, ali se mi želite pridružiti?"

„Če gre za hrano, me upoštevajte!" Alfred je rekel.

„Vedno si lačen!"

„Kaj naj rečem, že nekaj časa se prehranjujem samo s travo."

E-Z je ujel Samov pogled in se pretvarjal, da kadi namišljeno cigareto.

Stric Sam se je posmehoval in se spraševal, kako lahko njegov nečak pri trinajstih letih ve za takšne stvari. Da bi spremenili temo, so zaklenili svoje sobe in se odpravili po hodniku.

„Kam točno greva?" E-Z je vprašal.

„Prav, v mesto ne hodimo pogosto po nakupih. Tu je fantastično nakupovalno središče, ki sem si ga želel obiskati, odkar sem se preselil sem. Ni daleč, zato sem pomislil, da bi se lahko pogovarjali na poti."

„Ali nam lahko poveš, kaj se je zgodilo?" Parker je vprašal.

„Ja, kako to, da sta se s Samantho tako hitro spoprijateljila?" E-Z je vprašal.

„Hmmm," je rekla Sam.

„Mislil sem na požar," je rekel Parker in E-Z-a pogledal čez ramo.

Prišli so v trgovino. Parker in Sam sta vstopila skozi vrtljiva vrata, E-Z pa je za vstop uporabil gumb za odpiranje vrat.

Ko so bili notri, se je Parker sklonil, da bi si ponovno zavezal čevlje. E-Z je z obešalnika potegnil elegantno jakno iz džinsa in jo pomeril. Zapeljal se je pred ogledalo, da bi preveril, kako se mu prilega. „Izgleda precej dobro."

Sam je pristopil, da bi ocenil situacijo: „Strinjam se, to je natančno prileganje. Videti je, kot da je bil narejen zate."

„Kaj meniš, Alfred?"

Sam se je dvakrat zamislil. Parker je rekel: „Ali me ne boš nehal klicati Alfred! Kdo je bil sploh ta Alfred?"

„Oprostite, to je britanski naglas. Tudi on ga je imel. Alfred je bil, no, najin prijatelj."

Sam se je vrnil k pregledovanju oblačil. Napolnil je košarico s spodnjim perilom in toaletnimi potrebščinami.

„Kaj misliš, Parker?"

Prestopil je tla, da bi si ga pobliže ogledal. „Dobro se prilega. Mislim, da bi ga moral dobiti. Vendar bo škoda, ko se ti bodo krila razpočila in bo uničena."

Sam je šel mimo in E-Z je jakno vrgel v košarico. „Mislim, da bi morali dobiti tudi nekaj nujnih stvari, kot so spodnje hlače. Razen če ne nameravate iti v kombinezon."

„Fuj!" E-Z je vzkliknil.

„Oh, ta besedna zveza mi je znana. Prepričan sem, da izvira iz Združenega kraljestva."

„Jasno mi je, zakaj te nečak nenehno kliče Alfred. To je stvar, ki bi jo on rekel."

E-Z se je za trenutek zazrl v Parkerja. Nato je sledil stricu na poti do blagajne, kjer se je ustavil, si pomeril klobuk in ga vrgel v košarico.

„Kam je šel Parker?" je vprašal. Sam si je še naprej ogledoval sponke za kravate, medtem ko je E-Z po trgovini iskal svojega pogrešanega prijatelja.

Parker je mirno stal sredi četrtega hodnika z dvignjeno desno roko in spuščeno levo roko. Njegov izraz na obrazu je bil nedvomno podoben zombiju.

„O, ne!" E-Z je rekel, ko se je pripeljal k njemu. „Parker," je zašepetal. „Kaj se dogaja? Pazi, ali te bo kdo zamenjal z manekenom."

Parker je ostal nepremičen.

„Prestani," je rekel E-Z in s stolom udaril v Parkerja. Parkerjevo telo se je nagnilo in se prevrnilo. E-Z ga je še pravočasno zgrabil in ga držal za hrbtni del srajce. Skušal je prijatelja poravnati, da ne bi bil videti tako tog in podoben manekenu, vendar to ni bila lahka naloga.

Na pomoč mu je priskočil stric Sam. „Kaj je s Parkerjem?"

„Ne vem. Moramo ga spraviti od tu."

„Ali jemlje droge? Na obrazu ima čuden izraz, kot da je videl duha ali kaj podobnega."

„Ne, nobenih drog, razen tu in tam kakšne trave. In duhovi ne obstajajo - da ne omenjam, da je dan. Morda ga lahko prevažam na svojem stolu? Moramo ga spraviti od tu, preden ga kdo opazi in pokliče policijo.

„Strinjam se. Ne vem, kakšen razlog bi navedli policiji, če bi jo poklicali. V naši trgovini je nekdo, ki posnema manekenko! Hitro pridite."

„Smešno," je rekel E-Z. „Ti pojdi in se oglasi, jaz pa bom ostal tukaj. Razmislimo, kako bi ga lahko spravili od tu, ne da bi vzbudili preveč pozornosti."

Stric Sam je šel plačat, E-Z pa je ostal pri Parkerju. Kupci, ki so prihajali po hodniku, so imeli težave z vstopom in obhodom. E-Z je zavrtel svoj stol levo in nato desno, da bi se prilagodil kupcem.

Na koncu, ko je bilo kupcev več hkrati, je Parkerja potisnil ob steno. Tako je bil vsaj odmaknjen s poti. Nato je sedel in čakal na Sama.

„Tukaj smo!" E-Z je zaklical, ko ga je opazil.

„Zakaj je obrnjen proti steni? In kaj počneš tukaj?"

„Bilo je veliko strank, mi pa smo bili na poti. Ali ste pomislili, kako bi ga lahko spravili od tu?"

„Ja, vzel bom enega od tistih ravnih tovornjakov," je rekel Sam.

„Zakaj ne bi dobil vozička?" E-Z je vprašal. „Manj opazno."

„Nikoli ga ne bomo mogli spraviti v voziček. Razen če bi si hotel razbiti krila, ga dvigniti in spustiti vanj.“

„Moram premisliti.“ Po nekaj minutah je ugotovil, da je bila najboljša zamisel, da bi dobili ploski voziček. „Da, kupi ploski voziček in pomagal ti ga bom naložiti vanj. Ko se bomo odpeljali iz trgovine, ga bom lahko odpeljal nazaj v hotel. Edina težava bo, ko bom prišel tja, kaj naj potem naredim z njim.“

„To bomo ugotovili, ko bomo zapustili trgovino.“ Sam je šel po voziček. Namesto tega se je vrnil z ravnim vozičkom. Izkazalo se je, da je bila to boljša možnost. Z lahkoto sta nanj naložila Parkerja in se odpravila nazaj v hotel.

„Pojdimo nazaj počasi in vztrajno,“ je rekel E-Z. „Ne bo mi treba leteti. Lepo in umirjeno se bomo odpravili v našo sobo in ga položili na posteljo.“

„Potem bom jaz vrnil ploskico, moral sem obljubiti, da jo bom osebno vrnil.“

„Sliši se kot načrt. Ups.“

Skupina nakupovalcev je zavzemala večino pločnika. Ustavili so se, da so jih spustili skozi, nato pa spet nadaljevali pot in bili kmalu nazaj pri hotelu.

Ko so vstopili v notranjost, se ploska postelja ni prilegala običajnemu dvigalu, zato so morali uporabiti službeno dvigalo. To je zahtevalo nekaj prepričevanja, tj. podkupovanja vratarja. Ko je denar zamenjal dlani, jim je celo pomagal izvleči tovornjak iz dvigala. Ponudil jim je tudi, da ga bodo vrnili v trgovino, ko bodo končali. Ponudbo je Sam vljudno zavrnil.

Zdaj se je pred E-Z-jevo in Parkerjevo sobo odprlo dvigalo in iz njega sta stopili Lia in njena mati. Vsak od njiju je nosil številne torbe, ko sta opazila fante in ploščato vozilo.

„O, ne! Kaj se je zgodilo?! Lia je vprašala.

„Ne vem," je rekel E-Z. „Nekoliko je zavil."

„Spravimo ga noter," je rekel Sam.

Ko so odložili torbe, so dekleta pomagala E-Z in Samu spraviti Parkerja na posteljo.

„Morda je začaran?" Lia je predlagala.

„To je precej nenavaden korak," je rekla Samantha. „Prevečkrat si gledala ponovitve *Čarovnic*."

Lia se je zasmejala. „Da, bil je eden mojih najljubših. Mislim prejšnjo različico, tisto z dekletom iz filma *Kdo je šef*."

„Dobro je vedeti, da tudi na Nizozemskem gledaš oldies kanal," je dejal E-Z. Nato se je približal Parkerju. „Počakajte trenutek. Ali še diha?"

Opazovala sta dviganje in spuščanje Parkerjevega prsnega koša. Ni se zgodilo.

„Preverite, ali ima srčni utrip ali pulz," je predlagala Samantha.

„Srčni utrip je," je rekla Sam. „In diha, vendar občasno."

Samantha se je sklonila in otipala Parkerjevo čelo. „O, moj, vročina ga kar peče!"

„Prinesite led!" Sam je zaklical in po lastnem ukazu stekel na hodnik z vedrom ledu v roki.

„Ali ne bi morali poklicati zdravnika?" Samantha je vprašala.

POGLAVJE 23

Strinjam se z mamo. Poklicati moramo reševalno vozilo ali pa je v hotelu morda nastanjen kakšen zdravnik," je dejala Lia.

E-Z se je zasmejal in Lii sporočil, da se moramo znebiti strica Sama in tvoje mame.

Sam se je vrnil z vedrom ledu. „Spraviti ga moramo v kad." S Samantho sta začela dvigovati Parkerja.

„Počakaj!" Lia je rekla. „Uh, Sam in mama, zakaj ne bi šla oba po veliko in veliko ledu? Mislim, da moramo napolniti kad, preden ga položimo vanjo, kajne?"

„Mislim, da se naju poskušajo znebiti," je rekel Sam.

„Oprostite," je rekel E-Z. „Ali nam lahko daste nekaj minut, da poskušamo razvozlati situacijo s Parkerjem?"

Samantha in Sam sta prikimala in zapustila sobo.

E-Z je izgovoril čarobne besede, ki so priklicale Eriela: Roch-Ah-Or, A, Ra-Du, EE, El.

Nadangel se še vedno ni pojavil. To, da so ga prezrli, je E-Za zdaj, ko je vedel, da ga Eriel nenehno spremlja, neznansko razjezilo.

Lia je poizvedovala pri Hanielu, vendar ni dobila odgovora.

E-Z in Lia nista vedela, kaj naj storita, ko se je Parkerjevo srce upočasnilo v bitju in se skoraj povsem ustavilo.

Ariel je prišel, ne da bi ga poklicali ali da bi se oglasil s fanfarami. Priletela je naravnost k Parkerju. Položila mu je roke na čelo. Opazovala sta, kako so ji iz oči padale solze in pristajale na njegovih licih. Zapela je nežno pesem in čakala. Ko se ni premaknil in ni prišel k zavesti, se je obrnila in odletela. A preden je odšla, je zavpila: „Odšel je." In nekaj sekund pozneje je odšla tudi ona.

Čeprav sta bila v ^{45}. nadstropju in čeprav je bil Alfred/Parker mrtev. Še enkrat. E-Z ga je dvignil s postelje in ga odnesel k oknu. Čez ramo je pogledal nazaj na Lio.

Jokala je, ko sta se s Parkerjem spustila.

Padala sta, padala. Dokler se niso pojavila E-Z-ova krila na invalidskem vozičku. Odletela sta, on in Alfred, on in Parker. Oba sta bila enaka. Dva za ceno enega.

Ko se je dvigal vedno višje, je postajal omamljen. Kovinski deli njegovega stola so postajali vse bolj vroči.

Bal se je, da se bodo sami vžgali.

To je moral popraviti. Preprosto je moral. Moral je najti Eriel.

Invalidski voziček se je začel krčiti, zaradi česar sta E-Z in Alfred/Parker padla.

Brez vozička sta pristala v silosu, kjer se je E-Z oklepal prijateljevega brezživljenjskega telesa.

Kmalu je prišla Eriel in viseča v zraku pred njima zaklicala: „Rekla sem vam, da se bo to zgodilo. Rekel sem ti in on se je strinjal. Dogovor je bil sklenjen."

E-Z je vedel, da je to res, a vendar. „Zakaj si mu potem dal upanje in zakaj tisti Shakespearov citat o tem, da si mu dal drugo priložnost?"

Eriel je pogledal brezvoljno telo, ki ga je držal E-Z. „To ni bilo moje delo."

„S kom moram torej govoriti?" E-Z je vprašal. „Pripelji ga k meni. Bogu ali komurkoli, ki je odgovoren. Hočem ga videti!"

POGLAVJE 24

E RIEL JE ZAVZDIHNIL IN izginil.

E-Z in Alfred/Parker sta ostala. Ime Parker zanj ni pomenilo nič in nikogar. Alfred je bil njegov prijatelj in zdaj, ko ga ni več, si ga bo zapomnil kot Alfreda in samo kot Alfreda.

Čakal je na nekaj in hkrati na nič. E-Z je zibal obliko svojega mrtvega prijatelja in si želel, da bi spet zaživel.

„Želite pijačo?" je vprašal glas v steni.

„Rad bi, da bi moj prijatelj spet živel. Ali ga lahko ponovno oživiš? Ali mi lahko pomagate, da ga rešim?"

„Prosim, ostanite na svojem mestu."

PFFT.

Zrak je napolnil pomirjujoč vonj sivke. Oddaljil se je v sanjsko stanje, v katerem je podoživljal spomin, spomin, ki se je premikal in spreminjal, da bi ustrezal njegovemu trenutnemu položaju.

Tam sta bila E-Z-ova mati in oče živa in zdrava, vendar mlajša. Iz bolnišnice sta se vračala v avtomobilu, ki ga še nikoli ni videl. Njegov oče Martin je pohitel z voznikovega sedeža, da bi pomagal materi Laurel iz avtomobila.

Skupaj sta segla na zadnji sedež in iz njega dvignila otroški sedež. Z ljubeznijo sta pogledala dojenčka, ki je trdno spal.

„Je kot njegov starejši brat,“ je dejal Martin.

„Ja, E-Z je vedno zaspal v avtu,“ je rekla Laurel.

„Pojdi noter,“ je pristavil Martin.

„In spoznaj svojega starejšega bratca,“ je rekla Laurel, ko je dojenček za kratek čas odprl oči, nato pa spet zaspal.

E-Z, ki je gledal skozi okno, ob njem pa je bil njegov stric Sam. Želel je iti ven in pozdraviti svojega novega bratca ali sestrico.

„Počakaj, da prideta noter,“ je rekel stric Sam.

„Okej,“ je rekel sedemletni E-Z z obrazom, pritisnjenim ob okno, ki ga je držal v dveh rokah.

Vhodna vrata so se odprla. „Doma smo!“ je poklicala njegova mama Laurel.

E-Z je stekel do vhodnih vrat, kjer sta ga mama in oče objela. Pritajila sta se, da bi predstavila najnovejšega člana družine Dickens.

„Tako majhen je,“ je dejal E-Z.

„On je on,“ je rekel oče.

„Oh.“

„Bi ga rad držal?“ je vprašala njegova mati.

„Okej,“ je rekel E-Z in držal svoje roke, da je mati lahko vanj položila njegovega malega bratca. „Ne želim ga zbuditi. Bi imel kaj proti?“

„Ne, ne bo se zbudil,“ je rekla Laurel.

„Če se bo, bo to zato, ker želi spoznati svojega starejšega brata.“

„Ali ima ime?“ E-Z je vprašal, vzel novorojenčka v naročje in mu pobožal glavo.

„Še ne, a bi mu radi dali ime?“ je vprašala njegova mati. „Dobro, primite ga za vrat, tako… zelo dobro. Kako si vedel, da to počneš? Ti si tako dober starejši brat.“

„Odlično delo, prijatelj,“ je rekel njegov oče.

E-Z je pogledal v cingetin obraz in rekel: „Zame je videti kot Alfred.“

Po licih E-Z-ja so se usule solze, ko sta se srečala dva svetova. V enem je zibal svojega malega bratca z imenom Alfred. V drugem je zibal Alfredovo mrtvo telo v silosu.

„Čas čakanja je sedem minut,“ je rekel glas v steni.

„Sedem minut,“ je ponovil E-Z.

Pomislil je na Alfreda, na njegove moči. O tem, kako je lahko zdravil druge oblike življenja, tudi ljudi. Spraševal se je, ali je Alfred ozdravil mladeniča. Ali je sam opravil zamenjavo? Ali bi bilo to mogoče?

„Alfred,“ je rekel E-Z. „Alfred, me slišiš?“ Stresel je prijateljevo telo. „Alfred!“ je ponavljal v upanju, da ga prijatelj nekako sliši.

Ko je stenska ura odštevala čas, se je pojavila Ariel. „S telesom ne smeš tako ravnati. To je sramota.“ Razprla je krila in šla dvignit Alfredovo mrtvo telo iz E-Z-jevih rok z namenom, da ga odnese.

„Ne!“ E-Z je rekel. „Ne boš ga dobila.“

Ariel je zamahnila s krili, nato pa s kazalcem proti E-Z.

„Alfred je zapustil stavbo, ti pa imaš v rokah kožo, obleko, ki ga je držala. Alfred je zdaj tam, kjer mora biti. Pustite njegovo telo.“

E-Z se je usedel. Če je bil Alfred nekje s svojo družino, če je bilo to res, potem ga je lahko pustil oditi. Do takrat se je držal.

„Kje točno je? Ali je z družino?“

Ariel je priletel blizu, izjemno blizu, skoraj sedel E-Z-ju na nos. „Tega ne morem reči."

„Potem ga ne bom izpustil."

„V redu," je rekel Ariel. Odvihrala je in izginila.

Nad njim, v silosu, sta se pojavili dve figuri, moški in ženska. Približala sta se mu in se spustila navzdol. Vedno bližje in bližje.

Potresel si je oči. Ali je spet sanjal? To sta bila njegova mati in oče. Martin in Laurel. Angela, ki sta ga prišla pozdravit. Potresel je z glavo. To nista mogla biti oni. Ne more biti. Sanjal je o njiju - o tem, da sta mu domov prinesla bratca. Zdaj so bili tukaj, z njim v silosu. Jasno kot beli dan - toda ali je še vedno spal? Sanjal?

„E-Z," je rekla njegova mati. „Ta oseba, tvoj prijatelj Alfred, je mrtev. Pustiti ga moraš in nadaljevati svoje delo. Zaključiti moraš preizkuse in ura teče. Čas se izteka."

E-Z-ov oče Martin je rekel: „To je edini način, da bomo spet vsi skupaj."

„Ampak oni so mu lagali," je dejal E-Z. „Rekli so mu, da bo s svojo družino. Zdaj ne more biti s svojo družino, ne na tak način. Kako naj vem, da mi ne lažejo o tem, da bo s tabo? Kako naj vem, da nisi Erielova manipulacija, da bi me pripravil do tega, da izpolnim njegove ukaze?"

„Kdo je Eriel?" je vprašala njegova mati.

„Eriela ne poznamo," je rekel oče.

To je bilo nesmiselno. To je bilo Erielovo mesto. Ni bilo pomembno, ali so ga poznali ali ne, on je bil odgovoren za to, da so bili tam. Vedel je, kako pritegniti na srce E-Z-a. Vedel je, kako ga pripraviti do tega, da naredi, kar je želel.

Kaj točno je želel? In zakaj je za to uporabil njegove starše? To je bilo nesramno. V zraku nad njim sta visela njegova starša, ki sta vklapljala in izklapljala svoje nasmehe, kot da bi bila lutki. Takrat je z gotovostjo vedel, da duhova ali karkoli sta že bila, vendarle nista bila njegova starša. Bila sta plod njegove domišljije ali morda Erieline. Ni pa mogel ugotoviti, zakaj. Zakaj so z njim tako kruto in nesramno manipulirali?

„Zbudite se, E-Z!"

Vrnil se je v svojo posteljo. V svoji hiši.

Preobrnil se je in spet zaspal... in pristal nazaj v silosu - spet.

POGLAVJE 25

T RISTVARI, PODOBNE SILOSOM, SO lebdele po sobi, kot bi igrale igro Follow the Leader.

To niso bili silosi. To so bila pristna večna počivališča, imenovana lovilci duš.

Vsakič, ko je živo bitje umrlo, pod pogojem, da se je telo, v katerem je živelo, rodilo z dušo, bo nekoč živelo naprej. Lovilcev duš je bilo veliko, preveč, da bi jih lahko prešteli. Njihovo število je bilo veliko večje, kot si ga ljudje lahko predstavljamo. Več kot googolpleks, kar je največje znano število.

Ko je prišel E-Z, so ga tako kot prej položili v njegov čakajoči lovilec duš.

Naslednji je prišel Alfred, še vedno mrtev, njegovo telo je bilo položeno v lovilec duš.

Kot zadnja je prišla Lia, ki je še vedno spala v lovilcu duš.

E-Z se je kmalu začel počutiti klavstrofobično.

„Želite pijačo?" je vprašal glas v steni.

„Ne, hvala," je rekel in bobnal s prsti po roki invalidskega vozička, ko se je pojavil angel. Nov angel, ki ga še ni videl.

Ta angel je bila ženska. Oblečena je bila v plapolajočo črno obleko in kapo - kot da bi se udeležila podelitve diplom. Na njenem strogem obrazu so bila očala. Podobna tistim, ki jih je nosila Marilyn Monroe na plakatu v kavarni. Razlika je bila v tem, da je v teh okvirjih pulzirala rdeča tekočina, ki je spominjala na kri.

„E-Z," je rekla s tresočim glasom. Njen glas je odmeval. „Dobrodošli nazaj v svojem lovilcu duš."

„Lovilec duš?" je rekel. „Ali se ta stvar tako imenuje? Meni je bolj podobna silosu. Kaj sploh je lovilec duš?"

„To je večno počivališče za duše," je rekla, kot da je na isto vprašanje odgovorila že milijonkrat.

„Toda ali ni to namenjeno temu, da so ljudje mrtvi? Jaz nisem mrtev." Upal je, da ni mrtev!

„Počakaj!" je zakričala.

Spet je med govorjenjem tresla stene. Tudi njegovi zobje so vibrirali. Tako zelo, da bi bil najraje zunaj v snegu, potem pa bi moral slišati, da je izgovorila še eno besedo.

„Nisem ti rekla, da je to čas za vprašanja in odgovore. Kot vidim, ste uspešno opravili večino svojih preizkušenj. Čeprav je Alfred pomagal pri poskusu številka dve. Kot veste, nesankcionirana pomoč ni dovoljena."

E-Z je odprl usta, da bi branil Alfreda, vendar jih je spet zaprl. Ni želel tvegati, da bi spet povzdignila glas. Resnično si je želel, da bi tam povečali temperaturo. Po drugi strani pa je bil to kraj za duše. Morda imajo duše raje hladno skladišče.

TICK-TOCK.

Odeja mu je bila zdaj ovita okoli ramen.

„Hvala."

„Prav imaš, ko boš umrl, bo tvoja duša počivala tukaj. Ali pa bi tu počivala, če bi vam dovolili umreti. Vendar smo te ohranili pri življenju. Za to smo imeli dober razlog. Vendar so se stvari spremenile. To se ni izšlo. Zato bi radi preklicali prvotni dogovor."

„Kaj mislite s tem, da ga prekličete? Imate kar nekaj drznosti! Poskusiti preklicati dogovor, kaj je to samo zato, ker sem otrok? Obstajajo zakoni, ki prepovedujejo otroško delo. Poleg tega sem naredil vse, kar so od mene zahtevali. Seveda sem se moral vsega naučiti sproti. Vendar sem to zmogel v dobrem in slabem. Držal sem se svojega dela dogovora in ti bi se moral držati svojega!"

„Da, naredil si, kar je bilo od tebe zahtevano. V tem je težava - primanjkuje ti pobude."

„Ni pobude!" E-Z je vzkliknil, ko je s pestmi udaril po ročajih invalidskega vozička. „Dogovor je bil, da mi pošljete preizkušnje, jaz pa ugotovim, kako jih premagati. Rešil sem življenja. Ne moreš spreminjati pravil na polovici igre."

„Res je, to je bil prvotni dogovor. Potem pa je šlo s Hadžem in Reikijem nekaj narobe - pozabila sta izbrisati misli -, po eni strani, in Eriel se je moral vmešati."

„Poslal mi je preizkušnje, ki sem jih opravil. V dvoboju sem ga celo premagal."

„Da, premagal. Prosil sem ga, naj oceni vezi med teboj in tvojim stricem Samom."

„Da naju oceni?"

„Da. Nadangel ni namenjen temu, da bi ustvaril preizkušnje za angela v urjenju. Zaradi tvojega, no, pomanjkanja pobude se je moral Eriel vključiti bolj, kot bi se moral."

„Počakajte trenutek! Torej praviš, da bi moral sam oditi in poiskati svoje preizkušnje? Zakaj me nihče ni seznanil s temi zahtevami?"

„Upali smo, da boš to ugotovil sam. Bili so namigi. Namigi o celotni sliki. Skupne značilnosti. Upali smo, da če boste imeli druge, s katerimi se boste lahko pogovarjali o preizkušnjah. O preizkušnjah, ki ste jih že opravili. Da boste ugotovili, v čem je težava. prišli do enakega zaključka.

nam pomagali. Morda ga boste celo premagali, ne da bi vam ga morali podajati z žlico. Dali smo vam vse možnosti, a jih niste izkoristili. Zato bomo šli po drugi poti.“

„Skupne lastnosti? Morda vem, kaj mislite.“

„Če to ugotoviš in izbereš možnost superjunak ... To bi delovalo. Dokler bi bilo vse kristalno jasno. Imela bi celotno sliko. Poznal bi tveganja.“

„Torej bomo še vedno ekipa? Zakaj tega ne pojasniš? Da bi mi to olajšala?“

„V preteklosti, čeprav so tvoji spremljevalci dobili moči, ki jih nisi imel - jih nisi izkoristil. Namesto tega ste vsi trije sedeli in izgubljali čas ter čakali, da se vse zgodi.

Ali se vam ni zdelo čudno, ko se je Eriel pojavila v zabaviščnem parku? Dvignil je profile *Trojke*. To ni naloga nadangela. To je tvoje delo.“

Potresel je z glavo. „Nisem bil stoodstotno prepričan, da je bil to Eriel, dokler se na koncu ni identificiral. Pred tem sem imel svoje sume. Kdo drug bi se oblekel kot Abraham Lincoln?

„Poleg tega sem mislil, da nihče ne bi smel vedeti. Do takrat sem mislil, da so bili procesi skrivnost. Bala sem se, da bi prekršila dogovor s teboj. Ophaniel je rekel, da če bom komu povedal, bom izgubil možnost, da spet vidim svoje starše. Upoštevala sem pravila, ki so bila določena zame. Mislim, da ne razumeš koncepta poštene igre.“

„To ni igra. Nadangeli lahko počnemo, karkoli hočemo!" je vzkliknila in se približala mestu, kjer je sedel E-Z. Svojo brado je potisnila naprej. „Odločili smo se, da si bolj primeren za igro superjunakov kot za igro angelov. Takrat smo vam pomagali v oddelku za odnose z javnostmi. Da bi vas spodbudili, da si poiščete svoje ljudi, ki vam bodo pomagali. Bog ve, da jih je Zemlja polna. Kako jih je imenoval Shakespeare, tiste, ki mrmrajo in bruhajo v rokah svoje medicinske sestre."

„Nisem prebral nobenega Shakespeara, sem pa v sorodu z Charlesom Dickensom. Ne da bi bilo to pomembno. Ampak, okej, torej hočeš, da nadaljujem kot superjunak z Alfredom, če bo živ, in z Lio ob sebi. Zlahka bova dobila veliko podpore in publicitete v medijih.

„Še vedno sem ti zavezan. Če nama boš dovolil svobodno delovanje, zakaj, nebo bo meja. Poznamo veliko otrok v šoli in v športni industriji. Vzpostavimo lahko vročo linijo za superjunake in spletno stran. Uporabimo lahko družbene medije in se povežemo z ljudmi z vsega sveta. Ljudje bodo čakali v vrsti, da jim pomagamo. To bo povsem nova igra."

„Ah, končno govori o iniciativi ... toda moj dragi fant, to je veliko premalo in prepozno. Kot sem že rekel, se želimo znebiti obveznosti do tebe. Niste več vezani na nas. Nimate več dolga, ki bi ga morali plačati."

„Ampak..."

„Vsi trije ste dokazali, da vam gre le zase. Ko so angeli prvič predlagali, da bi nam lahko pomagali in nas zastopali tukaj na Zemlji, smo imeli načrt. Z Alfredom je bilo enako. Potem se je pojavila Lia. Od takrat smo imeli z vama nekaj uspeha. Vključili smo jo v trio ... toda zdaj ste postali zastareli."

„Rešujemo ljudi, pomagamo ljudem.“

„Ne govorite mi o tem. Če bi ti ponudil priložnost, da si danes, tukaj in zdaj s svojimi starši. Vrgel bi brisačo. Odšel bi brez skrbi ali misli na življenja, ki bi jih lahko rešil, če bi se preizkusi nadaljevali.

„Pričakujem, da bo enako z Alfredom - če bo preživel. S svojo družino bi se brez miga očesa odpravil na polje marjetic. In ko govorimo o očeh, če bi Lia spet videla, bi tudi ona odšla.

„Po temeljitem premisleku smo ugotovili, da nihče od vas ni zavezan ničemur drugemu kot sebi, zato smo prešli na načrt B.“

„Počakajte trenutek. Definirajmo delo.“ Poiskal ga je na Googlu in z zadovoljstvom ugotovil, da ima štiri črtice. „Po spletnem slovarju: redno opravljati delo ali izpolnjevati dolžnosti za plačilo ali plačo. Delal sem za vas, brez plačila. Razen obljube o nadomestilu. Imela sva ustni dogovor.

„Nisem prepričan o podrobnostih, kakšen dogovor sta imela Alfred ali Lia, a stavim, da so jima njuni angeli ponudili podobne spodbude. Jaz sem se držal svojega dela dogovora in ti bi se moral držati svojega. Star sem trinajst let in,“ je pobrskal po Googlu. „Ja, kot sem mislil, je po podatkih ameriškega ministrstva za delo štirinajst let najnižja starost za delo.“

Zasmejala se je in si popravila očala. Opazil je, da ima na rokah kri. Obrisala si jih je v črno oblačilo. „Zgodnji zakoni ne veljajo za angele ali nadangele. Vendar je naivno, da misliš, da bi bilo tako.“ Ustavila se je. „Pripravljeni smo vam ponuditi dve možnosti. Možnost številka ena: Do konca življenja boste ostali tukaj, v lovilcu duš.“

„Kaj?“

Temelji njegovega lovilca duš so se zatresli. Misel, da bi bil živ pokopan v tej kovinski posodi, ga je spravljala ob živce.

„Življenje, ki ga boš živel, saj boš svoje žive dihajoče dni preživel tako, kot so ti obljubili tisti imbecilni arhangeli. S svojimi starši. To pomeni, da boš ponovno živel s svojimi starši od dneva, ko si se rodil, do trenutka, ko se je njihovo življenje izteklo. Nikoli ne boš na invalidskem vozičku in oni ne bodo nikoli umrli." Ustavila se je. „Zdaj lahko spregovorite."

„Ali hočete reči, da bom za vse večne čase znova in znova doživljal svoje življenje s starši, vsak dan, ki sva ga preživela skupaj?"

„Da."

„Kaj je druga možnost?"

„Ne moreš uganiti?" je vprašala z zobatim nasmeškom.

Njen nasmeh je bil tako neiskren, da je moral pogledati stran.

Čakal je.

„Druga možnost bi pomenila, da se vrneš živeti svoje življenje s svojim stricem Samom." Obotavljala se je in se približala E-Z. Že tako ga je zeblo, zdaj pa ga je z vsakim zamahom kril še bolj hladila. Pokril se je z odejo. Nadaljevala je. „Kot ste morda že uganili, se z nobeno od možnosti ne boste in se tudi nikoli ne boste združili s svojimi starši. Ponovno bi ustvarili preteklost. Bilo bi, kot da bi živel v gledališki igri ali televizijski oddaji."

„Kaj! S tem se nisem strinjal!" E-Z je vzkliknil. „Ali hočeš reči, Hadž. Reiki, Eriel in Ophaniel lagali?"

„Lagati je močna beseda, ampak ja. Poglejte svojo okolico. Duše so shranjene v posameznih oddelkih. Za vsako dušo je vnaprej pripravljen oddelek."

„Torej pravite, da so moji starši vsak v enem od teh prostorov?"

„Da, njuni duši sta."

„In kaj se potem zgodi z njima?"

„Letijo naokoli v nebesih."

„To je žalostno. Vedno sem mislil, da bosta moja starša nekje skupaj. Vem, da je bila to edina stvar, ki je Alfreda nekako tolažila. Da so njegova žena in otroci nekje skupaj. Nihče ne mara, da njegov ljubljeni umira sam. Kaj šele, da bi večnost preživel v kovinskem zabojniku, ki bi se vozil od kraja do kraja."

„Človeška sentimentalnost. Duše zgolj obstajajo. Ne živijo in ne dihajo, ne jedo, ne čutijo, da jim je prevroče ali premrzlo. Ljudje tega koncepta ne razumejo."

Posmehnil se je.

„Nočem žaliti vaše vrste. Toda ko telo ugasne, duša, ki ostane, je koncept, ki ga je težko zaobjeti. Človeški možgani so preprosto premajhni, da bi razumeli kompleksnost vesolja. Zato so nastale verske doktrine. Napisano v laičnem jeziku. Enostavno jih je naučiti in jim slediti brez kakršnih koli dokazov."

„Ker so duše bolj cenjene od ljudi, kot sem jaz, kako bi lahko do konca življenja živel v eni od teh posod?"

„Naredili smo prilagoditve, kot zdaj in prej. Ko smo vas pripeljali, niste imeli nobenih težav z obstojem tukaj, zdaj pa?"

„Razen klavstrofobije," je rekel. „In takrat, ko so me morali pomiriti z razpršilom s sivko."

„Ah, ja. Ponovni pojav klavstrofobije bo seveda odvisen od tega, katero možnost boste izbrali. Če izberete možnost številka ena, vas bo okolje podpiralo v vseh pogledih, dokler vaša duša ne bo pripravljena. Potem se lahko vaše zemeljske oblike znebite. Ljudje se prilagodimo in na to se boste navadili. Poleg tega boste s svojimi starši obujali spomine. To bo krajšalo čas. Zdaj pa izberite svojo izbiro!"

„Čakaj, kaj pa moja krila in krila mojega stola? Kaj se bo zgodilo z njima?" Zamislil se je: „Kaj pa Alfredove in Lijine moči? Če izberemo možnost številka ena, ali se bomo vrnili v stanje, v katerem bi bili? Mislim, preden ste se vi in drugi nadangeli vpletli v naša življenja?"

„Seveda vam ne bomo odtrgali kril, dragi fant, ali odvzeli moči, ki jih je kdo od vas že dobil. Smo nadangeli, ne sadisti."

„To je dobro vedeti, tako da smo lahko še naprej superjunaki."

„Lahko, vendar si boste morali ustvariti svojo lastno reklamo - kajti ko nas ni več - nas ni več za vedno."

„Prosimo, da ostanete na svojih mestih," je rekel glas v steni, čeprav E-Z pri tem ni imel veliko izbire.

Nadangel ni rekel ničesar. Namesto tega se je zamotila s čiščenjem očal, nato pa si jih je spet nataknila.

„Še nekaj," je vprašala E-Z, "v zvezi z Alfredom."

„Nadaljuj, vendar pohiti. Še en koncept, ki ga ljudje ne razumemo, je, da čas obstaja v celotnem vesolju. Imam še druge kraje, kjer moram biti, in druge nadangele, ki jih moram videti."

„V redu, bom to storil. Alfred je zdaj v drugem človeškem telesu. Če duša ostane s telesom, ali sta potem v njem dve duši? Ali lovilec duš čaka na dve duši?"

Angel mu je obrnil hrbet. Preden je spregovorila, si je odmašila grlo: „Jaz, mi, smo upali, da ne boš postavil tega vprašanja. Si pametnejši, kot smo pričakovali." Zaprla je oči in prikimala: „Mhmmm." Njene oči so ostale zaprte. E-Z je pogledal, ali nosi čepke za ušesa, saj se je zdelo, da nekoga posluša. Ali pa se mu je to morda le zdelo. Prikimala je. „Strinjam se," je rekla.

„Ali je tu z nami še kdo?" je vprašal.

Iz okolice se je zaslišal nov glas. Zakaj imajo vsi arhangeli tako glasne glasove?

„Jaz sem Raziel, varuh skrivnosti. E-Z Dickens, upoštevajte moje besede. Ko bodo enkrat izrečene, se jih ne boš spomnil. Prav tako ne, da sem bil tukaj. Lovilci duš in njihovi nameni niso vaša stvar. Prestopili ste svoje meje in tega ne bomo dopuščali! Velikodušno smo vam dali dve možnosti. Odločite se ZDAJ, ali pa bo odločitev namesto vas sprejel moj učen prijatelj."

E-Z je začel govoriti, vendar mu je v glavi zavrelo. O čem so se pogovarjali?

Nadangel je znova zaprl oči, izustil besede: „Hvala," in Razielov glas ni več spregovoril.

ZDELO SEMIJE, KOT DA je čas skočil nazaj. „Pričakuješ, da se bom odločil takoj, ne da bi mi dal čas za razmislek? Brez pogovora s stricem Samom ali s prijatelji? Ko že govorimo o tem, kaj pa Alfred, saj so mu rekli, da se bo ponovno združil s svojo družino? In Lia, ki so ji rekli, da bo dobila nazaj svoj vid.“

„Ker Alfreda ni več, bo tvoja odločitev - ali bo preživel na Zemlji ali ne - njegova odločitev. Njegova možnost številka ena bo enaka kot tvoja. Ali bi želel večkrat podoživeti svoje življenje s svojo družino? Ker ga ni več, se mu o njih morda že porajajo prijetne sanje. Po drugi strani pa človek nikoli ne ve, kakšne zvijače se lahko poigra z umom. Morda se je znašel v zanki nočnih mor in le vi lahko rešite njega in njegovo družino tako, da zanj sprejmete pravo odločitev.“

„Hočete reči, da se ne bo nikoli rešil iz tega? Dokončno?“

„Tega ne morem reči. Vem le, da lovilec duš še ni pripravljen pobrati njegove duše ... še ne.“

„In Lia?“

„Njene človeške oči so v tem življenju izginile, tako kot tvoje noge. Lahko podoživi svoje vidne dneve, vendar bi morda raje, da bi ti izbral zanjo. Konec koncev ni imela časa, da bi odrasla in dozorela, kot bi to storil običajen otrok. Izgubila je že tri leta svojega življenja in za to epizodo staranja nismo prepričani, ali je enkratna ali pa se bo ponovila.“

„Hočete reči, da tudi vi ne veste, kaj se ji bo zgodilo?“

„Ne, ne vemo. Poleg tega še vedno spi.“

„Ne morem se odločiti za to, za vse nas tri v določenem časovnem roku. To je velika odločitev in potrebujem čas.“

„Potem ga boš imel.“ Pojavila se je ura, ki je odštevala šestdeset minut. „Tvoj čas se začne zdaj. Odgovorite mi, preden ura doseže ničlo. V nasprotnem primeru bo vse, o čemer sva se pogovarjala, neveljavno. In znašli se boste nazaj v hotelu z mrtvim telesom svojega prijatelja.“ Njena krila so zamahnila in dvignila se je vse višje in višje.

„Počakaj, preden odideš,“ je zaklical.

„Kaj je zdaj?“

„Ali obstajajo še drugi, mislim, drugi otroci, kot sva midva?“

„Lepo te je bilo poznati,“ je rekla.

„Občutek zagotovo ni vzajemen,“ je odgovoril.

POGLAVJE 26

Medtem ko **so** minevale minute, je E-Z pregledal vse, kar mu je bilo pravkar povedano. Želel si je, da bi bil silos dovolj širok, da bi se lahko več gibal. Vsaj na invalidskem vozičku je sedel udobno. Skupaj sta bila kot dinamičen duo.

„Bi radi kaj jedli?" je vprašal glas s stene.

„Seveda bi," je rekel. „Jabolko, nekaj popcorna - z okusom sira bi bilo dobro in steklenico vode."

„Takoj pridem," je rekel glas, ko se je skozi režo v steni, ki je prej ni opazil, izrinila kovinska miza. Ustavila se je pred njim. Iz reže je izstopil kavelj, ki je najprej prinesel steklenico vode. Nato drugi kavelj s kozarcem. Sledil je tretji kavelj z jabolkom. Preden ga je odložil, ga je poliral z brisačo. Nato se je pojavil četrti kavelj, ki je nosil skledo s popcornom.

„Hvala," je rekel, ko so mu štirje kavlji pomahali in izginili nazaj v steno.

„Ni zaželeno."

„Uh, ali mi lahko prineseš moj računalnik? V požaru je bil uničen. Zagotovo bi si želel, da bi lahko naredil seznam stvari, na podlagi katerega bi se lahko odločil."

„Seveda. Dajte mi minuto ali dve."

Medtem ko je končeval z jabolkom in razmišljal o popcornu, se je iz druge reže na nasprotni steni prikazal njegov prenosni računalnik. Kljuka ga je držala v zraku in čakala, da E-Z premakne druge predmete, da bi ga namestil. Ko tega ni storil, so se kljuke pojavile z druge strani. Eden je pobral jabolčno sredico in izginil nazaj v steno. Drugi je v kozarec natočil preostalo vodo. Nato je skozi režo v steni nazaj vzel prazno steklenico. Ker je želel obdržati popcorn in kozarec z vodo, ju je odstranil z mize. Kljuka je odložila prenosni računalnik in se vrnila skozi režo v steni.

E-Z je menil, da so kavlji kul dodatki. Z lahkoto bi jih lahko prodajal veliki švedski verigi.

Zdaj, ko so kavlji izginili, je dvignil pokrov prenosnega računalnika in ga vklopil. Najprej je preveril svojo datoteko Tattoo Angel, vse je bilo še vedno tam! Bil je tako srečen, da bi jokal, če ura ne bi odštevala časa.

„Najlepša hvala," je rekel in si v usta natlačil pest sirovih popcornov. Nato je začel tipkati. Odločil se je, da bo tretjič pomislil nase. Najprej bo zapisal prednosti in slabosti glede Alfreda. Takoj je vedel, da Alfreda ne bi motilo večkratno podoživljanje njegove preteklosti z družino. Takoj bi se odločil za to možnost.

„Kljub temu se je E-Z-u zdelo, da to ni možnost, za katero bi si njegova družina želela, da jo sprejme. Ker bi tako podoživljal tisto, kar je že bilo, in se ne bi premaknil naprej. V življenju je treba iti naprej. Da se še naprej učiš in rasteš.

Bolj ko je razmišljal o tem, bolj je spoznaval, da bi bilo to podobno, kot če bi si predvajal svojo življenjsko zgodbo. Predstavljajte si, da je vaše življenje štiriindvajset sedemindvajset let v stalni zanki. Nikoli ne veš, kdaj se bo končalo. Ali če se bo sploh kdaj končalo. To bi se lahko spremenilo v drugačen pekel. Takšnega, o katerem ni bilo vredno razmišljati.

Razen če bi vedel, da bo Alfred vedno v komi. Na kar je nadangel namignil. Takrat bi se z odločitvijo izognil vsem slabim sanjam ali nočnim moram. Alfred bi bil za vedno s svojo družino. Čeprav to ne bi bilo resnično ... bi lahko bilo dovolj. Bi se odločil zanjo?

Pogledal je na uro, ostalo je še petdeset minut. Začel je razmišljati o Lijinem primeru. Njene sanje, da bi postala slavna balerina, so bile prekinjene. Ali bi želela podoživeti otroštvo, če bi vedela, da se ji sanje ne bodo nikoli uresničile? Zanjo bi bilo vredno tvegati prihodnost. Zaradi oči v dlaneh je bila posebna, edinstvena ... in bila je simpatična. Morda bi bila celo najnovejša različica čudežne ženske, če bi ji uspelo izkoristiti vse moči.

„E-Z?" Lia je rekla. „Slišim, da razmišljaš, ampak kje si?"

O ne! zdaj je bila budna, zdaj ji bo moral vse razložiti, za to pa bo potreboval čas in čas se je iztekal. To bo moral storiti hitro. „Poslušaj, Lia," je začel, „povedati ti moram dolgo zgodbo, prosim, ne ustavljaj me, dokler zgodba ne bo končana. Časa nam zmanjkuje." Vse je razložil, za kar je potreboval deset minut. Še deset minut je minilo. Ostalo je še štirideset minut.

„Dobro, E-Z, ti misli na sebe, jaz pa bom mislil nase. Vzemiva si pet minut, potem se bova spet pogovarjala. Čas se začne zdaj."

„Dober načrt."

Po petih minutah je ura kazala petintrideset preostalih minut. E-Z je vprašal Lio, ali se je že odločila.

„Odločila sem se," je odgovorila. „Kaj pa ti?"

„Tudi jaz," je rekel. „Ti prva, v petih minutah ali manj, če lahko."

„Odločitev je zame precej preprosta, E-Z. Nočem ostati v tej stvari in živeti svojega življenja tukaj. Ko me lovec duš pripelje sem, ko bom mrtev. To je v redu. Toda nočem biti na silo omejen na ta prostor. Ne takrat, ko bi lahko tam zunaj čutil toploto sončnih žarkov, poslušal ptice, z vetrom v laseh. Da ne omenjam preživljanja časa z mamo in stricem Samom ter, upam, tudi s tabo. Življenje je prekratko, da bi ga zapravljali, in moje nove oči so mi večino časa všeč." Zasmejala se je.

„Strinjam se in na tvojem mestu bi storila enako."

„Hvala, E-Z. Koliko časa je še ostalo?"

„Še petindvajset minut," je potrdil. „Zdaj pa je tu moje razmišljanje v, upam, manj kot petih minutah. Ne moti me, da je tukaj, ni veliko drugače, kot če bi bil zunaj. Naučil sem se, da na invalidskem vozičku ni konec sveta. Pravzaprav sem se na to že kar navadil. Lahko počnem stvari, ki sem jih prej počel, kot je igranje bejzbola, in pri tem nisem popolnoma beden. Na paraolimpijskih igrah ga bodo celo igrali.

„Moji starši si ne bi želeli, da bi zapravljal življenje v preteklosti. Tudi stric Sam ne bi želel. Nisem se pripravljen odpovedati vsemu samo zato, ker so mi tisti pizdljivi nadangeli dali nekaj nespodobnih obljub. Zato se strinjam s teboj. Iz teh lovilcev duš se bomo umaknili. Živeli bomo, dokler ne bomo nehali živeti. Potem pa nas lahko pridejo ujeti. Leta pozneje, ko bomo, upajmo, prispevali k človeštvu in živeli dobro življenje. Lahko najdemo druge, ki so nam podobni. Lahko bi ustanovili vročo linijo za superjunake in sodelovali po vsem svetu. S svojimi močmi bi lahko izboljšali svet. Lahko bi živeli polno življenje; ustvarili bi navdihujoča življenja, na katera bi bili ponosni, prav tako pa tudi naše družine."

„Bravo!" Lia je vzkliknila. „Toda ali obstajajo še drugi, kot sva midva?"

„Vprašala sem angela, ki mi je vse razložil, vendar mi ni odgovoril. Zato mislim, da obstajajo." Pogledal je na uro. „Samo še enaindvajset minut."

„Kaj pa Alfred? Se bo kdaj zbudil?"

„Angel je rekel, da ne ve, to ve samo lovilec duš ... vendar je rekel, da ima morda nočne more. Če obstaja možnost, da je v živem peklu, potem ga raje izpustimo. Možnost številka ena, da v zanki podoživlja življenje s svojo družino, je zanj prava?"

„S tem se ne strinjam. Nihče od nas ne ve zagotovo, kdaj bo lovilec duš prišel po nas. Alfred si ne bi želel, da bi tu zapravljal, ker bi ga lahko našle slabe sanje. Ne tam, kjer obstaja možnost, da bi lahko nekomu pomagal ali nekoga navdihnil. Sem smo prišli skupaj in skupaj bi morali oditi. Po mojem mnenju je to to."

Štirinajst minut in še vedno teče.

Alfredovega vprašanja se je lotila na edinstven način Ali je imela prav? Ali bi se Alfred v tem scenariju res želel odpovedati svoji družini zaradi neznane prihodnosti? Ali ne živimo vsi v neraziskanem svetu? Spreminjanje smeri, izmikanje in potapljanje. Odpiramo okna in zapiramo vrata. Pustimo, da nas naša čustva vodijo na napačno pot in nato spet nazaj. Vse to je povezano z življenjem. Da, Lia je imela prav. To je bil sklenjen posel.

Na uri je bilo še osem minut.

„Mislim, da imaš prav, Lia. Vse je za enega in eden za vse," je rekel E-Z. „Nadangel mi je rekel, da moram izreči besede, preden se ura izteče. Potem se bomo vsi znašli nazaj v hotelu ... kot da se ta intermezzo z lovcem duš nikoli ni zgodilo."

„Ali misliš, da se bomo še vedno spominjali lovilcev duš? Pomembno je, da se iz te izkušnje nekaj naučimo. Tudi če je nismo delili. Imej v mislih, da je razbila vse, kar vemo o nebesih in posmrtnem življenju."

Ostalo je še pet minut.

„Res je, vendar se o tem pogovorimo na drugi strani." Stisnil je pesti, ko je ura odštevala štiri minute. „Odločili smo se!" je zakričal. „Vse tri nas spravite iz teh lovilcev duš - ZDAJ!"

Stene E-Z-ovega silosa so se začele tressti. „Si v redu, Lia?" je zakričal. Ni odgovorila. Zdelo se je, da tla pod njegovimi nogami drvijo in brnijo. Nato se je začela vrteti, najprej v smeri urinega kazalca, nato v nasprotni smeri, nato v desno.

V želodcu se mu je zmešalo. Povsod je bruhal sirni popcorn in žvečil koščke rdečega jabolka.

To so bili edini spominki, ki jih je lovilec duš imel od njega. Upajmo, da še zelo dolgo.

Zahvala

Dragi bralci,

hvala, ker ste prebrali prvo in drugo knjigo iz serije E-Z Dickens. Upam, da so vam novi liki všeč in da vas zanima, kaj se bo dogajalo naprej.

Tretja in četrta knjiga bosta kmalu na voljo!

Še enkrat se zahvaljujem svojim beta bralcem, lektorjem in urednikom. Vaši nasveti in spodbude so me pri tem projektu držali na pravi poti in vaš prispevek je bil/je vedno cenjen.

Zahvaljujem se tudi družini in prijateljem, ker ste mi vedno stali ob strani.

In kot vedno, srečno branje!

Cathy

O avtorju

Cathy McGough živi in piše v Ontariu v Kanadi z možem, sinom, dvema mačkama in psom.

Prav tako s strani:

FIKCIJA

YA

E-Z DICKENS SUPERJUNAK TRETJA KNJIGA: RDEČA SOBA

E-Z DICKENS SUPERJUNAK: ČETRTA KNJIGA: ON ICE (NA LEDU)

+ OTROŠKE KNJIGE